साकी
की
लोकप्रिय कहानियाँ

साकी की लोकप्रिय कहानियाँ

साकी
(हैक्टर ह्यूग मुनरो)

प्रभात पेपरबैक्स
www.prabhatbooks.com

प्रकाशक

प्रभात पेपरबैक्स

4/19 आसफ अली रोड, नई दिल्ली-110002

फोन : 23289777 • हेल्पलाइन नं. : 7827007777

इ-मेल : prabhatbooks@gmail.com ❖ वेब ठिकाना : www.prabhatbooks.com

संस्करण

2018

अनुवाद

भविष्य कुमार सिन्हा

मूल्य

एक सौ पचहत्तर रुपए

अ.मा.पु.स. 978-93-5266-658-4

मुद्रक

आर-टेक ऑफसेट प्रिंटर्स, दिल्ली

———— ★ ————

SAKI KI LOKPRIYA KAHANIYAN

by Saki

Published by **PRABHAT PAPERBACKS**

4/19 Asaf Ali Road, New Delhi-110002

ISBN 978-93-5266-658-4

₹175.00

अनुक्रम

थिएटर में रेजिनाल्ड

"आख़िरकार" ड्यूक की पत्नी ने अस्पष्ट रूप से कहा, "कुछ चीज़ें होती हैं, जिनसे आप बच नहीं सकते। सही और गलत, सदाचरण और नैतिक ईमानदारी की अपनी कुछ सुस्पष्ट सीमाएँ होती हैं।"

"यही बात है दरअसल", रेजिनाल्ड ने जवाब दिया, "रूसी साम्राज्य के बारे में भी कही जा सकती है। मुश्किल यह है कि सीमाएँ हमेशा एक ही जगह नहीं होती हैं।"

रेजिनाल्ड और डचेस अर्थात् ड्यूक की पत्नी, दोनों एक-दूसरे पर कतई विश्वास नहीं करते थे, क्योंकि जिसके पीछे कोई वैज्ञानिक हित या तर्क अवश्य रहा होगा। रेजिनाल्ड का विचार था कि डचेस को अभी बहुत कुछ सीखना है; विशेषकर, कार्ल्टन से निकल भागने की इतनी जल्दबाजी न करना, जैसे किसी को बस में आखिरी सीट भी छूट जाने का डर होता है। 'कोई भी स्त्री', उसने कहा, "जो अदृश्य या ओझल होने में लापरवाह होती है, सूरज निकलने से पहले ही शहर छोड़ने, और गलत समय पर किसी अनजानी बीमारी से मरने की क्षमता रखती है।"

डचेस का विचार था कि रेजिनाल्ड उस नैतिक स्तर को पार नहीं करता है परिस्थितियाँ जिसकी अपेक्षा रखती हैं।

"निस्संदेह", उसने शब्द युद्ध को आगे बढ़ाते हुए कहा, "शाश्वत परिवर्तन और परिवर्तनीयता और इसी तरह की बहुत सी बातों में विश्वास करना तथा यह कहना आजकल का रिवाज़ बन गया है कि हम आदिकालीन पुच्छविहीन वनमानुस का सुधरा हुआ रूप हैं। सच में, आप उसी सिद्धांत का समर्थन करते हैं?"

"मैं समझता हूँ अभी यह मानना निश्चित रूप से अकालिक होगा; मेरे विचार में अधिकतर लोगों में यह प्रक्रिया अभी पूरी नहीं हो पाई है।"

"और यह भी इतना ही सच है कि आप बहुत अधार्मिक हैं?"

"ओह, बिल्कुल नहीं। आज का चलन अज्ञेयवादी चेतना के साथ एक रोमन कैथोलिक मनोवृत्ति का है; आपको दूसरे की आधुनिक सुविधाओं में उसी की पुरानी तसवीर नज़र आती है।"

डचेस ने तिरस्कार भाव को मुश्किल से दबाया। वह उन लोगों में से थी, जो कृपालु श्रद्धा के साथ चर्च ऑफ इंग्लैंड का आदर करते हैं, जैसे कि यह कुछ ऐसी चीज़ हो, जो उनके 'किचन गार्डन' में उपजी है।

''लेकिन कुछ और चीज़ें भी हैं'', वह कहती गई, ''जो मैं समझती हूँ कि कुछ हद तक तुम्हारे लिए भी धार्मिक हैं। मिसाल के तौर पर, देशभक्ति और साम्राज्य, और साम्राज्य संबंधी उत्तरदायित्व, खून का रिश्ता सबसे बड़ा और उसी क़िस्म की सारी बातें।''

रेजिनाल्ड ने जवाब देने से पहले दो-तीन मिनट इंतज़ार किया, जिस समय रिमिनि का मालिक थिएटर की ध्वनि संबंधी व्यवस्था को जाँचने में लगा हुआ था।

''वही तो सबसे बड़ी त्रासदी है'', उसने कहा, ''कोई हमेशा अपने आपको बात करते नहीं सुन सकता। बेशक मैं साम्राज्य की धारणा और उत्तरदायित्व की बात स्वीकार करता हूँ। फिर मैं जल्दी ही महाद्वीपों पर उसी तरह सोचूँगा जैसे अन्यत्र सोचते हैं और किसी दिन, जब मौसम निकल जाएगा और हमारे पास समय होगा, आप मुझे रक्त-संबंध आदि का सही मतलब समझाएँगी, जो रक्त-संबंध, उदाहरण के लिए एक फ्रैंच कनेडियन और एक मध्यम कोटि के हिंदू तथा एक यॉर्कशायरवासी के बीच विद्यमान होता है।

''ओह, ठीक, 'ताड़ और देवदार दोनों पर आधिपत्य' तुम जानते हो'', डचेस ने आशापूर्वक उद्धृत किया, ''बेशक हमें यह नहीं भूलना चाहिए कि हम सब महान् आंग्ल-सेक्सन साम्राज्य का हिस्सा हैं।''

''जो अपनी तरफ से अब तेजी से येरुशलम का एक उपनगर बनने लगा है। एक बहुत खूबसूरत उपनगर, मैं मानता हूँ और एक बहुत सुंदर येरुशलम। फिर भी, है तो एक उपनगर ही।''

''सच में, जो विश्वभर में सभ्यता के लाभ बिखेरने की जानकारी रखता हो। उसे बताना कि वह एक उपनगर में रहता है! परोपकार—मैं समझती हूँ, आप कहेंगे कि यह एक सुखद भ्रांति है; और फिर भी आपको स्वीकार करना होगा कि जब कभी अभाव, मुसीबत या भूख की मौजूदगी का पता चलता है, दूरी या वहाँ तक पहुँचने की कठिनाई के बावजूद हम तुरंत बहुत व्यापक पैमाने पर राहत देने की योजना बनाते हैं और राहत का वितरण करते हैं, ज़रूरत पड़ने पर, भूमि के अंतिम छोर तक।''

डचेस ने थोड़ा विराम लिया, इस भावना के साथ कि अंत में जीत उसी की हुई है। बैठकखाने में हुई एक बैठक में भी उसने यही बात कही थी और उसे सबने सराहा था।

''मुझे संदेह है,'' रेजिनाल्ड ने कहा, ''कि आपने सर्दी की किसी रात में किसी तटबंध पर चहल-कदमी करने का साहस किया होगा?''

''वाह, नहीं बच्चे! क्यों पूछ रहे हो?''

"मैंने पूछा नहीं। मैंने सिर्फ जानना चाहा और आपका परोपकार भी अगर किसी ऐसी दुनिया में चलता है, जहाँ हर चीज़ होड़ पर आधारित है तो उसका भी एक डेबिट और एक क्रेडिट खाता अवश्य होगा। छोटे-छोटे भूखे बच्चे खाना खाने के लिए रोते-तरसते हैं।

"और उन्हें खाना दिया जाता है।"

"बिल्कुल ठीक। जिसका पूर्वानुमान यह निकलता है कि कुछ और ही खिलाया जाता है।"

"ओह, तुम सिर्फ भड़का रहे हो। तुमने इस हद तक नीयत्शे को पढ़ा है कि नैतिक भावना का अंशमात्र भी तुम्हारे अंदर नहीं बचा है। क्या मैं पूछ सकती हूँ कि आचरण का कोई नियम तुम पर लागू होता है या नहीं।"

कुछ ऐसे पक्के नियम होते हैं, जिनका पालन व्यक्ति अपने आराम के लिए करता है। उदाहरण के लिए, कभी किसी ऐसे अनाक्रामक, सफेद दाढ़ी वाले अजनबी के प्रति व्यर्थ में क्रूरता न दिखाएँ, जिससे आपकी भेंट महाद्वीप पर देवदार के जंगलों या होटल के धूम्रपान वाले कमरों में हो सकती है। हमेशा ऐसा होता है कि वह स्वीडन का राजा निकलता है।

"संयम रखना आपके लिए निश्चित रूप से बहुत परेशानी की बात होगी। मैं जब छोटी थी, तुम्हारी उम्र के लड़के भले और मासूम हुआ करते थे।"

"अब हम केवल भले हैं। इन दिनों सबको विशेषज्ञ होना चाहिए। इससे मुझे उस आदमी की याद आती है, जिसके बारे में मैंने किसी धार्मिक पुस्तक में पढ़ा था और जिसे अपनी कोई सबसे बड़ी, सबसे प्रिय इच्छा बताने का विकल्प दिया गया था। चूँकि उसे बड़े-बड़े खिताब, सम्मान और पुरस्कार पाने की इच्छा नहीं थी, उसने केवल अपार धन-दौलत माँगी, और फिर ये दूसरी चीज़ें भी उसके पास चली आईं।"

"मुझे पक्का यक़ीन है कि उसके बारे में तुमने किसी धार्मिक पुस्तक में नहीं पढ़ा।"

"हाँ, ठीक है; मैं सोचता हूँ, वह तुम्हें डेबरे में मिल जाएगा।"

□

मार्क

अगस्टस मेलोकेन्ट एक होनहार उपन्यासकार था; कहने का तात्पर्य यह है कि उसकी पुस्तकें पढ़नेवालों की संख्या सीमित थी, लेकिन वह संख्या धीरे-धीरे बढ़ रही थी और यह माना जा सकता था कि अगर वह साल-दर-साल उपन्यास निकालता रहा, तो पाठकों का लगातार बढ़ता दायरा मेलोकेन्ट को पढ़ने का आदी हो जाएगा और पुस्तकालयों एवं बुकस्टॉलों से उसके उपन्यासों की माँग करने लगेगा। अपने प्रकाशक के कहने पर, उसने पादरी द्वारा दिए गए नाम 'अगस्टस' का त्याग कर दिया और उसके बदले अपना पहला नाम 'मार्क' रख लिया।

स्त्रियों को वह नाम अच्छा लगता है, जिससे किसी प्रभावशाली, शांत, योग्य किंतु प्रश्नों के उत्तर देने के अभिच्छुक व्यक्ति का चित्र मन में उभरता है। अगस्टस— जैसे नाम से केवल निरर्थक महानता का आभास होता है, किंतु मार्क मेलोकेन्ट—जैसा नाम अनुप्रासिक होने के अलावा, किसी ऐसे शक्तिशाली, सुंदर और अच्छे व्यक्तित्व की ओर संकेत करता है, जो जॉर्जेस कार्पेन्टियर और आदरणीय...को क्या नाम है...का मिला-जुला रूप हो।

दिसंबर माह की एक सुबह अगस्टस लेखन-कक्ष में बैठा हुआ, अपने आठवें उपन्यास का तीसरा अध्याय लिख रहा था। उसने कुछ विस्तार से वर्णन किया था कि रेक्टर निवास का उद्यान जुलाई में कैसा लगता है और यह विस्तृत वर्णन उन लोगों के फायदे के लिए किया गया था, जो उसकी कल्पना नहीं कर सकते : अब वह एक युवा लड़की, रेक्टरों और धर्माचार्यों की एक लंबी वंश परंपरा की बेटी की भावनाओं का अधिक विस्तार से वर्णन करने में व्यस्त था, जब उसे, यानी उस लड़की को पहली बार पता चलता है कि डाकिया आकर्षक है।

उनकी आँखें एक पल के लिए मिलीं, जब उसने दो सरकुलर और 'ईस्ट इसेक्स न्यूज' का एक मोटा पुलिंदा उसे थमाया। उनकी आँखें एक सेकेंड के अंश मात्र के लिए मिली थीं, फिर भी सब कुछ पहले जैसा फिर कभी नहीं हो सका। उसने महसूस

किया कि अब चाहे जो हो जाए, उसे बोलना चाहिए, उस असहनीय एवं अवास्तविक खामोशी को तोड़ना चाहिए, जो उन पर हावी हो रही है। 'तुम्हारी माँ का जोड़ों का दर्द कैसा है ?' उसने कहा।

एक नौकरानी ने अचानक आकर लेखक के कार्य में विघ्न डाल दिया।

"कोई सज्जन आपसे मिलना चाहते हैं श्रीमान्।" नौकरानी ने एक कार्ड देते हुए कहा, जिस पर उसका नाम 'कैफस ड्वेल्फ' छपा हुआ था। "कहता है जरूरी काम है।"

मेलोकेन्ट सकुचाया और राजी हो गया; आगंतुक का उद्देश्य समझ से कुछ परे था, भ्रामक था, लेकिन वह कैफस नाम के किसी व्यक्ति से पहले कभी नहीं मिला था। सोचा, कम-से-कम एक नया अनुभव तो होगा।

श्रीमान ड्वेल्फ की उम्र का अनुमान लगाना मुश्किल था; उसका ऊँचा-संकीर्ण मस्तक, उदासीन, भूरी आँखें और व्यवहार की दृढता बता रही थी कि वह किसी पक्के इरादे से आया है। उसने बगल में एक बड़ी पुस्तक दबाई हुई थी और इस बात की पूरी संभावना थी कि ऐसी ही पुस्तकों का एक बंडल उसने हॉल में छोड़ दिया है। इससे पहले कि उसे बैठने के लिए कहा जाता, उसने एक कुरसी खींच ली, पुस्तक को मेज पर रखा, और मेलोकेन्ट के सामने इस ढंग से बोलना शुरू कर दिया जैसे कोई 'खुला पत्र' पढ़ रहा हो।

"आप एक साहित्यिक आदमी हैं, कई जानी-मानी पुस्तकों के लेखक...।"

"फिलहाल मैं एक पुस्तक लिखने में व्यस्त हूँ, बल्कि कुछ ज्यादा ही व्यस्त हूँ।" मेलोकेन्ट ने तीखेपन से कहा।

"बिल्कुल ठीक?" आगंतुक ने कहा, "आपका समय एक महत्त्वपूर्ण, बहुमूल्य वस्तु है। मिनटों की भी अपनी कीमत होती है।"

"उनका मूल्य होता है", मेलोकेन्ट ने अपनी घड़ी पर नज़र डालते हुए कहा।

"इसीलिए" कैफस ने कहा, "मैं जो चीज़ आपको पेश करने जा रहा हूँ वह कोई ऐसी पुस्तक नहीं है, जिसके बिना आपका काम चल सके। राइट हीअॅर लेखन कार्य करनेवाले व्यक्ति के वास्ते अत्यंत आवश्यक है; यह कोई साधारण विश्वकोश नहीं है; अन्यथा मैं यह आपको दिखाने की तकलीफ नहीं उठाता। यह वास्तव में संक्षिप्त ज्ञान का अक्षय भंडार है...।"

"मेरे निकट इस आलमारी में", लेखक ने कहा, "संदर्भ पुस्तकों की एक पूरी क़तार है और मुझे हर प्रकार की अपेक्षित जानकारी इनमें मिल जाती है।"

"यहाँ" भविष्यत् विक्रेता ने अपनी बात पर अडिग रहते हुए कहा, "आपको सारी जानकारी एक ही सुगठित जिल्द में मिल जाएगी। कोई भी विषय जो आप देखना चाहें, या कोई भी तथ्य जिसका सत्यापन करना आप जरूरी समझें। 'राइट हीअॅर' में

आपको वह सारी सूचना, जो भी आप पाना चाहें, बहुत ही संक्षेप में मिलेगी और अत्यंत प्रखर रूप में मिलेगी। उदाहरण के लिए, ऐतिहासिक संदर्भ; जॉन हंस के जीवनयापन से संबंधित जानकारी। यहाँ मौजूद है, ''हंस जॉन प्रख्यात सुधारक जन्म १३६९ में; १४१५ में'' कॉन्स्टेंस में जलाकर मार दिया गया। इसके लिए विश्वभर में सम्राट् सिगिसमंड को दोषी माना गया।''

''अगर उसे इन दिनों में जलाकर मारा गया होता, तो सब लोगों का संदेह सफ्राजेट्स पर जाता'', मेलोकेन्ट ने कहा।

अब मुरगी पालन को ही लें, कैफस ने फिर कहना शुरू किया, ''यह एक ऐसा विषय है, जो इंग्लैंड के ग्राम्य जीवन के बारे में लिखते समय किसी भी उपन्यास का हिस्सा हो सकता है।

यहाँ उसके बारे में सब कुछ है, अंडा उत्पादक लेगॉर्न मिनोर्का में मातृवत् प्रवृत्ति का अभाव। मुरगों में चोंच फैलाने की बीमारी, उस बीमारी के कारण और उपचार। बत्तखों के बच्चों की प्रातःकालीन मंडी, कितने मोटे-ताजे।'' देखा आपने प्रत्येक जानकारी है, कुछ भी इसके बाहर नहीं है।

''मिनोर्का में मातृवत् प्रवृत्ति के अलावा और वह तुम दे नहीं सकते।''

''खेल-कूद यानी स्पोट्स संबंधी विवरण बहुत महत्त्व रखता है यह विषय भी; कितने आदमी वे भी जो स्पोट्स में हिस्सा लेते हैं, ऐसे हैं जो तुरंत बता सकें कि ''किसी वर्ष विशेष में किस घोड़े ने डर्बी में बाजी मारी थी? वैसे यह कोई बड़ी बात नहीं है उस प्रकार की जानकारी⋯।''

''मान्यवर'' मेलोकेन्ट ने टोका, ''मेरे क्लब में कम-से-कम चार लोग हैं, जो न केवल यह बता सकते हैं कि किस वर्ष विशेष में कौन सा घोड़ा जीता था, बल्कि यह भी बता सकते हैं कि किस घोड़े को जीतना चाहिए था और वह क्यों नहीं जीता? अगर आपकी पुस्तक किसी व्यक्ति को उस प्रकार की जानकारी से बचने का तरीका बता सकती है तो इस पुस्तक के बारे में आपके दावे से भी कहीं अधिक यह उपयोगी सिद्ध होगी।''

''भूगोल'' कैफस ने अधीर, अविचल हुए बिना कहा, ''एक ऐसा विषय है, जो एक व्यस्त उच्च दबाव में लेखन कार्य करनेवाले व्यक्ति की नज़र से आसानी से बच सकता है। एक दिन एक जाने-माने लेखक ने वोल्गा नदी को कैस्पियन सागर की बजाय काला सागर (ब्लैक सी) में बहा दिया; अब इस पुस्तक के साथ।''

''आपके पीछे रोज़वुड के चमकते स्टैंड पर एक विश्वसनीय एवं अद्यतन एटलस रखा है'', मेलोकेन्ट ने कहा, ''और अब मैं चाहूँगा कि आप चलते बनें।''

''एक एटलस'' कैफस ने कहा, ''सिर्फ नदी के मार्ग का नक्शा प्रस्तुत करता है।

और उन प्रमुख शहरों को दरशाता है, जहाँ-जहाँ से होकर वह नदी गुजरती है। किंतु अब इस 'राइट हीअॅर' नामक पुस्तक में आपको उन तथ्यों के अलावा भी बहुत कुछ ऐसी जानकारी मिलेगी, जैसे कि प्राकृतिक दृश्य, ट्रैफिक फैरी बोट की किराया सूची पाई, जाने वाली मछलियों की किस्में, नाव चलानेवाले की भाषा और मुख्य-मुख्य नदियों के रास्ते आने-जाने वाले स्टीमरों की समय-सारिणी इसमें आपको—मेलोकेन्ट बैठा रहा और उस कठोर नाक-नक्श वाले हठी, निष्ठुर सेल्समैन को देखता रहा, जो बिना कहे कुरसी खींचकर जमकर बैठा-बैठा अपनी अनचाही वस्तुओं के गुणों की तारीफ कर रहा था। अचानक लेखक के दिमाग में यह बात कौंध गई कि उस जिद्दी सेल्समैन के व्यवहार का अनुसरण वह स्वयं क्यों नहीं कर सकता? उसने अपने लिए जो अरुचिकर रुक्ष नाम अपनाया है, उसके अनुरूप अपना बरताव क्यों नहीं बना सकता? क्यों वह कमज़ोर इनसान की तरह बैठा रहे और इस उबाऊ, अविश्वसनीय, अनर्गल भाषण को सुनता रहे? क्यों वह कुछ पल के लिए मार्क मेलोकेन्ट नहीं हो सकता और उस आदमी का मुकाबला समान धरातल पर नहीं कर सकता?

अचानक एक प्रेरणा ने उसे उकसा दिया।

"क्या तुमने मेरी पिछली पुस्तक 'दि केजलैस लिनिट' पढ़ी है।" उसने पूछा।

"मैं उपन्यास नहीं पढ़ता हूँ।" कैफस ने रुखाई से कहा।

"ओह, लेकिन तुम्हें यह उपन्यास अवश्य पढ़ना चाहिए, बेहिचक पढ़ना चाहिए।" मेलोकेन्ट ने वह पुस्तक एक ताक से उतारकर दिखाते हुए ज़ोर से कहा, "छह शिलिंग की लागत में छपी यह पुस्तक तुम चार शिलिंग और छह पेंस में ले सकते हो। इसके अध्याय पाँच में एक अंश है, जो मैं समझता हूँ तुम्हें पसंद आएगा, वहाँ ऐसा वर्णन है कि ऐसा अकेली भोज की झाड़ियों में हेरल्ड हंटिंगटन का इंतजार कर रही है—यह वही इनसान है, जिसके साथ ऐमा का परिवार ऐमा का विवाह करना चाहता है। वास्तव में वह भी उससे विवाह करने की इच्छुक है, लेकिन अध्याय पंद्रह तक उसे इस बात का पता नहीं चलता है। सुनो "दृष्टि जितनी दूर तक जा सकती थी, उतनी दूर तक विविध रंगों की झाड़ियाँ झूमती हुई दिखाई दे रही थीं, पीले फूलों वाली काँटेदार झाड़ी और मार्जनी की चमक के साथ मोव एवं बैंगनी रंग की झाड़ियाँ कभी इधर दमक उठतीं तो कभी उधर, और उनके किनारे नए-नए भोज वृक्षों के हलके भूरे और रुपहले तथा हरे पत्तों को चारों ओर से बार-बार स्पर्श कर जाते। नन्हीं-नन्हीं नीले और बादामी रंग की तितलियाँ झाड़ियों के पत्तों के ऊपर इधर से उधर फड़फड़ाती धूप में रंगरेलियाँ मचा रही थीं और सिर के ऊपर लार्क पक्षियों का कलरव चल रहा था, क्योंकि लार्क ही एक पक्षी है, जो गा सकता है। यह एक ऐसा दिन था जब सारी प्रकृति" 'राइट हीअॅर' में आपको प्रकृति के अध्ययन की सभी शाखाओं के संबंध में पूरी जानकारी मिलेगी",

पुस्तक विक्रेता ने पहली बार अपनी आवाज़ में कुछ-कुछ थकान का संकेत देते हुए कहा, ''वानिकी कीट-पतंगों का जीवन, पक्षी प्रवास, बंजर भूमि सुधार आदि। जैसा कि मैं कह रहा था, कोई भी आदमी जिसे जीवन के विविध विषयों से निपटना पड़ता है।''

''मुझे आश्चर्य होगा, यदि आपने मेरी पहली पुस्तकों में से एक भी पुस्तक देखने की परवाह की है।'' रिलक्टेंस ऑफ लेडी कलॅम्पटन मेलोकेन्ट ने दुबारा पुस्तकों की आलमारी में तलाशते हुए कहा, ''कुछ लोगों की राय में मेरा यह सबसे बढ़िया उपन्यास है। अरे हाँ, यह रहा इसके मुखपृष्ठ पर एक-दो दाग पड़ गए हैं, इसलिए मैं ज्यादा नहीं माँगूँगा, तीन शिलिंग और नौ पेंस में आपको दे दूँगा। आपकी आज्ञा हो, तो मैं पढ़कर सुनाऊँ इसकी शुरुआत कैसी है ?''

ब्रिटिश लेडी कॅलॅम्पटन लंबे-मंद प्रकाशमय ड्राइंग रूम में दाखिल हुई, उसकी आँखें चमक रही थीं और उसे ऐसी अनुभूति हो रही थी जैसे उसके पाँव जमीन पर न पड़ रहे हों, उसके अधर काँप रहे थे, उसे डर था कि वह स्वयं को छिपा नहीं सकी। उसने अपने हाथों में एक छोटा सा पंखा, सिलखड़ी का बना झालर लगा एक नाजुक खिलौना पकड़ा हुआ था। कमरे में दाखिल होते ही वह कुछ तड़क गया; उसके हाथ का पंखा टुकड़े-टुकड़े हो गया था।

''बताइए उपन्यास की शुरुआत आपको कैसी लगी ? शुरुआत में ही आपको पता चल जाता है कि अभी कुछ होने जा रहा है।''

''मैं उपन्यास नहीं पढ़ता हूँ।'' कैफस ने चिड़चिड़ाकर कहा।

''लेकिन ज़रा सोचो उपन्यास कितने मनोरंजक होते हैं'', लेखक ने ज़ोर देते हुए कहा।''सर्दी की लंबी शामों में या जब आप हो सकता है, दुखते टखने लेकर पड़े हों जो किसी के साथ भी हो सकता है; या जब आपको लगातार भीषण मौसम के कारण किसी घरेलू दावत में देर तक रुकना पड़े, जहाँ किसी बेवकूफ होस्टेस और सहनशक्ति की हद तक उबाऊ मेहमानों से छुटकारा पाना मुश्किल हो, उस स्थिति में आप कोई ऐसा बहाना बनाकर निकल सकते हैं कि आपको खत लिखने हैं, फिर आप कमरे में जाएँगे, एक सिगरेट जलाएँगे और तीन शिलिंग नौ पेंस का यह उपन्यास आपको ब्रिटिश लेडी कॅलॅम्पटन की सोसाइटी और उसकी दुनिया के सफर में डुबो देगा। किसी को भी यात्रा पर जाते हुए अपने सामान के साथ-साथ मेरे एक-दो उपन्यास ले जाना नहीं भूलना चाहिए। एक दिन मेरे एक मित्र ने बताया कि जिस तरह ऊष्ण कटिबंधीय क्षेत्रों के भ्रमण पर बिना कुनीन लिए नहीं जाना चाहिए उसी प्रकार उसे अब किसी से भी मिलने के लिए जाने से पहले अपनी किट् में मार्क मेलोकेन्ट के एक-दो उपन्यास रखकर ले जाने के बारे में भी अवश्य सोचना होगा। मुझे संदेह है कि मेरे पास The Python's Kiss की एक भी प्रति होगी।

इससे पहले कि उन रोमांचक कृतियों में से कुछ चुनने का लोभ उस पर सवार हो, कैफस ने उठना ही बेहतर समझा। धीरे से बुड़बुड़ाते हुए कि उसके पास फालतू बातों के लिए समय नहीं है, उसने अपनी तिरस्कृत पुस्तक को जल्दी से उठाया और चलता बना। उसने मेलोकेन्ट के हँसमुख 'नमस्कार' का भी कोई जवाब नहीं दिया, लेकिन मेलोकेन्ट को यह समझने में देर नहीं लगी कि उसकी भावशून्य, भूरी आँखों में एक आदरसूचक विद्वेष अवश्य कौंधा था।

□

कबाड़ख़ाना

बच्चों को एक विशेष मौज-मस्ती के लिए घोड़ा-गाड़ी से जैगबारो के रेतीले मैदान की सैर पर ले जाया जाना था। निकोलस को बच्चों के उस दल में शामिल नहीं किया गया; उसे सजा मिली थी। उसी सुबह उसने अपना दूध, ब्रेड खाने से यह कहकर मना कर दिया था कि उसके कटोरे में शायद एक मेढक है। बात बड़ी बेमानी थी। बड़े-बूढ़े और अधिक समझदार एवं बेहतर लोगों ने उसे बताया था कि उसके ब्रेड एवं दूध के प्याले में कोई मेढक नहीं हो सकता और यह भी कहा था कि उसे बकवास नहीं करनी चाहिए; फिर भी वह बकवास करता चला गया और कथित मेढक के रंग तथा विविध निशानों के बारे में विस्तार से बताता रहा। उस घटना का नाटकीय हिस्सा यह था कि निकोलस के ब्रेड एवं दूध के प्याले में असल में एक मेढक था। यह उसने खुद उस पौष्टिक आहार के प्याले में डाल दिया था, इसी कारण उसने सोचा कि उसे मेढक के बारे में कुछ जानने का हक़ है! बगीचे से एक मेढक पकड़कर लाना और उसे पौष्टिक आहार के पात्र में डाल देने की दास्तान बहुत लंबी हो गई, लेकिन इस सारे मामले में एक बात बहुत साफ होकर निकली; निकोलस की यह धारणा पक्की हो गई थी कि उम्र में बड़े, अधिक समझदार और बेहतर कहे जाने वाले लोग उन मामलों में बहुत गलत साबित हो गए थे, जिनके बारे में उन्होंने अत्यधिक विश्वास व्यक्त किया था।

"आपने कहा कि मेरे ब्रेड और दूध के प्याले में कदाचित कोई मेढक नहीं हो सकता। मेरे ब्रेड एवं दूध में वाकई एक मेढक था, उसने एक निपुण, जोड़-तोड़ से काम साधने वाले उस व्यक्ति की भाषा में दुबारा कहा, जो अपने पसंदीदा विषय से हटना नहीं चाहता है। अत: उसके दूर के भाई और दूर की बहन तथा उसके बहुत नीरस छोटे भाई को उस दोपहर जैगबॉरो का रेतीला मैदान दिखाने ले जाया जाना था और उसे घर में रहना था। उसके दूर के भाई-बहनों की आंटी, जिसने एक निराधार कल्पना को तूल देते हुए अपने आपको उसकी भी आंटी बनने की धृष्टता की थी, ने बहुत जल्दी जैगबॉरो अभियान पर जाने का कार्यक्रम बना डाला, ताकि वह निकोलस को बता सके

कि उसने नाश्ते के दौरान अपने अभद्र व्यवहार के कारण उन खुशियों में शामिल होने का अधिकार खो दिया है। यह उसकी आदत थी, जब कभी कोई बच्चा अभद्र व्यवहार का दोषी पाया जाता, तो वह झट से कोई मनोरंजनपूर्ण कार्यक्रम बना लेती और अपराधी को निष्ठुरता से उससे बाहर रखा जाता; अगर सभी बच्चे सामूहिक रूप से अपराध करते, तो उन्हें अचानक बताया जाता कि पास के एक शहर में एक बेमिसाल सरकस आया है, जिसमें बहुत सारे हाथी अपना कमाल दिखाते हैं, और साथ में यह भी कहा जाता कि अगर उन्होंने अपराध नहीं किया होता, तो उन्हें उसी दिन सरकस दिखाने ले जाया जाता।

उम्मीद की गई थी कि उसे छोड़कर बाकी सारे बच्चे जब मौज-मस्ती करने जाएँगे, तो निकोलस की आँखों में कुछ आँसू अवश्य भर आएँगे। लेकिन, वास्तव में सारा रोना-धोना उसकी दूर की उस बहन के हिस्से आया, जिसने घोड़ा गाड़ी में चढ़ते समय अपने घुटने में चोट लगा ली थी।

''वह कैसे चीखी'', निकोलस ने हँसकर कहा, जब सैर-सपाटे के लिए जानेवाले दल ने उस जोश एवं उत्साह के बिना प्रस्थान किया, जो ऐसे मौके पर दिखना चाहिए था।

''वह बहुत जल्द स्वस्थ हो जाएगी'', उस ढोंगी आंटी ने कहा, ''इस दोपहर रेत के उन सुंदर टीलों पर दौड़ लगाने में बहुत मज़ा आएगा। वे सब कितने खुश होंगे।''

''बॉबी बहुत मस्ती नहीं कर पाएगा, और वह ज्यादा दौड़ भी नहीं सकेगा'', निकोलस ने एक खीझ के साथ कहा, ''उसके बूट उसे तकलीफ दे रहे हैं। वे बहुत तंग हैं।''

''उसने मुझे क्यों नहीं बताया कि जूतों से उसे तकलीफ हो रही है'', आंटी ने कुछ रुखाई से पूछा।

''उसने आपको दो बार बताया था, लेकिन आप सुन ही नहीं रही थीं। आप अकसर नहीं सुनती हैं जब हम आवश्यक बातें आपको बताना चाहते हैं।''

''तुम्हें उस झरबेरी के बाग में नहीं जाना है'', आंटी ने विषयांतर करते हुए कहा।

''क्यों नहीं ?'' निकोलस ने जानना चाहा।

''क्योंकि तुम तिरस्कृत हो।'' आंटी ने गर्व से कहा।

निकोलस ने उस तर्क की निर्दोषता को स्वीकार नहीं किया; उसने सोच लिया कि वह तिरस्कार में भी पूरी तरह ठीक रह सकता है और झरबेरी के बाग में जाने का मज़ा भी उठा सकता है। उसका चेहरा बता रहा था कि उस पर ज़िद सवार हो गई है। उसकी आंटी बहुत अच्छी तरह समझ गई थी कि वह झरबेरी के बाग में जाने की ठान चुका है, ''सिर्फ इसलिए उसने अपने आपसे कहा, क्योंकि मैंने उसे ऐसा करने से मना किया था।''

झरबेरी के बाग में जाने के दो दरवाजे थे और निकोलस जैसा कोई छोटा बालक एक बार अंदर दाखिल हो गया तो वह हावीचक के बड़े-बड़े पत्तों, रसभरी के वृक्षों

और फलों की घनी झाड़ियों के बीच आसानी से लुप्त हो सकता है। उस दोपहर आंटी को बहुत सारे दूसरे काम करने थे, लेकिन उसने फूलों की क्यारियों और झाड़ियों को ठीक-ठाक करने जैसे छोट-मोटे कामों में घंटों फालतू बिता दिए, जहाँ से वह उन दो दरवाजों पर सतर्क निगाह रख सकती थी, जो वर्जित स्वर्ग की ओर खुलते थे। उसमें सोच-विचार करने की शक्ति कम और किसी काम में लगे रहने की धुन अपार थी।

निकोलस ने सामने के उद्यान के एक-दो चक्कर लगाए; उसका इरादा चोरी-छिपे उन दोनों में से किसी एक दरवाजे तक पहुँचने का था, लेकिन वह एक क्षण के लिए भी आंटी की सतर्क निगाहों से बचने में सफल नहीं हो सका। वस्तुत: उसका झरबेरी के बाग में घुसने की कोशिश करने का कोई इरादा नहीं था, लेकिन उसके लिए अपनी आंटी को यह जताना अत्यंत सुखदायक था कि वह कोशिश करने में लगा हुआ है, फिर आंटी सारी दोपहर उस पर कड़ी निगाह रखने में लगी रहेगी। आंटी के संदेह को और पक्का, मजबूत, करने के बाद निकोलस चुपके से वापस घर में चला गया और जल्दी-जल्दी, बहुत समय से दिमाग में घुमड़ रही, एक योजना को लागू करने की तैयारी में लग गया। लाइब्रेरी में एक कुरसी पर खड़े होकर कोई भी उस आले तक पहुँच सकता था, जिस पर एक मोटी सी महत्त्वपूर्ण दिखनेवाली चाबी रखी हुई थी। यही वह महत्त्वपूर्ण औजार था, जो कबाड़ख़ाने को अनधिकृत घुसपैठ से सुरक्षित रखे हुए था, उसके जरिए केवल आंटियों और ऐसे ही विशेषाधिकार प्राप्त व्यक्तियों के लिए अंदर जाने का रास्ता खुलता था। निकोलस को तालों में चाबी घुमाने की कला का कोई बहुत अधिक तजुरबा नहीं था, लेकिन पिछले कुछ दिनों से वह स्कूल के कमरे के दरवाजे की चाबी से ताला खोलने का अभ्यास कर रहा था। उसे कोई भी काम भाग्य और संयोग के भरोसे छोड़ देने में बहुत यकीन नहीं था। चाबी, ताले के अंदर मुश्किल से घूमी, लेकिन घूम गई। दरवाजा खुला, और निकोलस एक अनजानी दुनिया में पहुँच गया, जिसकी तुलना में झरबेरी का बाग सिर्फ एक सामान्य, भौतिक सुख के अलावा कुछ नहीं था।

निकोलस ने बहुत बार अपने मन में यह कल्पना की थी कि वह जगह, जिसे कबाड़ख़ाना कहते हैं, कैसी होगी, विशेषकर इस बात को ध्यान में रखते हुए कि बच्चों को न तो उसमें झाँकने की इज़ाज़त है और न उसके बारे में उनके किसी सवाल का उत्तर दिया जाता है। उसने जैसा सोचा था वैसा ही पाया। पहली बात यह एक काफी बड़ा कमरा था, जिसमें रोशनी बहुत कम थी, रोशनी आने के लिए एक बहुत ऊँची खिड़की थी, जो वर्जित उद्यान की ओर खुलती थी। दूसरे, यह विविध प्रकार की अकल्पित वस्तुओं का भंडार गृह था। तथाकथित आंटी उन लोगों में से थी, जो सोचते हैं कि इस्तेमाल करने से चीज़ें खराब हो जाती हैं और उन्हें सुरक्षित रखने के बहाने वे उन्हें धूल एवं सीलन में पटक देते हैं। निकोलस को अधिक-से-अधिक इतना ही पता था कि घर के ऐसे हिस्से

ज़्यादातर खाली और सूने होते हैं, किंतु यहाँ अनेक अद्भुत चीजें जमा थीं। सबसे पहले जिस चीज़ पर नज़र पड़ी, वह फ्रेम किया हुआ एक पदला था, जिसका इस्तेमाल वस्तुतः ताप से बचाव के लिए (फायर-स्क्रीन के रूप में) किया जाता है। निकोलस के वास्ते यह एक जीती-जागती सजीव कहानी थी; वह धूल की परत के नीचे दबी अद्भुत रंगों में चमकती दीवार पर लटकाई जाने वाली एक भारतीय चटाई खोलकर बैठ गया और उस पदले पर बने चित्र को बारीकी से देखने लगा। किसी पुराने युग की आखेट पोशाक पहने, एक आदमी ने अभी-अभी एक तीर से एक हिरन को बींधकर जड़वत् किया है। यह कोई मुश्किल निशाना नहीं रहा होगा, क्योंकि हिरन उससे केवल एक-दो कदम की दूरी पर था; जैसा कि चित्र से प्रतीत होता है। घने पेड़-पौधों और हरियाली के बीच धीरे-धीरे सरकते हुए उस हिरन तक पहुँचने में कोई कठिनाई उसे नहीं हुई होगी, जो आराम से घास चर रहा था और दो चितकबरे कुत्तों को भी सिखाकर तैयार रखा गया था कि जब तक शिकारी का तीर हिरन के पार न हो जाए वे उसे कहीं जाने न दें। चित्र का वह भाग रोचक होने के बावजूद आसान था, लेकिन क्या शिकारी वह देख पाया जो निकोलस ने देखा कि चार भेड़िए लंबी-लंबी छलाँगें भरते हुए जंगल के बीच से उसकी ओर आ रहे थे? उन चार के अलावा भी कुछ और भेड़िए पेड़ों के पीछे छिपे हो सकते थे और उस स्थिति में, क्या वह शिकारी और उसके कुत्ते मिलकर उन चार भेड़ियों का मुकाबला कर पाएँगे? शिकारी के तरकश में केवल दो तीर बाकी रह गए थे और हो सकता है कि किसी एक या दोनों तीरों का निशाना चूक जाए; निशानेबाजी में उसकी दक्षता बस इतनी थी कि वह किसी बड़े हिरन को बहुत निकट से वेध सकता था। निकोलस काफी समय तक उस दृश्य की संभावनाओं के बारे में विभिन्न कोणों से विचार करता रहा; उसकी सोच उसे लगातार इस निष्कर्ष की ओर धकेल रही थी कि भेड़िए चार से ज़्यादा हैं और वह शिकारी तथा उसके कुत्ते ख़तरे में हैं।

लेकिन इसके अतिरिक्त दूसरी ओर अनेक रोचक एवं दिलचस्प वस्तुएँ थीं, जिनकी ओर ध्यान देने से उसका बचना संभव नहीं था। कुछ निराले ढंग के साँपों जैसे टेढ़े-मेढ़े शमादान और चीनी बत्तख की शक्ल का एक चाय पात्र था, जिसकी खुली चोंच से चाय निकलती होगी। उसकी तुलना में नर्सरी चायदानी कितनी बेसूरत लगती है और वहाँ चंदन की लकड़ी का नक्काशीदार एक बक्सा था, जो सुगंधित कच्ची रूई से भरा हुआ था और रूई की परतों के बीच पीतल की बनी छोटी-छोटी आकृतियाँ थीं जैसे कि डीलदार गरदनवाले साँड़ तथा मोर तथा राक्षस, जो देखने और हाथ में लेने में बड़े आकर्षक लगते थे। दिखने में कम आशाजनक एक बड़ी चौरस पुस्तक थी, जिसका कवर काले रंग का था। निकोलस ने उसमें झाँका और उसे खोलकर देखा; वह पुस्तक पक्षियों के रंगीन चित्रों से भरी हुई थी और कैसे-कैसे पक्षी! निकोलस जब-जब बाग में, और

गलियों में सैर के लिए गया उसने कुछ ही पक्षी देखे, जिनमें सबसे अधिक नीलकंठ या वन-कपोत होते थे; इस पुस्तक में बगुले और सारस थे, गिद्ध और टूकन थे, विडाल-जातीय पक्षी थे, कूर्च-कुक्कुट, सारस सदृश जलपक्षी और सुनहरे तीतर थे, कहने का तात्पर्य यह कि ऐसे-ऐसे पक्षियों के चित्र भरे पड़े थे, जिन्हें कभी सपने में भी नहीं देखा था, और जब वह चीनी बत्तख के रंग-रूप पर मुग्ध हो रहा था और उसके अब तक के इतिहास के बारे में चिंतन कर रहा था, तभी उसे अपनी आंटी की भर्राई आवाज़ सुनाई दी, जो झरबेरी के बाग से उसका नाम लेकर उसे पुकार रही थी। बहुत देर से दिखाई न देने के कारण आंटी को शक हो गया था कि हो-न-हो वह ज़रूर नीलक झाड़ियों की घनी छायादार चादर के पीछे की दीवार फाँदकर छिप गया है। अब वह हैरान-परेशान होकर घनी झाड़ियों और पेड़ों के जंगल में उसे चीख-चीखकर पुकार रही है।

''निकोलस, निकोलस!'' वह चिल्लाई, ''तुम्हें अभी, इसी क्षण बाहर आना है। इस तरह वहाँ छिपने की चेष्टा करना बेकार है, मैं तुम्हें हर समय देख सकती हूँ।''

बीस वर्ष में यह शायद पहला मौका था, जब कोई उस कबाड़ख़ाने में जीभर कर हँसा हो।

निकोलस का नाम ले-लेकर जो आवाज़ गुस्से में पुकार रही हो, वह अब एक चीख और क्रंदन में बदल गई थी। निकोलस ने पुस्तक बंद की। उसे सँभालकर एक कोने में रखा, जहाँ वह पहले रखी हुई थी और पास में पड़े अखबारों की धूल उसके ऊपर झाड़ दी। फिर वह कमरे से बाहर आया, दरवाजे को ताला लगाया और चाबी ठीक उसी जगह वापस रख दी, जहाँ से चाबी उसे मिली थी। उसकी आंटी अभी भी उसका नाम पुकार रही थी, जब वह सामने के बाग में मटर-गश्ती करने निकला।

''कौन पुकार रहा है?'' उसने पूछा।

''मैं।'' दीवार की दूसरी तरफ से जवाब आया, ''क्या तुमने मुझे सुना नहीं? मैं तुम्हें बड़ी देर से झरबेरी के बाग में खोज रही हूँ और मैं बरसाती पानी की टंकी में फिसल गई हूँ। सौभाग्य से, उसमें पानी बिल्कुल नहीं है, लेकिन इसकी अगल-बगल फिसलन भरी है और मैं निकल नहीं सकती। चेरी के पेड़ के नीचे से वह छोटी सीढ़ी लेकर आओ।''

''मुझे कहा गया था कि मैं झरबेरी के बाग में नहीं जाऊँ।'' निकोलस ने तुरंत कहा।

''मैंने तुम्हें मना किया था, और अब मैं ही कह रही हूँ कि तुम वहाँ जा सकते हो।'' टंकी में से कुछ-कुछ घबराहट भरी आवाज़ आई।

''आपकी आवाज़ आंटी की आवाज़ जैसी नहीं लगती है।'' निकोलस ने शंका जताई, ''आप कोई दैत्य हो सकती हैं और मुझे अवज्ञाकारी बनने के लिए लुभा रही हैं। आंटी मुझे अकसर कहती रहती हैं कि दैत्य मुझे लालच देता है और मैं हमेशा उसकी

बातों में आ जाता हूँ। इस बार में मानने वाला नहीं हूँ।''

''बकवास मत करो'', टंकी में से आवाज़ आई, ''अभी जाओ और सीढ़ी लेकर आओ।''

''क्या चाय के बदले स्ट्राबेरी मुरब्बा खाने को मिलेगा?'' निकोलस ने तत्काल पूछा।

''बेशक मिलेगा'', आंटी ने जवाब दिया, किंतु मन-ही-मन भुनभुनाई कि निकोलस को कुछ भी नहीं मिलना चाहिए।

''अब मुझे पता चल गया कि आप अनिष्ट करनेवाली कोई दैत्य हैं, आंटी नहीं।'' निकोलस ने खुश होकर कहा, ''कल मैंने जब आंटी से स्ट्राबेरी मुरब्बा माँगा था तो उन्होंने कहा था कि नहीं है।'' मुझे पता है कि भंडार-गृह में एक आलमारी में मुरब्बे के चार मर्तबान रखे हैं, मैंने खुद देखा है और आप भी निश्चित रूप से जानती हैं, लेकिन उन्हें नहीं पता, क्योंकि उन्होंने कहा था कि मुरब्बा खत्म हो गया। ''ओह, शैतान तुमने खुद को बेच दिया है।''

आंटी से बात करने में उसे ऐसे आनंद की अनुभूति हो रही थी जैसी अनुभूति कोई किसी दैत्य से बात करते हुए महसूस करता है। लेकिन निकोलस की बालक बुद्धि यह भी समझ रही थी कि ऐसे मजे में बहुत अधिक नहीं पड़ना चाहिए। वह शोर करता हुआ वहाँ से चला गया और फिर खाना बनानेवाली उस नौकरानी ने आंटी को टंकी से बाहर निकाला, जो अजवाइन के पत्ते तोड़ने के लिए बगीचे में आई थी।

उस शाम चाय पीते समय सब एकदम खामोश थे। बच्चों का दल जब जैगबॉरो कोव पहुँचा, उस समय ज्वार अपनी चरमसीमा पर था, खेलने के लिए कोई जगह नहीं बची थी, क्योंकि बालुई तट पानी से भर गया था। आंटी ने जल्दबाजी में दण्डात्मक कार्यक्रम बनाते समय इस ओर ध्यान ही नहीं दिया। तंग जूतों की वजह से बॉबी का मिज़ाज पूरी दोपहर ख़राब रहा और बाकी बच्चों को देखकर भी ऐसा नहीं लग रहा था कि उन्हें कोई खास आनंद आया हो। आंटी ने कड़ी चुप्पी साधे रखी; उनको यह कड़वा घूँट पीते नहीं बन रहा था कि उन्हें करीब पैंतीस मिनट तक बरसाती टंकी में कैद रहने की सज़ा बेवज़ह भुगतनी पड़ी। जहाँ तक निकोलस का संबंध है, वह भी एकदम मौन था और ऐसे ज़ाहिर कर रहा था जैसे उसके पास सोचने-विचारने के लिए बहुत कुछ हो। उसने सोचा, बहुत संभव है कि वह शिकारी अपने कुत्तों के साथ उस समय बच निकला हो, जब भेड़िए शिकारी के तीर से मारे गए हिरन को खाने का मजा लेने में मस्त थे।

□

तलाश

ऐल्सीनोर हवेली के ऊपर एक अजब सी ख़ामोशी छाई हुई थी, हालाँकि कुछ-कुछ देर के बाद क्रंदन और विलाप के कारण वह ख़ामोशी टूट जाती, जो इस बात का संकेत था कि घर के अंदर कोई ग़म है, कोई शोक मनाया जा रहा है। मॉमेबी परिवार ने अपना नवोदित बच्चा खो दिया था; ख़ामोशी उसी के न होने की वज़ह से थी। वे घर-भर में सब जगह और घर के बाहर झाड़-झंखाड़ में बड़े अस्त-व्यस्त ढंग से चीखते-चिल्लाते हुए उसकी तलाश कर रहे थे। क्लोविस, जो उस हवेली में कुछ समय के लिए एक अनिच्छुक पेइंग गेस्ट के रूप में रह रहा था, उद्यान के अंतिम छोर पर एक झूले में पड़ा ऊँघ रहा था, जब श्रीमती मॉमेबी ने उसे बच्चे के खो जाने की ख़बर सुनाई।

''हमारा बच्चा खो गया है।'' उन्होंने चीखते हुए बताया।

''क्या आपका मतलब है कि वह मर गया है या भगदड़ में कहीं इधर-उधर हो गया है या फिर आपने ताश की बाजी में उसे दाँव पर लगा दिया और इस तरह उसे खो दिया?'' क्लोविस ने आलस्य में पूछा।

''वह बड़ी खुशी से लॉन में ठुमक-ठुमक कर घूम रहा था।'' श्रीमती मॉमेबी ने आँखों में आँसू लाते हुए कहा, और आर्नल्ड अभी-अभी अंदर आए थे और मैं उनसे पूछ रही थी कि वे शतावर (अस्पैरगॅस) के साथ कौन सी चटनी अर्थात् सॉस लेना पसंद करेंगे।

''मैं समझता हूँ, उन्होंने हॉलैंड वाली चटनी के लिए कहा होगा।'' क्लोविस ने तुरंत दिलचस्पी दरशाते हुए कहा, क्योंकि अगर ऐसा कुछ है जो मुझे पसंद नहीं और अचानक बच्चा गायब हो गया।'' श्रीमती मॉमेबी ने रुआँसे स्वर में कहना जारी रखा। हमने ऊपर-नीचे घर और बगीचे में, दरवाजों के बाहर सब जगह खोज लिया है और वह कहीं भी नहीं मिला।

''क्या उसकी आवाज़ कहीं सुनाई दी?'' क्लोविस ने पूछा, ''यदि नहीं तो वह कम-से-कम दो मील दूर होना चाहिए।''

''लेकिन कहाँ? और कैसे?'' परेशान माँ ने पूछा।

''शायद कोई गिद्ध या कोई जंगली जानवर उसे उठाकर ले गया है'', क्लोविस ने शंका जताई।

''सरे में कोई गिद्ध और जंगली जानवर नहीं है।'' श्रीमती मॉमेबी ने कहा, ''लेकिन उनकी आवाज़ में डर समाया हुआ लग रहा था।''

वे चलते-फिरते खेल-तमाशों, सरकस आदि से यदा-कदा निकल भागते हैं। मैं समझता हूँ कभी-कभी वे उन्हें प्रचार की ख़ातिर भी खुला छोड़ देते हैं। सोचो स्थानीय अखबारों में यह एक कितनी सनसनीख़ोज खबर होगी कि एक प्रमुख परंपराविरोधी के नवोदित पुत्र को लकड़बग्घा खा गया। आपका पति कोई प्रतिष्ठित रूढ़िभंजक नहीं है, लेकिन उसकी माँ वेल्स वंश की है और आपको समाचार-पत्रों को कुछ छूट तो देनी ही चाहिए।

''लेकिन हमें उसके अवशेष, अस्थि-पिंजर तो मिलने चाहिए थे।'' श्रीमती मॉमेबी ने सुबकते हुए कहा।

''अगर लकड़बग्घा वास्तव में भूखा था तो उसने कुछ भी नहीं छोड़ा होगा।''

श्रीमती मॉमेबी किसी दूसरी दिशा में दिलासा पाने के लिए जल्दी वहाँ से हट गईं। उनका आहत मातृत्व और अधिक सहन नहीं कर सका और उन्होंने शतावर चटनी के बारे में क्लोविस की ज़ाहिर उत्सुकता को एकदम झटक दिया। लेकिन अभी उन्होंने मुश्किल से एक गज़ का फासला तय किया होगा कि बगल का दरवाजा खुलने की आवाज़ से वे तुरंत वहीं रुक गईं। पीटरहॉफ विला से, सुश्री गिल्पेट तशरीफ लाई थीं और शोक का कारण विस्तार से जानने के लिए उत्सुक थीं। क्लोविस पहले ही ऊब चुका था, लेकिन श्रीमती मॉमेबी के अंदर एक ही किस्से को सौ बार सुनाने की गज़ब की क्षमता थी।

''ऑर्नल्ड अभी अंदर आया ही था; वह जोड़ों में दर्द की शिकायत कर रहा था।''

''इस घर में शिकायत करने के लिए इतना कुछ है कि मुझे जोड़ों के दर्द की शिकायत करने की बात कभी सूझी ही नहीं'', क्लोविस बड़बड़ाया।

वह जोड़ों के दर्द की शिकायत लेकर आया था, श्रीमती मॉमेबी ने कहना जारी रखा, आवाज़ में और भी दर्द भरकर सुबकते हुए और साथ-ही-साथ ऊँचे स्वर में बोलते हुए।

उनकी बात में फिर रुकावट पड़ी।

''जोड़ों के दर्द जैसी कोई चीज़ नहीं होती है।'' सुश्री गिल्पेट ने कहा। यह बात उन्होंने जानबूझकर इस अवज्ञा भाव से कही, जैसे कोई बैरा यह घोषणा करने में अपना सुर बदल लेता है कि शराब की सूची में सबसे सस्ती मदिरा अब नहीं है। तथापि सुश्री गिल्पेट ने किसी दूसरी अधिक महँगी बीमारी का हवाला नहीं दिया, बल्कि उन सब बीमारियों की मौजूदगी को ही नकार दिया।

श्रीमती मॉमेबी की बौखलाहट उनके दुःख के जरिए ठंडी पड़ने लगी।

''मुझे लगता है, अगली बार तुम यह कहोगे कि बच्चा असल में खोया ही नहीं है।''

''वह गायब हुआ है।'' सुश्री गिल्पेट ने माना, लेकिन सिर्फ इस कारण क्योंकि उसे तलाशने का पर्याप्त विश्वास आपके पास नहीं है। आपकी ओर से विश्वास का अभाव ही उसे आपके पास सुरक्षित एवं ठीक-ठाक पहुँचाने में रोड़ा बन रहा है।

''लेकिन इस बीच लकड़बग्घा उसे खा चुका है और कुछ हद तक हज़म कर चुका है।'' क्लोविस ने कहा, जो बच्चे को जंगली जानवर द्वारा खा लिये जाने की अपनी दलील को गले लगाए हुए था। तो निश्चित रूप से कुछ बुरे प्रभाव सामने आएँगे।

सुश्री गिल्पेट विषय की इस जटिलता से कुछ लड़खड़ा गईं।

''मेरा पक्का विचार है कि किसी लकड़बग्घे ने उसे नहीं खाया है।'' उन्होंने कमज़ोर पड़ते हुए कहा।

लकड़बग्घा भी इतने ही विश्वास से कह सकता है कि उसने खा लिया है। उसका विश्वास आपके विश्वास से कम नहीं है और इससे भी अधिक महत्त्वपूर्ण बात यह है कि वह बच्चे का वर्तमान अता-पता जानता है।

श्रीमती मॉमेबी की आँखों में फिर आँसू आ गए। ''अगर आपको विश्वास है'' एक सुखद प्रेरणा की कौंध पाकर, सुबकते हुए उन्होंने कहा, ''तो क्या आप हमारे नन्हे ऐरिक को हमारे वास्ते खोजेंगी नहीं? मैं जानती हूँ आपके पास ऐसी शक्तियाँ, हैं जो हमारे पास नहीं हैं।''

रोज़मेरी गिल्पेट ईसाई धर्म-शास्त्र के सिद्धांतों का पालन करने में पूरी निष्ठा रखती थीं, उन सिद्धांतों की उन्हें उसे पूरी समझ थी या नहीं अथवा वे उनकी विशद व्याख्या कर सकती थीं या नहीं इसका निर्णय तो ऐसे सिद्धांतों के विद्वान् ही कर सकते हैं। प्रस्तुत मामले में निस्संदेह उनके सामने एक बड़ी चुनौती थी और वे अपने विश्वास एवं आस्था की सारी शक्ति जुटाकर अपनी अनिश्चित तलाश पर निकल पड़ीं। वे सुनसान और खुली ऊँची सड़क पर निकल गईं, पीछे-पीछे श्रीमती मॉमेबी चेतावनी देती आ रही थीं। उधर जाने का कोई फायदा नहीं है, हम वहाँ दस-बारह दफा तलाश चुके हैं। लेकिन रोज़मेरी के कान सिर्फ अपनी बधाई के अलावा ऐसी सभी बातें सुनने के लिए पहले ही बहरे हो गए थे, क्योंकि राजमार्ग के बीचों-बीच बैठा हुआ एक बच्चा धूल-मिट्टी और कुछ कुम्हलाए मुख के साथ बड़ा निश्चिंत होकर खेल रहा था, उसने सफेद पोशाक पहनी हुई थी और उसके सन जैसे रंग के बालों की चुटिया हलके नीले रिबन में बँधी उसकी एक कनपटी पर झूल रही थी। स्त्रियोचित स्वभाव के अनुसार पहले उन्होंने यह सुनिश्चित किया कि कहीं दूर तक कोई मोटरगाड़ी तो नजर नहीं आ रही है और फिर बच्चे को उठाकर बड़ी तेजी से ऐल्सीनोर भवन के प्रवेशद्वारों को पार करके अंदर चली गईं। रोज मेरी ने बच्चे के विरोध और चीख-चिल्लाहट की जरा सी भी परवाह नहीं की,

हालाँकि उसके जोर-जोर से रोने-चीखने की आवाज़ से सबको उसके मिल जाने का पता चल चुका था और उसके माँ-बाप सदमे जैसी मन:स्थिति में बेतहाशा दौड़ते हुए लॉन में चले आए, ताकि वापस मिले अपने बच्चे को गले लगा सकें। ऐसे सुरुचिपूर्ण, कलात्मक दृश्य का महत्त्व कुछ हद तक फीका पड़ गया, क्योंकि रोज़मेरी उस जूझते, पकड़ से छूटने का जोरदार प्रयास करते बच्चे को सँभाल नहीं पा रही थीं, जो गलत हाथों में पड़कर अपने परिवार की बाँहों में जाने के लिए छटपटा रहा था। "हमारा नन्हा एरिक हमारे पास वापस आ गया।" मॉमेबी परिवार के लोग एक स्वर में चिल्लाए, चूँकि बच्चे ने अपनी मुट्ठियाँ पूरी ताकत से अपनी आँखों में घुसेड़ रखी थीं और उसके पूरे खुले मुँह के अलावा उसका चेहरा बिल्कुल भी दिखाई नहीं दे रहा था, उसको पहचान पाना अपने आप में एक कठिन कार्य था। केवल विश्वास किया जा सकता था।

"क्या वह डैडी और मम्मी के पास लौटकर खुश है?" श्रीमती मॉमेबी गुनगुनाईं, लेकिन बच्चे की छटपटाहट से साफ ज़ाहिर था कि वह धूल-मिट्टी और मक्खन की डिबियों के साथ खेलने से हटाए जाने के कारण खुश नहीं है और यह देखकर क्लोविस समझ गया कि वे जो कोशिश कर रहे हैं बिल्कुल व्यर्थ है।

"उसे रोली-पोली की सवारी कराओ" पिता ने चतुर सुझाव दिया, क्योंकि बच्चे का रोना कम नहीं हो रहा था। बच्चे को तुरंत बड़े गार्डन रोलर पर बैठाया गया और एक रस्सी रोलर में बाँधी गई, ताकि रस्सी खींचकर रोलर को लुढ़काया जा सके। ऐसा करते ही सिलेंडर की खोखली गहराई से कानों को फाड़ डालनेवाली चीख सुनाई दी, जो इतनी तेज़ थी कि क्रंदन करते बच्चे का शोर उसमें डूब गया और देखते-ही-देखते उसके अंदर से एक बच्चा बाहर निकला, जिसने सफेद पोशाक पहनी हुई थी और जिसके सन—जैसे रंग के बालों की चुटिया में हलके नीले रंग का रिबन बँधा हुआ था, और वह चुटिया उसकी एक कनपटी पर झूल रही थी। इस नवागत की शक्ल-सूरत या चीत्कार की ताकत हूबहू वैसी ही थी।

'हमारा मुन्ना ऐरिक' श्रीमती मॉमेबी ने उस पर झपटते हुए और उस पर चुंबनों की झड़ी लगाते हुए चीख-चीखकर कहा, "क्या वह हम सबको इतना डराने के लिए इस रोली-पोली के अंदर छिप गया था।"

बच्चे के अचानक गायब हो जाने और फिर उतने ही अप्रत्याशित ढंग से उसके मिल जाने का यही सच था। तथापि एक समस्या अभी भी बनी रही, बीच में आ टपके उस बच्चे को लेकर जो लॉन में बैठा रिरिया रहा था और देखनेवालों की आँखों में उतना ही चुभ रहा था, जितना कुछ देर पहले उसे अनचाहा स्वागत मिला था। मॉमेबी परिवार उसे इस तरह घूर रहा था जैसे वह कोई कीड़ा हो और निष्ठुरता एवं निकम्मे बहानों के जरिए कुछ देर उनका प्यार पाने के लिए चला आया हो। सुश्री गिल्पेट का चेहरा पीला

पड़ गया, जब उन्होंने बेबसी से उस बच्चे को देखा, जिसे वे बिना सोचे-समझे उठा लाई थीं और कुछ क्षण पहले तक जो उनकी आँखों में खुशी बनकर चमक रहा था।

''प्यार-दुलार समाप्त हो जाने के बाद, प्यार करनेवाला भी प्यार को कितना समझ पाता है।'' क्लोविस ने अपने आप से कहा।

सबसे पहले रोज़मेरी ने चुप्पी तोड़ी।

''अगर यह आपका ऐरिक है, जिसे आपने सीने से लगा रखा है, तो वह कौन है ?''

''यह तो, मैं समझती हूँ, आपको पता होना चाहिए।'' श्रीमती मॉमेबी ने सख़्ती से कहा।

''बेशक'', क्लोविस ने कहा, ''यह एक दूसरा ऐरिक है, जिसे आपकी आस्था शक्ति ने बुलाया है। सवाल यह है अब आप उसका क्या करेंगी ?''

रोज़मेरी के गालों का रंग और भी फीका पड़ गया। श्रीमती मॉमेबी ने सही ऐरिक को अपने और नज़दीक कर लिया जैसे कि उन्हें इस बात का डर हो कि उनका विलक्षण पड़ोसी अत्यंत खीझ के कारण कहीं उसे सोन मछली के कटोरे में तब्दील न कर दे।

''मैंने उसे सड़क के बीच बैठा हुआ पाया था।'' रोज़मेरी ने धीरे से कहा।

''आप उसे वापस वहीं ले आकर नहीं छोड़ सकतीं।'' क्लोविस ने कहा, ''राजमार्ग यातायात के लिए होता है, न कि अप्रचलित चमत्कारों हेतु काठ-कबाड़ रखने की जगह के रूप में इस्तेमाल करने के लिए।''

रोज़मेरी रो पड़ीं। 'रोना हो तो अकेले रोएँ' वाले मुहावरे को चरितार्थ करते हुए वे बुरी तरह फूट-फूटकर रोने लगीं। दोनों बच्चे भी बड़े दु:खी होकर क्रंदन कर रहे थे और मॉमेबी दंपती अभी तक अपनी पूर्ववत् शोकाकुल स्थिति से उबर नहीं पाए थे। अकेले क्लोविस की खुशदिली में कोई कमी नहीं आई थी।

''क्या मैं हमेशा के लिए उसे अपने पास रखूँ ?'' रोज़मेरी ने शोकातुर दशा में पूछा।

''हमेशा के लिए नहीं'', क्लोविस ने दिलासा देते हुए कहा, ''तेरह वर्ष का होने पर वह नौसेना में जा सकता है।'' रोज़मेरी ने फिर रोना शुरू कर दिया।

''सच में'', क्लोविस ने आगे कहा, ''उसके जन्म प्रमाण-पत्र के बारे में बहुत परेशानी झेलनी पड़ सकती है। नौसेना विभाग की लंबी-चौड़ी सफाई देनी होगी, वे लोग बहुत अधिक दकियानूसी होते हैं।''

उस समय बड़ी राहत मिली, जब चार्लटनबर्ग भवन से एक आया हाँफती-दौड़ती हुई नन्हे पर्सी को लेने के लिए आई, जो मुख्य द्वार से बाहर निकल गया था और पलक झपकते ही मुख्य मार्ग से गायब हो गया था।

और तब भी क्लोविस यह नहीं भूला कि उसे रसोई में खुद जाकर देखना चाहिए कि शतावर की चटनी बनी है या नहीं।

□

लॉरा

"क्या तुम असल में मर रही हो, ऐसा है ?" अमंदा ने पूछा।

"मुझे डॉक्टर ने मंगलवार तक जीवित रहने की इज़ाज़त दी है।" लॉरा ने जवाब दिया।

"लेकिन आज तो शनिवार है।" "यह गंभीर बात है !" अमंदा ने गहरी साँस ली।

"गंभीर होने के बारे में तो मुझे पता नहीं। हाँ, आज शनिवार जरूर है।" लॉरा बोली।

"मौत हमेशा गंभीर होती है।" अमंदा ने कहा।

"मैंने कभी नहीं कहा कि मैं मर रही हूँ। मैं शायद अब लॉरा नहीं रहूँगी, लॉरा को त्याग रही हूँ मैं, लेकिन मैं कुछ-न-कुछ बनती रहूँगी। हो सकता है किसी प्रकार का कोई जानवर बन जाऊँ।" तुम जानती हो, जब कोई व्यक्ति उस जीवन में बहुत अच्छा नहीं रहा होता है, जो जीवन उसने अभी व्यतीत किया है, तो वह किसी निचली योनि में पुनर्जन्म लेता है और मैं बहुत अच्छी नहीं रही हूँ। जब मैं इस बारे में सोचती हूँ, ऐसा ही महसूस करती हूँ। जब-जब मुझे लगा कि परिस्थितियों की यही माँग है, तब-तब मैंने बहुत तुच्छता, कमीनेपन और बदले की भावना से व्यवहार किया है।

परिस्थितियाँ कभी वैसा नहीं चाहती हैं, अमंदा ने जल्दी से कहा।

"मेरे ऐसा कहने का अगर तुम बुरा न मानो तो···" लॉरा ने कहा, "इगबर्ट एक परिस्थिति है, जो किसी भी हद तक वह सब करने की माँग करती है। तुम्हारी उससे शादी हुई है यह अलग बात है; तुमने उससे प्यार करने, उसका आदर करने और उसे बरदाश्त करने की कसम खाई; मैंने नहीं।"

"मैं नहीं समझती कि इगबर्ट में बुरा क्या है।" अमंदा ने आपत्ति की, "ओह, तो मैं यह कहने का साहस कर रही हूँ कि बुरा मैंने किया है।" लॉरा ने शांत भाव से स्वीकार किया; वह अपराध को सिर्फ हलका करता रहा है। उदाहरण के लिए जब उस दिन मैं लंबोतरे मुँह वाले पिल्लों को फॉर्म के बाहर घुमाने के लिए ले गई तो उसने एक बहुत हलका सा शोरगुल मचाया।"

''उन पिल्लों ने उसके छोटे-छोटे चित्तीदार ससेक्स पक्षियों के झुंड को खदेड़ दिया और दो अंडे सेती मुरगियों को उनके घोंसलों से बाहर भगा दिया; इसके अलावा उन्होंने दौड़-दौड़कर फूलों की क्यारियों को भी तहस-नहस कर डाला। तुम तो जानती हो कि उसे मुरगियाँ पालने और बागवानी का कितना शौक है।''

''जो भी हो, इसके लिए उसे सारी शाम खराब करने और फिर यह कहने की जरूरत नहीं थी। इसके बारे में हमें अब और बात नहीं करनी चाहिए, ठीक उसी समय जब मुझे बातचीत में मजा आने लगा था। बस तभी मेरी बदला लेने की तुच्छ भावना मेरे आगे आ गई।'' लॉरा ने कोई पछतावा दिखाए बिना मुँह बंद मुसकान के साथ कहा, ''मैंने चित्तीदार ससेक्स के पूरे परिवार को पिल्ला प्रकरण के बाद उसके पौधों के सायबान के अंदर कर दिया।''

''तुमने यह कैसे किया?'' अमंदा चीख पड़ी।

''बड़ा आसान था।'' लॉरा ने कहा, ''उस समय दो मुरगियाँ अंडे देने का दिखावा कर रही थीं, लेकिन मैं पक्की थी।''

''और हमने सोचा कि यह कोई दुर्घटना थी।''

''तुम समझो'', लॉरा ने फिर कहना शुरू किया, ''मेरे पास वास्तव में यह मानने का आधार है कि मेरा अगला जन्म किसी निकृष्ट जीव में होगा। मैं किसी प्रकार का एक जानवर बनूँगी। दूसरी ओर मैं अपनी तरफ से इतनी बुरी भी नहीं रही हूँ, इसलिए मैं सोचती हूँ कि मुझे किसी अच्छे, कुछ आकर्षक और प्रफुल्ल, मनोरंजन प्रेमी जंतु के रूप में पुनर्जन्म लेना चाहिए। शायद ऊदबिलाव बनूँ।''

''तुम एक ऊदबिलाव; मैं कल्पना भी नहीं कर सकती'', अमंदा ने कहा।

''ठीक अगर ऐसी ही बात है तो मैं नहीं मानती कि तुम मुझे एक फरिश्ते के रूप में देखना चाहोगी।'' लॉरा ने कहा।

अमंदा चुप हो गई। उससे कुछ कहते नहीं बना।

''व्यक्तिगत रूप से मैं सोचती हूँ कि एक ऊदबिलाब का जीवन कुछ अधिक आनंददायक होगा।'' लॉरा ने कहना जारी रखा, ''वर्षभर सामन मछली खाने को मिलेगी और अपने ही घर में ताजा पानी की मछली पकड़ सकने का संतोष प्राप्त होगा, ऐसा भी नहीं करना पड़ेगा कि मछली पकड़ने का काँटा पानी में डालकर घंटों बैठे रहो और मछली फँसने का इंतज़ार करो। देखने में भी वह कितना प्यारा।''

''दूसरे शिकारियों के बारे में भी सोच लो।'' अमंदा ने बीच में टोकते हुए कहा, ''जो बुरी तरह पीछे पड़ जाते हैं, दौड़ाते हैं और अंततः मरने के लिए मजबूर कर देते हैं। बजाय इसके कि देखने के बहाने मज़ा लेने के लिए आधा पड़ोस उठकर चला आए। हालाँकि वह दशा भी शनिवार से मंगलवार तक तिल-तिलकर इस तरह मरने की पीड़ा

से अधिक बुरी नहीं होगी, मुझे कुछ और बनने के बारे में सोचना होगा। अगर मैं औसत दरजे से अधिक अच्छा ऊदबिलाव न बन सकूँ तो मैं समझती हूँ कि मुझे वापस किसी तरह का मानव स्वरूप मिलना चाहिए; संभवत: कुछ-कुछ आदिम युग का असभ्य, एक नन्हा भूरे रंग का नंगा न्यूबियन लड़का।''

''मैं चाहूँगी कि तुम गंभीर हो जाओ'', अमंदा ने ठंडी साँस ली। ''अगर तुम वास्तव में मंगलवार तक जिंदा रहनेवाली हो, तो तुम्हें अवश्य ही गंभीर हो जाना चाहिए।

हक़ीक़त में लॉरा सोमवार को ही मर गई।

''भीषण दु:ख की बात है'', अमंदा ने अपने चचिया ससुर सर ललवर्थ क्वेन से शिकायत के लहजे में कहा। ''मैंने काफी लोगों को गोल्फ खेलने और मछली पकड़ने के लिए बुलाया है और''' ।

''लॉरा हमेशा बेलिहाज़ थी'', सर ललवर्थ ने कहा, ''उसका जन्म गुडवुड सप्ताह के दौरान हुआ था, घर में एक राजदूत के रहते, जिसे बच्चों से घृणा थी।''

''उसके विचार अजीबो-गरीब पागलपन से भरे होते थे।'' अमंदा ने कहा, ''उसके परिवार में कहीं कोई पागल तो नहीं था, अगर आप जानते हों ?''

''पागल ? नहीं तो, मैंने किसी के बारे में कभी नहीं सुना। उसका बाप वेस्ट केन्सिंग्टन में रहता है, लेकिन मैं समझता हूँ कि अन्य सभी बातों में वह समझदार है।''

''वह कहने लगी थी कि अगले जन्म में वह एक ऊदबिलाव बनेगी'', अमंदा ने कहा।

''पुनर्जन्म के ऐसे विचार बहुत बार सुनने में आते हैं, वेस्ट में भी'', सर ललवर्थ ने कहा, ''उससे यह साबित नहीं होता कि कोई पागल है और लॉरा इस जीवन में इस कदर एक गैर-जिम्मेदार व्यक्ति थी कि मैं नहीं चाहता कि मुझे इस बारे में पक्के नियम बनाने चाहिए कि मरने के बाद वह क्या कर सकती है और क्या नहीं।''

''क्या आप समझते हैं कि वह वास्तव में कोई जानवर बन गई है।'' अमंदा ने पूछा। वह उन लोगों में से थी, जो अपनी राय अपने आस-पास के लोगों के दृष्टिकोण से कुछ जल्दी बना लेते हैं।

उसी समय इगबर्ट जलपान कक्ष में दाखिल हुआ, चेहरे पर उसने ऐसी उदासी ओढ़ी हुई थी, जिसके लिए लॉरा का निधन भी नाकाफी लग रहा था।

''मेरे चार चित्तीदार ससेक्स मारे गए हैं'', वह चीखा, ''वे चारों, जिन्हें शुक्रवार को शो पर जाना था। उनमें से एक को घसीटकर दूर ले जाया गया और उस गुलाबी वाटिका के बीचोंबीच उसे खा लिया गया, जिस वाटिका को तैयार कराने में मैंने बहुत मुश्किल उठाई थी और बहुत खर्चा किया था। मेरी सबसे अच्छी पुष्प-शय्या और सबसे खूबसूरत मुरगियों को ही तबाह करने के लिए चुना गया; ऐसा प्रतीत होता है कि जिस

शैतान ने यह घिनौना काम किया, उसे इस बात की विशेष जानकारी थी कि कम-से-कम समय में यह विनाश कैसे किया जा सकता है।''

''आप क्या समझते हैं, यह किसी लोमड़ी का काम है।'' अमंदा ने पूछा।

''यह कोई जंगली बिल्ली (पोलकैट) हो सकती है'', सर ललवर्थ ने कहा।

''नहीं'', इगबर्ट ने कहा, ''वहाँ सारी जगह जालपाद के निशान थे और हम उनको देखते-देखते बगीचे के बिल्कुल नीचे की ओर बहती नदी तक गए, ज़ाहिर है, कोई ऊदबिलाव ही रहा होगा।''

अमंदा ने जल्दी से और चोरी-छिपे सर ललवर्थ की तरफ देखा।

इगबर्ट ने तेज़ गुस्से में होने के कारण नाश्ता नहीं किया और वह मुरगीखाने की सुरक्षा के इंतज़ामों को देखने के लिए बाहर चला गया।

''मैं सोचती हूँ उसे अंत्येष्टि-संस्कार समाप्त हो जाने तक का इंतज़ार तो अवश्य करना चाहिए था'', अमंदा ने दु:ख जताने की बनावटी आवाज़ में कहा।

''यह उसकी अपनी अंत्येष्टि है'', तुम जानती हो सर ललवर्थ ने कहा, शिष्टाचार की दृष्टि से देखें तो यही उचित समय होता है, जब व्यक्ति मृत्योपरांत अपने ही अवशेषों के प्रति सम्मान दिखा सकता है।''

शवगृह संबंधी रीति-रिवाज़ के प्रति अनादर का सिलसिला अगले दिन देर तक चलता रहा। अंत्येष्टि संस्कार के दौरान परिवार की अनुपस्थिति में जीवित बची ससेक्स मुरगियों को भी मौत के घाट उतार दिया गया। हत्यारों ने वापस जाते-जाते लॉन में फूलों की अधिकतर क्यारियों को ही नहीं रौंदा, बल्कि निचले उद्यान में स्ट्राबरी के पौधों को भी चोट पहुँचाई।

''मैं ऊदबिलाव के शिकारियों को जल्द-से-जल्द यहाँ देखना चाहूँगा'', इगबर्ट ने बहुत गुस्से में कहा।

''किसी तरह नहीं!'' ''तुम ऐसा कुछ सोच भी नहीं सकते!'' अमंदा चिल्लाई। ''मेरा मतलब है, अंत्येष्टि के तुरंत बाद घर में ऐसा करना उचित नहीं होगा।''

''यह मामला तुरंत काररवाई करने का है'', इगबर्ट ने कहा, ''ऊदबिलाव के मुँह एक बार खून लग जाए तो यह सिलसिला फिर रुकेगा नहीं।''

'शायद वह कहीं और चला जाए क्योंकि यहाँ अब कोई मुरगी नहीं बची है।' अमंदा ने अपनी राय व्यक्त की। ''कोई यह सोचेगा कि तुम जानवर को बचाना चाहती थी'', इगबर्ट ने कहा।

''नदी में हल में बहुत कम पानी बचा है।'' अमंदा ने आपत्ति जताई, ''किसी ऐसे जानवर का शिकार करने में कोई बहादुरी नहीं दिखाई देती है, जिसके पास कहीं आश्रय लेने का कोई मौका नहीं है।''

''हे भगवान्! इगबर्ट आग-बबूला हो गया, मैं शिकार की बात नहीं कर रहा हूँ। मैं उस जानवर को जल्द-से-जल्द मरवाना चाहता हूँ।''

अमंदा का विरोध भी कमज़ोर पड़ गया, जब अगले दिन चर्च के समय के दौरान ऊदबिलाव घर में घुस गया। आधी सामन मछली खा गया और उसके छोटे-छोटे टुकड़े इगबर्ट के स्टूडियो में बिछे फारसी गलीचे पर बिखेरकर चला गया।

''वह दिन दूर नहीं जब वह हमारे पलंग के नीचे छिपकर बैठा होगा और हमारे पाँव तले टुकड़े चबा रहा होगा'', इगबर्ट ने कहा और इस ऊदबिलाव विशेष के बारे में अमंदा जितना जानती थी, उसके मद्दे नज़र उसने सोचा कि ऐसा होने से इनकार नहीं किया जा सकता।

शिकार के लिए निश्चित किए गए दिन की पूर्व संध्या पर अमंदा ने एक घंटे का समय नदी तट पर सैर करते-करते यह सोचने में बिताया कि शिकारी कुत्तों का शोर किस तरह का होता है, अर्थात् वे किस प्रकार की आवाज़ निकालते हैं। जिन्होंने उसकी आवाज़ सुनी, वे अपने उदार मन से यही सोचते रहे कि वह शायद आगामी ग्राम्य मनोरंजन कार्यक्रम में आदर-सत्कार करने का अभ्यास कर रही है।

यह उसका मित्र और पड़ोसी ॲरोरा बरे था, जो उस दिन के शिकार की खबर उस तक पहुँचाने आया।

''खेद की बात है कि तुम बाहर नहीं थी, हमें आज बहुत मज़ा आया।'' एक बार तो हमने उसे तुम्हारे उद्यान के ठीक नीचे काले तालाब में ढूँढ़ निकाला।

''क्या तुमने उसे मार दिया?'' अमंदा ने पूछा।

''बल्कि वह एक खूबसूरत मादा ऊदबिलाव था। उसे वश में करने की कोशिश में तुम्हारे पति को उसने बुरी तरह काट लिया। बेचारा जानवर, मुझे उसके वास्ते बहुत दुःख हुआ, उसकी आँखों में एक बहुत ही मानवीय किस्म का भाव था, जब वह मारा गया। तुम मुझे मूर्ख समझोगी लेकिन क्या तुम जानती हो कि उसकी आँखों में झलकते भाव ने मुझे किसकी याद दिलाई? मेरी प्यारी महबूबा क्या बात है?''

जब अमंदा अपनी भीरु पराजय के दौरे से काफी हद तक सँभल चुकी थी, इगबर्ट उसे स्वस्थ कराने के लिए ताइल वैली ले गया। माहौल और वातावरण बदल जाने के फलस्वरूप स्वास्थ्य एवं मानसिक संतुलन में जल्दी अपेक्षित सुधार हुआ। विविध प्रकार के आहार की खोज में एक साहसिक ऊदबिलाव के मनमौजी आचरण को उसके उचित परिप्रेक्ष्य में जानने-समझने की कोशिश की गई। अमंदा का सामान्यतः सौम्य-शांत रहनेवाला स्वभाव पुनः अपना असली प्रभाव दिखाने लगा। एक शाम लाइरो होटल में जब वह आराम से अपना बनाव-शृंगार करने में लगी हुई थी, उस समय उसके पति के ड्रेसिंग रूम से उसके पति की आवाज़ में आती लानत-मलामतों की तेज बौछार भी

उसकी शांति को भंग नहीं कर सकी, हालाँकि जिन शब्दों का इस्तेमाल वह कर रहा था, वे उसकी सामान्य भाषा से बिल्कुल अलग थे।

''क्या बात है ? क्या हुआ है ?'' उसने विनोदपूर्ण जिज्ञासा से पूछा।

''इस तुच्छ जानवर ने मेरी सभी साफ कमीजों को टब में फेंक दिया है! देख मैं अभी तुझे पकड़ता हूँ। तू कमीने।''

''कैसा तुच्छ जानवर ?'' अमंदा ने हँसने की इच्छा को दबाते हुए पूछा; इगवर्ट की बोली अपनी बेहूदा भावनाओं को व्यक्त करने में बुरी तरह नाकाम थी।

''एक नग्न भूरे न्यूबियन लड़के के रूप में एक तुच्छ जानवर।'' इगबर्ट बड़बड़ाया।

और अब अमंदा गंभीर रूप से बीमार है।

□

कहानी सुनानेवाला

यह एक गरम दुपहरी थी और रेल के डिब्बे में उमस भरी हुई थी; अगला स्टेशन टेंपलकोंब आने में अभी एक घंटा बाकी था। डिब्बे में एक छोटी लड़की थी और एक उससे छोटी लड़की थी, और एक छोटा लड़का था। उन बच्चों की चाची एक कोनेवाली सीट पर बैठी थी और सामने की तरफ कोने की सीट पर एक कुँआरा लड़का बैठा था, जो उनके लिए एक अजनबी था, लेकिन असल में तो उन छोटी लड़कियों और उस छोटे लड़के ने डिब्बे के अंदर ज़बरदस्त कब्ज़ा जमाया हुआ था। चाची और बच्चों में बीच-बीच में कुछ बातचीत हो जाती थी, जिसमें बच्चों का ध्यान अधिकतर एक मक्खी की ओर दिलाया जाता जो बाहर जाने का नाम नहीं ले रही थी। चाची की अधिकतर टिप्पणी 'नहीं' से शुरू होती और लगभग सभी बच्चों की बातचीत की शुरुआत 'क्यों ?' से होती थी। कुँआरा लड़का कुछ भी जोर से नहीं बोला।

"नहीं, सिरिल नहीं।" चाची ने टोका। जब छोटा लड़का सीट की गद्दी को पीट रहा था और धूल का गुबार उड़ा रहा था।

"इधर आओ और खिड़की के बाहर देखो", चाची ने कहा। बच्चा अनिच्छा से खिड़की के पास आ गया। "भेड़ों को उस मैदान से बाहर क्यों खदेड़ा जा रहा है ?" उसने पूछा।

"मैं समझती हूँ कि उन्हें दूसरे मैदान की ओर हाँका जा रहा है, जहाँ घास अधिक है", चाची ने धीरे से कहा।

"लेकिन उस मैदान में तो बहुत सारी घास है।" लड़के ने विरोध किया; वहाँ घास-ही-घास है और कुछ नहीं। "चाची देखो, उस मैदान में कितनी अधिक घास है।"

"दूसरे मैदान में घास शायद अधिक अच्छी है", चाची ने मूर्खतापूर्वक जवाब दिया।

"वह घास बेहतर क्यों हैं ?" तुरंत सवाल आया, जो आना ही था।

"अरे वाह, उन गायों को देखो!" चाची ने विस्मय से कहा। रेल लाइन के सहारे लगभग हर मैदान में गायें या बैल मौजूद थे, लेकिन वे इस तरह बोली, मानो किसी

दुर्लभ चीज़ की ओर ध्यान दिला रही हों।

''दूसरे मैदान में घास ज़्यादा अच्छी क्यों है ?'' सिरिल ने फिर वही सवाल दागा।

कुँआरे लड़के के चेहरे पर आया क्रोधाभाव गहराने लगा था। उसके बारे में चाची की यह राय पक्की हो गई कि वह एक कठोर, निर्दयी इनसान है। दूसरे मैदान में घास के बारे में किसी संतोषजनक निष्कर्ष पर पहुँचना उनके लिए असंभव हो गया। छोटी-से-छोटी वाली लड़की ने 'ऑन दि रोड टू मंडाले' गाना शुरू करके उधर से ध्यान हटाने का काम किया। उसे सिर्फ पहली पंक्ति याद थी, लेकिन उसने अपने सीमित ज्ञान का अधिकतम प्रयोग किया। उसने एक ही पंक्ति को अति सुंदर, किंतु पुरजोर और बहुत ऊँची आवाज़ में बार-बार दोहराया। उस कुँवारे लड़के को ऐसा प्रतीत हुआ, मानो किसी ने उसके साथ शर्त लगाई हो कि वह इस पंक्ति को बिना रुके ऊँची आवाज़ में दो हजार बार नहीं दोहरा सकती है। जिसने भी यह शर्त लगाई हो वह निश्चित रूप से हार जाएगा।

''इधर आओ और एक कहानी सुनो।'' चाची ने कहा, जब उस कुँआरे लड़के ने दो बार लड़की पर दृष्टि डाली और एक बार उसकी ध्वनि···निकास···नली पर।

बच्चे बेजान से चाची की तरफ सरक आए। ज़ाहिर है एक कहानी सुनाने वाले के रूप में उनकी प्रतिष्ठा बच्चों की नज़र में बहुत ऊँची नहीं थी।

बच्चों की चाची ने धीमी, विश्वस्त आवाज़ में ऐसी एक बहुत छोटी लड़की से संबंधित एक रोमांचरहित तथा बहुत ही नीरस कहानी सुनाना शुरू किया जो अच्छी थी और अपनी अच्छाई के कारण हर किसी को मित्र बना लेती थी। एक बार ऐसा हुआ कि पागल सांड़ ने उस पर हमला कर दिया, लेकिन उसे अंततः उन लोगों ने बचा लिया, जो उसके अच्छे व्यवहार से बहुत खुश थे। कहानी सुनते समय बच्चों ने ऊँची आवाज़ में कई बार उन्हें टोका तथा खिझानेवाले अनेक तरह के प्रश्न किए।

''अगर वह अच्छी नहीं होती तो क्या उन लोगों ने उसे बचाया नहीं होता ?'' छोटी लड़कियों में से बड़ी वाली ने पूछा। यह बिल्कुल वही सवाल था जो वह कुँआरा लड़का पूछना चाहता था।

''अच्छा, हाँ।'' चाची ने कमज़ोर पड़ते हुए स्वीकार किया, ''लेकिन मैं नहीं समझती कि अगर वे उसे इतना अधिक नहीं चाहते तो उसे बचाने के लिए इतनी तेजी से दौड़े होते।''

मेरी अब तक सुनी हुई कहानियों में से यह सबसे मूर्खतापूर्ण कहानी है, बड़ी वाली लड़की ने असीम दृढता के साथ कहा।

''कहानी इतनी खराब थी कि पहले टुकड़े के बाद मैंने नहीं सुना'', सिरिल ने कहा। दोनों में से छोटी वाली लड़की ने कहानी के बारे में कोई वास्तविक टिप्पणी

नहीं की, लेकिन उसने अपनी पसंदीदा पंक्ति को फिर से गुनगुनाना शुरू कर दिया था।

''मुझे नहीं लगता कि आप कहानी सुनाने में सफल हो सकती हैं'', उस कुँवारे लड़के ने अपनी जगह बैठे-बैठे कहा। इस अप्रत्याशित आक्रमण से चाची को तुरंत ताव आ गया।

''ऐसी कहानियाँ सुनाना बहुत कठिन होता है, जो बच्चे समझ सकें और उनका महत्त्व भी जान सकें।'' बच्चों की चाची ने सख्त पड़ते हुए कहा।

''मैं आपसे सहमत नहीं हूँ।'' उस लड़के ने कहा।

''शायद तुम उन्हें कोई कहानी सुनाना चाहोगे'', चाची का तीखा जवाब था।

''हमें एक कहानी सुनाओ'', छोटी लड़कियों में से बड़ी ने कहा।

एक कुँवारे लड़के ने सुनाना शुरू किया, ''एक नन्ही लड़की थी, जिसका नाम बर्था था; वह ज़रूरत से ज्यादा अच्छी थी'' बच्चों के मन में उपजी तात्क्षणिक रुचि तुरंत कम होने लगी : सारी कहानियाँ एक—जैसी नीरस लगती हैं, सुनानेवाला चाहे जो हो।

''उससे जो कहा जाता सब कर देती, वह बहुत सच्ची थी। अपने कपड़े साफ-सुथरे रखती, दूध का बना पुडिंग ऐसे खाती जैसे जैम भरी गुजिया हो, अपने सबक ठीक से सीखती और उसके व्यवहार में गज़ब की विनम्रता थी।''

''क्या वह सुंदर थी।'' बड़ी लड़की ने पूछा।

''इतनी सुंदर नहीं थी, जितनी तुम दोनों सुंदर हो।'' कुँवारे लड़के ने कहा, ''लेकिन वह बहुत-बहुत अच्छी थी।''

कहानी में श्रोताओं की ज़बरदस्त दिलचस्पी जाग गई; अच्छाई के संबंध में भीषण (हारिबॅल) शब्द का प्रयोग एक नवीनता थी, जिसके कारण वर्णन में नई चमक आ गई। इससे कहानी के चारों ओर सच्चाई का वातावरण तैयार हो गया, जो चाची की बाल जीवन संबंधी कहानियों में नहीं था।

''वह इतनी अच्छी थी'', कुँवारे लड़के ने कहना जारी रखा कि उसे अच्छाई के लिए कई पदक मिले, जिन्हें वह हमेशा अपनी ड्रेस पर लगाए रखती थी। एक पदक आज्ञाकारिता के लिए था, दूसरा पदक समय निष्ठता, यानी वक़्त की पाबंदी के लिए और तीसरा पदक उसे अच्छे व्यवहार के लिए प्रदान किया गया था। वे बड़े-बड़े पदक थे और जब वह चलती थी तो वे आपस में टकराते रहते थे। जिस शहर में वह रहती थी, वहाँ किसी के पास इतने पदक (तीन पदक) नहीं थे, इसी कारण सब यह मानते थे कि वह अवश्य ही एक बहुत अच्छी लड़की है।

''भीषण अच्छी।'' सिरिल ने ठहाका लगाया।

हर कोई उसकी अच्छाई के बारे में बातें करता और यह बात देश के राजकुमार

के कानों तक पहुँच गई, जिसे सुनकर उसने कहा, ''जब वह इतनी अच्छी है तो उस लड़की को सप्ताह में एक बार उसके पार्क, यानी प्रिंस के पार्क में टहलने दिया जाना चाहिए। जो शहर के बिल्कुल बाहर है। यह एक सुंदर उद्यान (पार्क) था और किसी भी बच्चे को उसमें जाने की अनुमति नहीं थी, इसलिए बर्था के वास्ते यह एक बड़े सम्मान की बात थी।

''क्या उस पार्क में कोई भेड़ थी?'' सिरिल ने जानना चाहा।

''नहीं।'' कुँआरे लड़के ने कहा, ''वहाँ कोई भेड़ नहीं थी।''

''वहाँ एक भी भेड़ क्यों नहीं थी?'' उस जवाब से निकला अपरिहार्य सवाल हाज़िर हुआ।

चाची ने अपने आपको एक मुसकान देकर धन्य किया, जिसे एक भद्दी हँसी भी कहा जा सकता है।

''पार्क में कोई भेड़ नहीं थी'', कुँवारे लड़के ने कहा, क्योंकि राजकुमार की माँ को एक बार एक ऐसा सपना आया था कि उसके बेटे की मृत्यु या तो किसी भेड़ के कारण होगी या उसके ऊपर किसी घड़ी के गिरने से उसकी मृत्यु हो जाएगी। इसीलिए राजकुमार किसी भेड़ को पार्क में नहीं आने देता था और अपने महल में कोई घड़ी नहीं रखता था।

चाची ने सराहना में उठी एक तेज साँस को दबाया।

''क्या किसी भेड़ या किसी घड़ी ने राजकुमार को मार दिया?'' सिरिल ने पूछा।

''वह अभी तक जीवित है, इसलिए हम नहीं बता सकते कि सपना सच होगा या नहीं।'' कहानी सुनानेवाले ने उदासीनता से कहा, ''जो भी हो पार्क में एक भी भेड़ नहीं थी, लेकिन छोटे-छोटे सूअर बहुत थे, जो वहाँ हर तरफ घूम रहे थे।''

''वे किस रंग के थे?''

''पूरे काले और चेहरा सफेद, सफेद बदन और काले-काले दाग, पूरी तरह काले, भूरे रंग पर सफेद धब्बे वाले और कुछ पूरी तरह सफेद।''

कहानी सुनानेवाला कुछ पल रुक गया, ताकि बच्चों की कल्पना में यह बात पूरी तरह समा जाए कि पार्क में क्या-क्या था, फिर उसने कहानी आगे बढ़ाई।

बर्था को यह देखकर वस्तुतः दुःख हुआ कि पार्क में फूल बिल्कुल नहीं थे। उसने आँखों में आँसू लिये अपनी मौसियों से वादा किया था कि वह उस दयालु राजकुमार का कोई फूल नहीं तोड़ेगी और वह अपने वचन पर दृढ़ रहनेवाली थी, इसी कारण उसे यह देखकर सचमुच दुःख हुआ कि वहाँ तोड़ने के लिए कोई फूल थे ही नहीं।

''वहाँ फूल क्यों नहीं थे।''

क्योंकि सूअरों ने सारे फूल खा लिये थे। कहानी सुनानेवाले लड़के ने फौरन जवाब दिया। ''मालियों ने राजकुमार को बता दिया था कि आप सूअर और फूल दोनों नहीं रख सकते, अतः उसने सूअर रखने का फैसला किया, फूल नहीं।''

श्रोताओं की फुसफुसाहट बता रही थी कि उन्हें राजकुमार के इस फैसले पर आश्चर्य हुआ। बहुत से लोगों ने दूसरा निर्णय लिया होता।

पार्क में बहुत सारी मनोरंजक चीज़ें थीं। वहाँ तालाब थे, जिनमें सुनहरे नीले और हरे रंग की मछलियाँ थीं, सुंदर-सुंदर तोतों से भरे वृक्ष थे और ये तोते बोलने में बड़े चतुर थे। वहाँ गुँजन करनेवाले पक्षी थे, जो दिनभर की लोकप्रिय धुनें गुनगुनाते रहते थे। बर्था उस पार्क में ऊपर-नीचे घूम-घूमकर बहुत खुश हो रही थी और मन-ही-मन सोच रही थी, 'यदि मैं इतनी अधिक अच्छी नहीं होती, तो मुझे इस खूबसूरत पार्क में आने का सुअवसर नहीं मिलता और मैंने जो देखा है वह सब नहीं देख पाती'' और जब वह पार्क में टहल रही थी तो उसके तीनों पदक आपस में टकराकर झनझन करते उसे याद दिलाते रहे कि वह वास्तव में कितनी अच्छी है। ठीक उसी समय एक भेड़िया दबे पाँव पार्क में घुस आया, यह देखने कि क्या मोटा-तगड़ा छोटा सूअर उसे मिल सकता है, रात के भोजन के लिए।'

''वह किस रंग का था?'' बच्चों ने अत्यंत उत्सुकता जताते हुए पूछा।

''वह पूरा-का-पूरा मिट्टी जैसे रंग का था, जीभ उसकी काली थी और उसकी ज़र्द भूरी आँखों में भयानक बरबरता थी। उसने पार्क में सबसे पहले बर्था को देखा; उसकी पोशाक इस कदर बेदाग सफेद और साफ थी कि उसे बड़ी दूरी से देखा जा सकता था। बर्था की दृष्टि भेड़िए पर पड़ी और उसने यह भी देख लिया कि भेड़िया; चोरी से उसी की ओर बढ़ रहा है, और तभी उसके मन में विचार आया कि उसे कभी भी उस पार्क में आने नहीं दिया जाना चाहिए था। वह पूरी ताकत लगाकर तेज़ी से भागी और उसके पीछे-पीछे भेड़िया लंबी छलाँगें भरता हुआ आने लगा। वह किसी तरह झरबेरी के झाड़ तक पहुँच गई और वहाँ एक सबसे घनी झाड़ी के पीछे छिप गई। भेड़िया झाड़ियों के बीच सूँघता हुआ वहाँ पहुँच गया। उसकी लपलपाती काली जीभ बाहर निकली हुई थी और उसकी चमकती ज़र्द भूरी आँखों से आग टपक रही थी। बर्था बहुत भयभीत थी और वह मन-ही-मन सोचने लगी, अगर मैं इतनी अच्छी नहीं रही होती तो मैं इस समय शहर में सुरक्षित होती। तथापि लोबान के झाड़ की सुगंध इतनी तेज़ थी कि भेड़िया वहाँ नहीं सूँघ सका, जहाँ बर्था छिपी हुई थी और झाड़ियाँ इतनी घनी थीं कि वह काफी देर तक उन झाड़ियों में खोजने के बाद भी उसे देख नहीं पाता, अतः उसने सोचा कि यहाँ समय बरबाद करने से तो किसी छोटे सूअर को पकड़ना बेहतर होगा। भेड़िए को इतने

नजदीक आते और सूँघते हुए देखकर बर्था डर से काँप रही थी और उसके कंपन के कारण उसका आज्ञाकारिता का पदक उसके सदाचार और समय पालन संबंधी पदकों से टकराकर झुनझुन करने लगा। भेड़िया वहाँ से जाने लगा था, तभी पदकों की झुनझुन उसके कानों में पड़ी और वह सुनने के लिए रुक गया; वे फिर बजने लगे उस झाड़ी के निकट जहाँ वह खड़ा था। वह आग की तरह जलती अपनी ज़र्द पीली आँखों में जीत की चमक लिए उस झाड़ी में घुस गया और बर्था को बाहर खींच लाया तथा उसे समूचा खा गया। बचे रह गए उसके जूते, कपड़ों के कुछ चिथड़े और वे तीनों मेडल, जो उसकी अच्छाई के लिए उसे मिले थे।''

''क्या कोई छोटा सूअर भी मारा गया?''

''नहीं, वे सब जान बचाकर निकल भागे।''

''कहानी की शुरुआत तो खराब हुई थी, दोनों छोटी लड़कियों में से छोटी वाली ने कहा, ''लेकिन कहानी का अंत बहुत बढ़िया था।''

''मैंने अब तक जितनी भी कहानियाँ सुनी हैं, यह उन सबसे अधिक खूबसूरत कहानी है।'' दोनों छोटी लड़कियों में से बड़ी ने अपना बड़ा निर्णय दिया।

''केवल यही बढ़िया कहानी है, जो मैंने कभी सुनी है'', सिरिल ने कहा।

विसम्मति प्रकट करनेवाला एक विचार चाची की तरफ से आया।

''छोटे बच्चों को सुनाई जानेवाली एक बहुत ही भद्दी कहानी! सिखाने-पढ़ाने में लगी वर्षों की मेहनत के प्रभाव पर तुमने पानी फेर दिया।''

''जो भी हो।'' कुँआरे लड़के ने गाड़ी का डिब्बा छोड़ने से पहले अपना सामान इकट्ठा करते हुए कहा, ''मैंने उन्हें दस मिनट तक चुप रखा, जो आप नहीं कर सकीं।''

''नाखुश औरत!'' उसने अपने मन में कहा, जिस समय वह टेम्पलटन स्टेशन के प्लेटफॉर्म पर उतरकर जा रहा था। अब अगले करीब छह महीनों तक ये बच्चे उससे सबके सामने एक भद्दी कहानी सुनाने की माँग करते रहेंगे।

□

मुरगी

"डोरा बिथाल्ज़ गुरुवार को आ रही है।" श्रीमती सान्ग्रेल ने कहा।

"इसी गुरुवार?" क्लोविस ने पूछा।

उसकी माँ ने सिर हिलाया।

"आपने ज़रूर कुछ किया है, कह दो कि नहीं किया?"

वह मुँह बंद करके हँसा। जेन मार्टलेट यहाँ सिर्फ पाँच दिन रही है और वह कभी भी एक पखवाड़े से कम नहीं ठहरती है, तब भी जब उसे निश्चित रूप से एक सप्ताह के लिए ठहरने को कहा जाता है। आप उसे गुरुवार से पहले घर से कभी नहीं निकाल पाएँगी।

"मैं क्यों निकालूँ?" श्रीमती सान्ग्रेल ने पूछा। वह और डोरा अच्छी दोस्त हैं, नहीं हैं क्या। वे अच्छी दोस्त हुआ करती थीं, जहाँ तक मुझे याद है।

"वे अच्छी दोस्त दुआ करती थीं" यह बात उन्हें अब और भी अधिक चुभती है। दोनों-की-दोनों एक-दूसरे के बारे में सोचती हैं कि उसने अपनी छाती में एक ज़हरीला साँप पाल रखा है। मानवीय रोष को इस खुलासे से अधिक हवा देनेवाली बात और कुछ नहीं होती है कि किसी की छाती का इस्तेमाल एक सर्प सुधार-गृह के रूप में किया गया है।

"लेकिन हुआ क्या है? क्या कोई शरारत कर रहा है?"

"ठीक ऐसा भी नहीं", क्लोविस ने कहा, "बस एक मुरगी उनके बीच में आ गई।"

"मुरगी? कैसी मुरगी?"

"यह एक कांस्यवर्ण इतावली या कोई विदेशी नस्ल की थी और डोरा ने उसे कुछ अधिक कीमत पर जेन को बेच दिया। वे दोनों ही जैसा आप जानती हैं पालने के लिए बढ़िया मुरगी की तलाश में रहती थीं और जेन ने सोचा कि इस मुरगी से मिलनेवाले बहुत सारे चूजों के जरिए उसका पैसा वसूल हो जाएगा। लेकिन मुरगी को अंडे देने से

परहेज़ था और मुझे बताया गया है कि दोनों महिलाओं के बीच आए-गए पत्र इस बात का प्रमाण हैं कि नोटपैड के एक कागज़ पर कितनी गाली- गलौज की जा सकती है।''

''कितनी बेतुकी बात है!'' श्रीमती सान्ग्रेल ने कहा।

''क्या उनकी कोई मित्र इस लड़ाई को शांत नहीं कर सकती थी?''

''लोगों ने कोशिश की'', क्लोविस ने कहा, ''लेकिन उनका प्रयास फ्लिजेन्ड हॉलेंडर के हंगामेदार संगीत को शांत करने जैसा रहा होगा। जेन तैयार हो गई थी कि यदि डोरा उस मुरगी को वापस ले ले तो वह अपनी कुछ अत्यंत अपमानजनक टिप्पणियाँ वापस ले लेगी, परंतु डोरा ने कहा कि यह तो गलती की जिम्मेदारी अपने ऊपर लेने जैसा होगा और आप तो जानती हैं कि ऐसा करने की बजाय वह व्हाइटचैपल में स्लम ज़ायदाद खरीदने के बारे में सोच रही होगी।''

''यह बड़ी विषम स्थिति है।'' श्रीमती सान्ग्रेल ने कहा।

''क्या तुम मानते हो कि वे एक-दूसरे से बात नहीं करेंगी?''

''इसके विपरीत समस्या यह होगी कि उनकी जुबान बंद कैसे की जाए? एक-दूसरे के आचरण एवं चरित्र के बारे में उनकी अब तक की छींटाकशी पर यह बात बखूबी लागू होती है कि सीधी-सच्ची बात का केवल चार औंस भार ही एक पैनी में डाक से भेजा जा सकता है।

''मैं डोरा को नहीं रोक सकती'', श्रीमती सान्ग्रेल ने कहा, ''मैं उसका आना एक बार पहले ही टाल चुकी हूँ और जेन ने खुद ही दो सप्ताह ठहरने का कार्यक्रम बना लिया है, इससे पहले वह जाएगी; नहीं यदि कोई चमत्कार हो जाए तो अलग बात है।''

''कुछ चमत्कार तो मेरे हाथ में हैं'', क्लोविस ने कहा।

''इस मामले में बहुत मददगार साबित हो सकूँगा कहना मुश्किल है, फिर भी मैं पूरी कोशिश करूँगा।''

''उतनी ही मदद करना कि मुझे उसमें न घसीटा जाए।'' माँ ने शर्त रखी।

''ये नौकर-चाकर कुछ कम बदमाश नहीं होते हैं'', क्लोविस ने धीरे से कहा, जब वह दोपहर के भोजन के बाद धूम्रपान कक्ष में बैठा अशांत मन से जेन मार्टलेट से बात करते हुए बीच-बीच में कॉकटेल के सामान को एक जगह रख रहा था, जिसे उसने अश्रद्धा भाव से 'इला व्हीलर विल्कॉक्स' का नाम दिया था। इसमें कुछ तो पुरानी ब्रैंडी थी और कुछ उपचार योग्य औषधियों का मिश्रण। कुछ अन्य तत्त्व भी थे, लेकिन उनके बारे में कभी खुलकर बताया नहीं गया।

''नौकर-चाकर एक खुराफ़ात!'' जेन ने चीखकर कहा, ''इस विषय में उस शिकारी कुत्ते जैसा प्रचंड जोश भरते हुए जो लंबी छलाँग लगाने की तैयारी में उसके अंदर देखा जाता है और जिसे वह अपने खुरों के नीचे उस समय महसूस करता है मुझे

समझना चाहिए वे खुराफ़ाती थे। इस वर्ष मुझे सजने-सँवरने और पसंद किए जाने में जो मुसीबत उठानी पड़ी सुनकर तुम्हें विश्वास नहीं होगा। लेकिन मैं यह समझने में असमर्थ हूँ कि तुम्हें क्या शिकायत है, तुम्हारी माँ नौकरों के मामले में इतनी भाग्यशाली है। उदाहरण के लिए स्टॅरिज को तुम्हारे यहाँ काम करते हुए बहुत साल हो गए हैं और मैं ऐसा मानती हूँ कि वह एक आदर्श है क्योंकि खानसामाँ आते हैं और चले जाते हैं।''

''समस्या तो यही है'', क्लोविस ने कहा। ''नौकरों को जब आपके यहाँ काम करते वर्षों हो जाते हैं, वे वास्तव में बहुत परेशान करने लगते हैं। आज यहाँ और कल कहाँ से फर्क़ नहीं पड़ता है, आपको उन्हें बदलते रहना चाहिए; असली परेशानी उनसे होती है, जो टिके रहते हैं और बहुत भले कहलाने लगते हैं।''

''लेकिन अगर वे संतोषजनक सेवा-टहल करते हैं।''

''इसका मतलब यह नहीं है कि वे परेशान नहीं करेंगे। अभी, आपने स्टॅरिज का जिक्र किया है। यह स्टॅरिज ही है, जिसके बारे में विशेषत: सोचते हुए मैंने नौकरों को खुराफ़ाती कहा था।''

''ऐसा अच्छा स्टॅरिज परेशान करनेवाला'', मैं सोच भी नहीं सकती।

''मैं जानता हूँ कि वह बहुत अच्छा है और उसके बिना हमारा काम नहीं चल सकता; इस बेतरतीब घर को ठीक-ठाक रखने में उसी पर भरोसा किया जा सकता है। लेकिन यह उसकी अपनी सुव्यवस्था ही है, जिसका उस पर प्रभाव पड़ा है। क्या आपने कभी सोचा है कि एक ही परिवेश में रहकर हर काम सही ढंग से सही समय पर निरंतर करते हुए अपने जीवनकाल का एक बड़ा हिस्सा व्यतीत कर देना कैसा लगता होगा? इस बात की पूरी जानकारी होना और आदेश देना तथा निगरानी रखना कि किस अवसर पर चाँदी और काँच के किन बरतनों का इस्तेमाल होगा और मेज पर कौन सा कपड़ा बिछाया जाएगा और जहाँ तक आपके विभाग का संबंध है तहखाने और भंडार-गृह तथा प्लेट रखने की अलमारी आदि से बिना आवाज़ किए सामान निकालने वापस रखने की कला में निपुण होना क्या सर्वज्ञानी तथा सर्वशक्तिमान बनना नहीं है?''

''मैं पागल हो जाऊँगी।'' जेन ने दोष स्वीकारते हुए कहा।

''बिल्कुल ठीक।'' क्लोविस ने अच्छी तरह विचार करके अपनी पूरी 'इला व्हीलर विल्कॉक्स' को गड़प करते हुए कहा।

''लेकिन स्टॅरिज़ तो पागल नहीं हुआ है।'' जेन ने अपनी आवाज़ में पूछने जैसी फड़फड़ाहट के साथ कहा।

''कुछ बातों में वह पूरी तरह समझदार और भरोसेमंद है'', क्लोविस ने कहा, ''लेकिन कभी-कभी वह हद दरजे की भ्रांति का शिकार हो जाता है तथा अपनी ज़िद पर अड़ा रहता है और उन अवसरों पर वह न केवल खुराफ़ात करनेवाला, बल्कि निश्चित

तौर पर परेशानी पैदा करनेवाला बन जाता है।''

''किस तरह की भ्रांतियाँ?''

''दुर्भाग्यवश वे भ्रांतियाँ आमतौर पर घर में आयोजित दावतों में तशरीफ लानेवाले एक मेहमान के इर्द-गिर्द घूमती हैं और वही बात बेहद अटपटी लगती है। मिसाल के लिए उसके दिमाग में यह बात बैठ गई है कि माटिल्दा शोरिंघम पैगंबर एलिजा थी और ऐलिजा के इतिहास को लेकर उसे बस उजाड़ में भुक्खड़ कौओं से जुड़ा कांड ही याद रह गया, जिसके कारण उसने दखल देने से बिल्कुल मना कर दिया, क्योंकि उसका मानना था कि खान-पान संबंधी सारा प्रबंध माटिल्दा का अपना है, वह सुबह की चाय भी ऊपर उसके पास नहीं भिजवाएगा और अगर वह मेज पर सेवा करने में लगा हो तो तश्तरियों में व्यंजन परोसते समय उसकी पूरी तरह उपेक्षा करते हुए आगे बढ़ जाएगा।''

''कितनी खराब बात है। इस बारे में तुमने क्या किया?''

''ओह, एक बार के ऐसे चलन के बाद माटिल्दा तंग आ गई, लेकिन उसकी ओर से यही उचित समझा गया कि उसका आना-जाना कम कर दिया जाए। वास्तव में यही एक उपाय था जो किया जा सकता था।'' क्लोविस ने कुछ जोर देकर कहा।

''मुझे वैसा नहीं करना चाहिए था'', जेन ने कहा, ''मुझे किसी तरह उसको ओछी मनोवृत्ति से निकालना चाहिए था। मुझे अवश्य ही दूर नहीं जाना चाहिए था।''

क्लोविस ने नाक-भौं सिकोड़ी।

ऐसे लोगों को समझाना हमेशा समझदारी नहीं होती है, जब इस प्रकार की बातें एक बार उनके दिमाग में बैठ जाती हैं। अगर आप उन्हें बढ़ावा देते हैं तो कोई नहीं कह सकता कि वे किस हद तक जा सकते हैं।

''आप कहना चाहते हैं कि वह ख़तरनाक भी हो सकता है, क्या आपका यही मतलब है?'' जेन ने कुछ चिंता जताने हुए पूछा।

''कोई कभी भी निश्चित नहीं हो सकता।'' क्लोविस ने कहा, ''वह कभी-कभी किसी मेहमान के बारे में ऐसी धारणा बना लेता है, जो बाद में परेशानी का सबब बन सकती है।'' इस समय यही बात मुझे परेशान कर रही है।

''क्या उसने यहाँ अभी किसी के बारे में ऐसी कोई बात मन से निकाली है?'' जेन ने उत्तेजित होकर पूछा।

''कितनी रोमांचक!'' बताओ वह कौन है?

''तुम।'' क्लोविस ने संक्षेप में कहा।

''मैं?''

क्लोविस ने हामी भरी।

''वह क्या समझता है, मैं कौन हूँ?''

''महारानी ऐन।'' अप्रत्याशित जवाब आया।

''महारानी ऐन! वाह, क्या धारणा है।'' लेकिन जो भी हो, उसके बारे में ख़तरनाक कुछ नहीं है, वह एक बहुत उत्साहहीन बे दिलचस्प व्यक्तित्त्व है।

''भावी पीढ़ी महारानी ऐन के बारे में मुख्यतः क्या सोचती है?'' क्लोविस ने कुछ निर्दयता से पूछा।

''उसके बारे में मुझे एक ही कहावत याद आती है।'' जेन ने कहा, ''कि महारानी ऐन निर्जीव है।''

''बिल्कुल ठीक।'' क्लोविस ने 'इला व्हीलर विल्कॉक्स' से भरे गिलास की ओर घूरते हुए कहा, ''निर्जीव।''

''क्या तुम कहना चाहते हो कि वह मुझे महारानी ऐन का प्रेत मानता है?'' जेन ने पूछा।

''प्रेत।'' ''नहीं प्रिय। किसी ने आज तक ऐसा नहीं सुना कि प्रेत नाश्ता करने नीचे आया और उसने मधु के साथ किड़नी एवं टोस्ट जैसा सेहतमंद खाना खाकर भूख मिटाई। नहीं उसको इस बात से उलझन और परेशानी होती है कि तुम इस कदर जीवंत हो और खुशहाल हो। वह सारी उम्र महारानी ऐन के हर मरी हुई निष्प्राण एवं बेकार वस्तु के मानवीकरण के रूप में देखने का आदी रहा है और जब भी वह किसी जड़ वस्तु या व्यक्तित्त्व को देखता है तो वह उसे महारानी ऐन की तरह निर्जीव मान लेता है; तुम समझ रही हो और अब लंच तथा डिनर पर उसे तुम्हारा गिलास भरना है और उबलिन हॉर्स शो के दौरान तुम जिस तरह प्रफुल्लित दिख रही थी, उसका विवरण तुम्हारे मुँह से सुनना है और यह देखकर उसका सोचना स्वाभाविक है कि तुम्हारे साथ कुछ गड़बड़ी ज़रूर है।

''लेकिन उस कारण वह मेरा पक्का दुश्मन तो नहीं बन जाएगा, क्या वह ऐसा करेगा?'' जेन ने चिंतित होते हुए पूछा।

''आज लंच तक तो मुझे इस संबंध में कोई विशेष फिक्र नहीं हुई थी।'' क्लोविस ने कहा, ''मैंने उसे एक बहुत बुरी दृष्टि से तुम्हारे ऊपर आँखें तरेरते और कुछ ऐसा बुड़बुड़ाते हुए पकड़ा; बहुत पहले मर जाना चाहिए था, उसे मर ही जाना चाहिए, और कोई तो हो, जो इस बारे में सोचे।'' इसीलिए मैंने यह बात तुमसे कही।

''यह तो भयंकर बात है'', जेन ने कहा, ''आपकी माँ को इस बारे में तुरंत बता देना चाहिए।''

''मेरी माँ को इस बारे में कुछ भी पता नहीं चलना चाहिए।'' क्लोविस ने गंभीरतापूर्वक कहा। सुनकर वे बहुत परेशान हो जाएँगी। वे हर बात के लिए स्टॅरिज पर भरोसा करती हैं।

''लेकिन वह किसी भी समय मुझे जान से मार सकता है।'' जेन ने विरोध किया।

''किसी भी समय नहीं, वह सारी दुपहरी बरतन सँभालने में व्यस्त रहता है।

''आपको हर समय उस पर पैनी नज़र रखनी होगी और जानलेवा हमले के किसी भी प्रयास को विफल करने के लिए सतर्क रहना होगा।'' जेन ने दुर्बल हठी स्वर में बात को आगे बढ़ाते हुए कहा, ऐसी स्थिति में रहना बड़ा भयावह होता है, जब कोई खानसामा उसकी तलवार की तरह हर समय आपके आसपास मँडरा रहा हो, लेकिन मैं किसी भी हालत में मिलने जाने और वहाँ ठहरने की अवधि कम नहीं कर सकती।

क्लोविस ने बड़ी बुरी तरह साँस खींचते हुए अपने आपसे कहा, ''चमत्कार सच में निशाने से चूक गया।''

अगली सुबह देर से किए नाश्ते के बाद क्लोविस को अपनी अंतिम प्रेरणा मिली, जब वह हॉल में खड़े हुए एक पुरानी तश्तरी से जंग छुड़ाने की कोशिश कर रहा था।

''सुश्री मार्ट्लेट कहाँ है ?'' उसने बटलर से पूछा, जो उसी समय हॉल से होकर जा रहा था।

''वह मार्निंग रूम में बैठी खत लिख रही है'', सर स्टॅरिज ने सच्चाई बताई, जिसकी जानकारी प्रश्नकर्ता को पहले से थी।

वह पुरानी बास्केटनुमा मूढवाली कटार पर उत्कीर्ण लेख की नकल करना चाहती है। क्लोविस ने दीवार पर लटके पूजनीय अस्त्र की ओर इशारा करते हुए कहा। मैं चाहता हूँ, तुम इसे उसके पास ले जाओ, मेरे हाथ तेल में सने हुए हैं। इसे म्यान के बिना ले जाने में आसानी रहेगी।

बटलर ने कटार बाहर खींच ली,जो बहुत पुरानी होने के बावजूद काफी चमक रही थी और उसे लेकर वह मॉर्निंग रूम की तरफ चल दिया। लिखने की मेज के निकट एक द्वार था, जो पीछे की सीढ़ियों की ओर खुलता था, जेन उस दरवाजे से इतनी चुस्ती से निकल गई कि बटलर अर्थात् खानसामा को संदेह होने लगा कि जेन ने उसे अंदर आते हुए देख तो नहीं लिया। आधा घंटे बाद उसे और जल्दी में बाँधे गए उसके सामान को गाड़ी में लेकर स्टेशन की ओर जा रहा था।

''माँ जब सवारी करके वापस आएँगी और तुम्हें नहीं पाएँगी तो वे वास्तव में बहुत परेशान होंगी।'' उसने जानेवाले मेहमान से कहा, ''मैं सब सँभाल लूँगा, कह दूँगा कि तुम्हें फौरन वापस आने का एक तार मिला था। स्टॅरिज के बारे में बताकर मैं उनको बेकार में चौंकाना नहीं चाहूँगा ?''

जेन को क्लोविस के हाव-भाव से अनावश्यक सनसनी पैदा न करने की बात से कुछ-कुछ उसकी चाल की सूँघ लग गई और वह उस जवान पर अपना गुस्सा प्रकट करने लगी, जो लिहाज़ के मारे यह पूछने चला आया कि 'आप लंच में क्या-क्या लेना पसंद करेंगी।'

चमत्कार की कुछ उपयोगिता इस बात से कम हो गई कि डोरा ने उसी दिन अपने आने की तारीख मुलतवी रखने के बारे में लिख दिया था, लेकिन जो भी हो क्लोविस ही एक अकेला इनसान है, जिसके नाम यह रिकॉर्ड दर्ज है कि उसने जेन मार्टलेट को कभी अपने प्रवासों की समय-सारिणी से धकियाने का कमाल किया।

□

काला धब्बा

''तुम अभी-अभी ऐडिलेड की अंत्येष्टि से आए नहीं हो क्या?'' सर ललवर्थ ने अपने भतीजे से कहा, ''मैं समझता हूँ, यह अंत्येष्टि भी अन्य अंत्येष्टियों जैसी ही थी?''

''मैं इस बारे में आपको लंच पर बताऊँगा।'' इगबर्ट ने कहा।

''तुम ऐसा कुछ नहीं करोगे। यह न तो तुम्हारी महान् चाची की स्मृति के लिए सम्मानजनक होगा और न लंच के लिए। हमारे लंच की शुरुआत ओलिव से होगी फिर एक चुकंदर, फिर और ओलिव उसके बाद किसी प्रकार के एक पक्षी का भुना मांस और ज्यादा-से-ज्यादा एक बढ़िया रेनिश मदिरा, जो इस देश में प्रचलित शराबों की तुलना में बिल्कुल भी महँगी नहीं है, फिर भी अपने हिसाब से बहुत जोरदार मानी जा सकती है। अब उस मीनू में ऐसा कुछ भी नहीं है, जो तुम्हारी महान् चाची ऐडिलेड या उनकी अंत्येष्टि के वर्णन के साथ जरा भी मेल खाता हो। वे एक सुंदर महिला थीं और उतनी ही समझदार भी, जितना कि उन्हें होना चाहिए था, लेकिन किसी तरह वे हमेशा मुझे एक अंग्रेजी रसोइए द्वारा बनाए गए किसी मद्रासी सालन की याद दिलाती थीं।''

''वे बेकार की बातें किया करती थीं।'' इगबर्ट ने कहा। उसके कहने का लहज़ा ऐसा था मानो वह दिवंगत के बारे में निकाले गए निष्कर्ष का समर्थन कर रहा हो।

''सच मानना, एक बार तो मैंने यह कहकर उन्हें दुखी कर दिया था कि जीवन में एक साफ अंत:करण से अधिक महत्त्व शुद्ध शोरबे का होता है। उनके अंदर औचित्य बोध बिल्कुल नहीं था। प्रसंगवश आपको तो वे अपना प्रमुख उत्तराधिकारी अर्थात् मुख्य वारिस बना गईं, क्या ऐसा नहीं है?''

''हाँ।'' इगबर्ट ने कहा, ''और निष्पादक यानी कर्ता भी। मैं विशेषकर इसी सिलसिले में तुमसे बात करना चाहता हूँ।''

''मैं किसी भी समय कारोबार के बारे में बात करने में बहुत दिलचस्पी नहीं रखता हूँ।'' सर ललवर्थ ने कहा, ''और उस समय तो बिल्कुल नहीं, जब हम लंच (दोपहर का भोजन) खाने के लिए एकदम मुस्तैद हों।''

''यह ठीक-ठीक धंधे की बात नहीं है'', इगबर्ट ने स्पष्ट किया, जब वह अपने चाचा के साथ भोजन कक्ष में जा रहा था, ''बल्कि यह कुछ गंभीर बात है। बहुत गंभीर।''

''तब तो हम इस बारे में अभी बात नहीं कर सकते।'' सर ललवर्थ ने कहा, ''खाते हुए कोई गंभीर बात नहीं कर सकता। बढ़िया तरीके से बनाया गया सूप, जिसका स्वाद अभी तुम लेनेवाले हो, बातचीत करना तो दूर सोचने तक की इज़ाज़त नहीं देता है। बाद में जब हम ओलिव के दूसरे दौर में पहुँचेंगे, मैं उस नई पुस्तक बॉरो (Borrow) अथवा अगर तुम्हें बेहतर लगे तो लग्ज़ेम्बर्ग के ग्रांड उर्चा में मौजूदा स्थिति के बारे में मैं अच्छी चर्चा कर सकूँगा। लेकिन जब तक हम उस पके पक्षी को नहीं खा लेते, तब तक मैं कारोबार के विषय में कोई बात नहीं करूँगा।''

खाने के दौरान आधे से अधिक समय तक इगवर्ट एक अनमनी सी चुप्पी साधे बैठा रहा, जो एक ऐसे आदमी की चुप्पी थी, जिसका मन एक ही विषय पर भटका होता है। जब कॉफी पीने का समय आ पहुँचा, उसने अपने चाचा के लग्ज़ेम्बर्ग कोर्ट से संबंधित संस्मरणों की आड़ में अचानक अपने विषय को चर्चा के लिए आगे बढ़ा दिया।

''मैं शायद आपको बता चुका हूँ कि आदरणीय चाची ऐडिलेड ने मुझे निष्पादक यानी कर्ता बनाया था। कैसे उन मामलों में कानूनी दृष्टि से ज्यादा कुछ करने को नहीं था, लेकिन फिर भी मुझे उनके कागज़ात देखने का काम तो करना था।''

''वह भी अपने आप में एक भारी काम रहा होगा। ढेरों पारिवारिक पत्र होंगे उन कागज़ात में।''

''बंडल-के-बंडल थे और उनमें से अधिकतर बहुत ही नीरस एवं उबाऊ थे। तथापि एक बंडल ऐसा था, जो मुझे लगता था कि देखना जरूरी है। इसमें उनके भाई पीटर द्वारा लिखे पत्र थे।''

''पादरी की त्रासद स्मृति का चिट्ठा।'' ललवर्थ ने कहा।

''बिल्कुल ठीक, त्रासद स्मृति जैसा आप कहते हैं; एक ऐसी त्रासदी, जिसकी गहराई में कभी झाँका नहीं गया।''

''मेरे खयाल में सबसे आसान स्पष्टीकरण ही सही था।'' सर ललवर्थ ने कहा, ''वह पत्थर की सीढ़ी से फिसल गया और इस तरह गिरने से उसकी खोपड़ी टूट गई।''

इगबर्ट ने अपना सिर हिलाया। ''डॉक्टरी जाँच की रिपोर्ट से तो पूरी तरह यह साबित हो गया कि उसके सिर पर जो चोट थी, उससे पता चलता है कि पीछे से आकर किसी ने उस पर हमला किया था। सीढ़ियों पर गिरने से चोट खोपड़ी पर उस तरफ नहीं लग सकती थी, जहाँ चोट लगी है। उन्होंने एक डमी को गिराकर हर संभव कोण से प्रयोग करके देख लिया।''

''लेकिन इसके पीछे इरादा क्या हो सकता है?'' सर ललवर्थ ने ज़ोर देते हुए कहा,

''उसको रास्ते से हटाने में किसी को कोई दिलचस्पी नहीं थी और ऐसे लोगों की संख्या बहुत कम है, जो किसी की जान लेना खेल समझते हैं और प्रतिष्ठित चर्च के सिद्धांतों को नष्ट करना चाहते हैं। बेशक कुछ लोग हैं, जिनका मानसिक संतुलन कमज़ोर होता है और जो ऐसा काम कर बैठते हैं, लेकिन वे अपने काम को कभी छिपाते नहीं हैं। उनकी प्रवृत्ति उस काम का प्रदर्शन करने की अधिक होती है।

''उसका खानसामा संदेह के घेरे में था।'' इगबर्ट ने जल्दी में कहा।

''मैं जानता हूँ उस पर संदेह था।'' सर ललवर्थ ने कहा, ''सिर्फ इसलिए कि उस त्रासद घटना के समय अकेला वही वहाँ मौजूद था। लेकिन क्या सेबस्तियन पर हत्या का आरोप मढ़ने की कोशिश से अधिक मूर्खता की बात कुछ और हो सकती है? उसे कुछ भी लाभ होनेवाला नहीं था, असल बात तो यह है कि अपने मालिक की मृत्यु से उसे बहुत नुकसान हुआ। पादरी उसको अच्छी पगार दे रहा था। उतनी ही अच्छी पगार जितनी पगार पर मैंने उसे अपने यहाँ नौकरी में रखा। तब से मैंने उसकी पगार, उसकी असल हैसियत से भी कुछ अधिक बढ़ा दी है। लेकिन फिर उसने मजूरी बढ़ाने की माँग न करते हुए अपनी खुशी से एक नई जगह ढूँढ़ ली। लोग उससे कतराने लगे थे और इस देश में उसका कोई दोस्त नहीं रह गया था। नहीं; इस दुनिया में अगर कोई सच्चे मन से पादरी की दीर्घायु और उसकी पाचन- क्रिया स्वस्थ बने रहने की कामना करता था, तो वह निश्चित रूप से सेबिस्तयन ही था।''

''वह एक दक्षिणवासी है।'' सर ललवर्थ ने स्वीकार किया, ''अगर मैं भौगोलिक दृष्टि से सही हूँ, वह फ्रांस की पाइरीन पहाड़ियों के निचले इलाकों से आया है। यह बात मुझे उस समय समझ में आई, जब वह एक दिन माली के बेटे को मार देनेवाला था, जो असली की जगह खराब वनस्पति (अम्लबेल की पत्तियाँ) लेकर आ गया था। व्यक्ति को मूल जगह और बस्ती तथा आरंभिक वातावरण का ध्यान अवश्य रखना चाहिए।'' ''मुझे अपना देशांतर बता दें और मैं समझ जाऊँगा कि आपको कितनी छूट मिलनी चाहिए'' मेरा यही नीति वाक्य है।

''वही तो आप देख सकते हैं।'' इगबर्ट ने कहा, उसने माली के बेटे को अधमरा कर दिया था।''

''माइ डियर इगबर्ट, माली के बेटे को लगभग मार देने और किसी पुरोहित को पूरी तरह मार डालने के बीच बहुत फ़र्क है। बेशक प्राय: तुम्हारे मन में भी क्षण भर के लिए माली के बेटे को मार देने का विचार आया होगा; तुमने उस विचार को व्यवहार में कभी प्रकट नहीं होने दिया और मैं तुम्हारे इस आत्म-संयम का सम्मान करता हूँ। लेकिन मुझे नहीं लगता कि तुमने कभी अस्सी वर्षीय किसी पादरी की हत्या करने के बारे में सोचा होगा। इसके अलावा जहाँ तक हमें पता है दोनों आदमियों के बीच कभी

कोई झगड़ा या मतभेद नहीं हुआ। जाँच में जो सबूत सामने आए हैं, उनसे यह बात बहुत स्पष्ट हो जाती है।''

''आह!'' इगबर्ट ने कहा, ''ठीक इसी सिलसिले में आपसे बात करना चाहता हूँ मैं।''

उसने अपना कॉफी का कप दूर सरका दिया और अपनी अंदर की जेब से एक पॉकेट बुक निकाली। पॉकेट बुक के अंदर से उसने एक लिफाफा निकाला और उस लिफाफे से एक ख़त, जो छोटे-छोटे साफ-सुथरे अक्षरों में लिखा हुआ था।

''आंट ऐडिलेड को पादरी के लिखे अनगिनत ख़तों में से एक'' उसने स्पष्ट किया। जो अपनी मृत्यु से दो-चार दिन पहले ही उसने लिखा था। उनकी याद्दाश्त पहले ही कमज़ोर होने लगी थी, जब यह खत उन्हें मिला, और मैं दावे के साथ कह सकता हूँ कि ख़त को पढ़ लेने के साथ ही वे भूल गई थीं कि उसमें लिखा क्या है; अन्यथा बाद में घटी घटना के प्रकाश में इस ख़त के बारे में हमें अब से पहले कुछ पता चल जाना चाहिए था। अगर यह ख़त जाँच के दौरान पेश कर दिया जाता तो मैं सोचता हूँ, इससे परिस्थितियों पर विचार करने के दृष्टिकोण में कुछ अंतर अवश्य पड़ता। उस साक्ष्य के कारण, जिसका अभी आपने ज़िक्र किया, सेबस्तियन के खिलाफ शक या संदेह पूरी तरह दब गया, जब ऐसे किसी भी सबूत की मौजूदगी से इनकार कर दिया गया, जिसे अपराध के इरादे या अपराध के लिए उकसाने के सबूत के रूप में इस्तेमाल किया जा सकता।''

''अरे, ख़त पढ़ो तो।'' सर ललवर्थ ने बेकरारी से कहा।

''यह एक लंबा घुमा-फिराकर लिखा गया ख़त है, ''इस प्रकार के अधिकतर ख़त वे बढ़ती उम्र में लिखने लगे थे।'' इगबर्ट ने कहा, ''मैं वह अंश पढ़ूँगा, जिसका इस रहस्य से तात्कालिक संबंध बैठता है।''

''मैं बहुत आशंकित हूँ, मुझे सेबस्तियन से छुटकारा पाना होगा। वह बहुत मन से खाना पकाता है, लेकिन उसका स्वभाव एक दुष्ट या मानव के रूप में किसी वनमानुस जैसा है और मुझे वास्तव में जिस्मानी तौर पर उससे डर लगता है। कुछ दिन पहले हमारा 'ऐश वेन्जडे' को कुछ सही ढंग का लंच परोसे जाने को लेकर झगड़ा हुआ और उसकी दंभी एवं जिद्दी बातों से मैं इतना उत्तेजित एवं क्रोधित हो गया कि मैंने कप भरी कॉफी उसके मुँह पर फेंक दी और उसे एक निहायत ही बेवकूफ किस्म का आदमी कह डाला। असल में कॉफी का एकाध छींटा ही उसके मुँह पर पड़ा था, लेकिन मैंने किसी भी मनुष्य को आत्म-संयम की इतनी कमी दरशाते हुए कभी नहीं देखा है। उसने गुस्से में मुझे मारने की धमकी दे डाली, जिससे मुझे हँसी आ गई और मैंने सोचा कि सारी बात वहीं ख़त्म हो जाएगी, लेकिन उसके बाद से मैंने उसे कई बार बड़े ही भद्दे ढंग से त्योरी चढ़ाते और बड़बड़ाते हुए देखा है और अब तो मुझे ऐसा भी लगने लगा

है कि जब मैं सैर के लिए, विशेषकर शाम के समय इटैलियन गार्डन में जाता हूँ, वह कुत्ते की तरह मेरा पीछा कर रहा होता है।''

''इटैलियन गार्डन की सीढ़ियों पर ही लाश मिली थी'', इगबर्ट ने टिप्पणी की और फिर पढ़ना शुरू किया।

''बहुत संभव है कि मेरा यह डर काल्पनिक हो, फिर भी मैं उस दिन अधिक राहत महसूस करूँगा, जिस दिन वह मेरी नौकरी छोड़कर चला जाएगा।''

इगबर्ट उस उद्धरण के समाप्त होने पर एक पल के लिए रुक गया; फिर चूँकि उसके चाचा ने कोई प्रतिक्रिया व्यक्त नहीं की, उसने आगे कहा, ''अगर यही सच था कि कारण के अभाव के आधार पर सेबस्तियन मुकदमे की गिरफ्त में आने से बच गया। मैं समझता हूँ कि यह ख़त मुकदमे से संबंधित स्थिति को दूसरा रंग दे सकता है।''

''क्या तुमने यह ख़त किसी और को दिखाया है?'' सर ललवर्थ ने अपराध में फँसानेवाले उस ख़त की ओर अपने हाथ बढ़ाते हुए पूछा।

''नहीं'', इगबर्ट ने मेज के दूसरी तरफ से वह ख़त सौंपते हुए कहा। ''मैंने सोचा कि मैं इसके बारे में पहले आपको बताऊँगा। आपको ख़ुदा का वास्ता आप यह क्या कर रहे हैं?''

इगबर्ट इतनी ऊँची आवाज़ में बोला, जैसे चीख रहा हो। सर ललवर्थ ने वह ख़त सोच-समझकर और सच में जलती अंगीठी की आग के बीचोबीच फेंक दिया था। छोटे, सुंदर अक्षरों में लिखा हुआ ख़त देखते-देखते काली पपड़ी में बदलकर अपना वजूद खो चुका था।

''आपने क्या सोचकर ऐसा किया?'' इगबर्ट ने हाँफते हुए पूछा। ''वह ख़त हमारे हाथ में एक सबूत था, जो सेबस्तियन को अपराध से जोड़ने के लिए काफी था।''

''इसीलिए तो मैंने उसे नष्ट कर दिया।'' सर ललवर्थ ने कहा।

''लेकिन आप उसे बचाना क्यों चाहते हैं?'' इगबर्ट चिल्लाया, ''वह आदमी एक सामान्य हत्यारा है।''

''एक समान्य हत्यारा, शायद, लेकिन एक बहुत ही असामान्य, अद्भुत बावर्ची।''

□

बीही का पेड़

"मैं अभी–अभी उस बुढ़िया बेट्सी मुलेन से मिलकर आई हूँ।" वेरा ने अपनी चाची श्रीमती बेबरली कम्बिल को सुनाया, "वह अपने किराए के बारे में कुछ अधिक ही दुखियारी लगती है। उस पर करीब पंद्रह सप्ताह का किराया निकलता है और कहती है कि उसे पता नहीं किराया चुकाने के लिए रकम कहाँ से आएगी।"

"बेट्सी मुलेन किराए की बात को लेकर हमेशा मुश्किल में रहती है, और लोग जितनी अधिक उसकी मदद करते हैं; वह इसके बारे में उतनी ही कम चिंतित रहती है।" चाची ने कहा। "मैं अब और उसकी मदद नहीं करूँगी। सच में, उसे अब किसी छोटी एवं अधिक सस्ती कुटिया में जाना होगा, जितना किराया वह दे रही है, उससे आधे किराए पर उसे गाँव के दूसरे छोर पर बड़ी आसानी से कोई भी कुटिया मिल जाएगी। मैंने एक वर्ष पहले उसे कह दिया था कि उसे जाना होगा।"

"लेकिन इतना अच्छा बगीचा उसे अन्यत्र कहीं नहीं मिलेगा।" वेरा ने आपत्ति जताई, "और यहाँ कोने में एक इतना आनंददायक बीही वृक्ष जो है। मुझे नहीं लगता कि पूरे पेरिस में कोई दूसरा बीही का पेड़ (क्विंस ट्री) है। और वह कभी कोई बीही जैम नहीं बनाती है; मैं समझती हूँ कि एक बीही वृक्ष के होते हुए बीही का जैम या मुरब्बा न बनाना चारित्रिक शक्ति की ओर संकेत करता है। ओह, संभवतः वह उस बगीचे से दूर नहीं जा सकती।"

"जब व्यक्ति सोलह वर्ष का हो", श्रीमती कम्बिल ने सख़्ती से कहा, "वह उन सभी बातों का होना असंभव बतलाता है, जो उसके अनुकूल नहीं होती हैं। यह संभव ही नहीं, बल्कि वांछनीय भी है कि बेट्सी मुलेन को किसी छोटे घर में शिफ्ट हो जाना चाहिए, उसके पास इतना फर्नीचर नहीं है कि वह छोटे से घर में समा न सके।"

"जहाँ तक मूल्य का सवाल है।" वेरा ने थोड़ा रुकने के बाद कहा, "बेट्सी की कुटिया में जितना है, उतने मूल्य का फर्नीचर आस–पास मीलों तक किसी दूसरे घर में नहीं होगा।"

"बकवास", चाची ने कहा, "उसके पास पहले के जितने भी चीनी–मिट्टी के

कीमती बरतन एवं अन्य वस्तुएँ थीं, उन्हें वह बहुत पहले ही बेच चुकी है।

"मैं ऐसी किसी चीज़ के बारे में बात नहीं कर रही हूँ, जो बेट्सी की अपनी है।" वेरा ने बुरा मानते हुए कहा, "बल्कि मैं यह कह रही हूँ कि आपको नहीं पता जो मैं जानती हूँ और मैं यह नहीं मानती कि मुझे आपको बताना ज़रूरी है।"

"तुम मुझे अभी बताओ।" चाची ने चीखते हुए कहा, "उस शिकारी कुत्ते—जैसी फुरती-चुस्ती में फड़कते हुए, जो किसी चूहे का शिकार करने की प्रत्याशा में आलस्य झटककर एकदम सतर्क तेवर अपना लेता है।"

"मैं पूरी तरह आश्वस्त हूँ कि इसके बारे में मुझे आपको कुछ भी बताना नहीं चाहिए।" वेरा ने कहा, "लेकिन फिर भी मैं ऐसी बातें कह जाती हूँ, जो मुझे नहीं करनी चाहिए।"

"मैं तुमसे कभी यह नहीं कहूँगी कि वह करो, जो तुम्हें नहीं करना चाहिए।" श्रीमती बेबरली कम्बिल ने प्रभावपूर्वक कहना शुरू किया।

"और मैं हमेशा उस अंतिम व्यक्ति की बातों में बह जाती हूँ, जो मुझसे बात करता है", वेरा ने कबूल किया, "इसलिए मैं वही करूँगी जो मुझे नहीं करना चाहिए और आपको बता देना चाहिए।"

श्रीमती बेबरली कम्बिल ने उत्तेजना की एक बहुत ही क्षम्य भावना को अपने मन की पृष्ठभूमि में धकेला और बेकरारी से पूछा—

"बेट्सी मुलेन की कुटिया में ऐसा क्या है, जिसके बारे में तुम इतना हो-हल्ला मचा रही हो?"

"यह कहना बिल्कुल ठीक नहीं है कि मैं उसके बारे में हो-हल्ला मचा रहा हूँ।" वेरा ने कहा, "यह वही पहली बात है, जिसका मैंने जिक्र किया है, लेकिन उसके बारे में जो उपद्रव एवं रहस्य बना हुआ है तथा अखबारों द्वारा अटकलें लगाई जा रही हैं, उनका कोई अंत नहीं है। यह सोचकर बल्कि हँसी आती है कि उलटे-सीधे अनुमानों के आधार पर अखबारों में क्या-क्या लिखा जा रहा है, पुलिस और जासूस देश और विदेश में हर कहीं सूँघ लगाते फिर रहे हैं और उनके हाथ कुछ नहीं लग रहा है, जबकि सच्चाई यह है कि रहस्य उस मासूम सी दिखने वाली छोटी कुटिया में छिपा हुआ है।"

"तुम्हारा मतलब कहीं यह तो नहीं कि सारा धमाल उस लवरे ला वगैरह-वगैरह, मुसकराते चेहरे वाली औरत की तसवीर के कारण है, जो करीब दो वर्ष पहले गायब हो गई थी?"

चाची ने बढ़ते जोश के साथ विस्मय दरशाते हुए पूछा।

"अरे, नहीं वह नहीं।" वेश ने कहा, "कुछ इतना ही महत्त्वपूर्ण और रहस्यमय यदि कुछ है, बल्कि उससे भी कुछ अधिक लज्जास्पद।"

''उर्बालन तो नहीं?''

वेरा ने सिर हिलाया।

''वे ढेर सारी मोहक वस्तुएँ।''

''बेट्सी की कुटिया में? अविश्वनीय!''

''बेशक बेट्सी को कुछ भी जानकारी नहीं है कि वे क्या चीजें हैं।'' वेरा ने कहा, ''वह सिर्फ इतना जानती है कि वे कुछ मूल्यवान वस्तुएँ हैं और यह कि उनके बारे में उसे अपनी जुबान बंद रखनी चाहिए। मुझे बस संयोग से पता चल गया कि वे क्या हैं और वहाँ कैसे आईं। आपको मालूम है जिन लोगों को समझ नहीं आ रहा था कि वे उन चीजों को सुरक्षित कहाँ रख सकते हैं और उनमें से कोई एक व्यक्ति जब अपनी गाड़ी से गाँव के बीच से होकर जा रहा था, तन्हाई में आराम से खड़ी इस कुटिया को देखकर दंग रह गया और उसे लगा कि शायद ऐसी ही जगह की उसे तलाश थी।'' श्रीमती लैम्पर ने बेट्सी से बात करके सारी व्यवस्था करा दी और उन चीजों को कुटिया में रखवा दिया।

''श्रीमती लैम्पर?''

''हाँ, आप जानती हैं, वह शहर के कितने चक्कर लगाती है।''

''मुझे इतना तो पता है कि वह सूप और फ़लालेन तथा सुधार संबंधी साहित्य लेकर अधिक गरीब लोगों की झोंपड़ियों में जाती रहती है।'' श्रीमती बेबरली कम्बिल ने कहा, ''लेकिन इसमें चुराई गई वस्तुओं को निपटाने जैसी कौन सी बात है और अगर है तो उसे उनके इतिहास के बारे में भी पता होना चाहिए; जो लोग अखबार पढ़ते हैं, भले ही कभी-कभी पढ़ते हों, उन्हें चोरी के बारे में अवश्य मालूम होगा; और मैं समझती हूँ कि चीजों की पहचान करना कोई मुश्किल काम नहीं था। श्रीमती लैम्पर को हमेशा एक निहायत ईमानदार महिला माना जाता रहा है।''

''निस्संदेह वह किसी और की आड़ में काम कर रही थी'', वेरा ने कहा, ''इस पूरे मामले की एक प्रमुख विशेषता यह है कि दूसरों को बचाने की कोशिश में बहुत-से मान-प्रतिष्ठावाले लोगों ने स्वयं को इसके जाल में फँसा लिया है। इसमें जो-जो लोग शामिल हैं, उनमें से कुछ के नाम अगर आपको पता चल जाएँ तो वास्तव में आपको बहुत अचंभा होगा और मैं नहीं मानती कि उनमें से 10 प्रतिशत लोगों को भी पता होगा कि असली अपराधी कौन हैं, और अब मैंने उस कुटिया का रहस्य आपके सामने खोलकर आपको भी इस गड़बड़झाले में उलझा लिया है।''

''तुमने निश्चय ही मुझे नहीं फँसाया है।'' श्रीमती बेबरली कम्बिल ने गुस्से में कहा, ''मैं किसी को बचाने का इरादा नहीं रखती हूँ। पुलिस को इस बारे में तुरंत पता चल जाएगा। कोई भी शामिल हो, चोरी आख़िर चोरी होती है। अगर इज्जतदार लोग खुद ही चोरी की वस्तुओं को लेने और निपटाने का काम करने लग जाएँ तो वे कतई

इज्ज़तदार कहलाने के काबिल नहीं हैं। मैं अभी टेलीफोन करके¨ ?''

''ओह, चाची।'' वेरा ने कड़ी फटकार लगाते हुए कहा।

''अगर इस प्रकार के घोटाले में कुथबर्ट को शामिल पाया गया तो बेचारे पादरी का दिल टूट जाएगा। आप जानती हैं, ऐसा ही होगा।''

''कुथबर्ट शामिल! तुम ऐसी बातें कैसे कह सकती हो, जब तुम्हें पता है कि हम उसे कितना मानते हैं?''

''बेशक मैं जानती हूँ कि आप उसे कितना मान देती हैं और यह भी कि बीट्रिस के साथ उसका विवाह होनेवाला है और ऐसा हो जाता है तो यह एक बहुत अच्छी जोड़ी बनेगी, वास्तव में वह आपका आदर्श दामाद होगा जैसा आपकी नज़र में होना चाहिए। फिर भी, उन चीजों को उस कॉटेज में रखने का सुझाव कुथबर्ट ने ही दिया था और उसी की मोटर से उन्हें वहाँ लाया गया था। यह सब वह अपने दोस्त पेगिन्सन की मदद के वास्ते कर रहा था, वही थरथरानेवाला आदमी आप जानती हैं न, जो हमेशा एक लघुतर नौ-सेना के लिए आंदोलन करता रहता है। मुझे याद नहीं कि वह कैसे इस चक्कर में पड़ गया। मैंने आपको चेताया था कि इसमें बहुत से इज्ज़तदार लोग शामिल हैं, बताया था कि नहीं मैंने? मेरा मतलब यही था, जब मैंने कहा कि बूढ़ी बेट्सी के लिए यह कुटिया छोड़कर जाना संभव नहीं होगा; उन चीजों ने काफी जगह घेरी हुई है और वह अपने सामान तथा दूसरी वस्तुओं के साथ उनको लेकर नहीं जा सकती, क्योंकि तब वे चीज़ें लोगों की नज़र से बच नहीं सकेंगी। बेशक अगर वह बीमार पड़ जाए और मर जाए तो वह भी उतना ही दुर्भाग्यपूर्ण होगा। उसने मुझे बताया है कि उसकी माँ नब्बे साल से ऊपर की होकर मरी, इस लिहाज़ से अगर उसकी अच्छी देखभाल हो और उसे किसी तरह की चिंता न सताए, तो वह अभी कम-से-कम दस-बारह साल तक और जीवित रहनी चाहिए। तब तक उन बदकिस्मत चीजों को ठिकाने लगाने के लिए कोई दूसरा इंतज़ाम हो चुका होगा।''

''मैं इस संबंध में शादी के बाद कुथबर्ट से बात करूँगी।'' श्रीमती बेबरली कुम्बिल ने कहा।''

''शादी तो अभी अगले साल होनी है।'' वेरा ने अपनी सबसे अच्छी सहेली को कहानी सुनाते हुए कहा, ''और इस बीच बूढ़ी बेट्सी किराया देने की चिंता किए बगैर जी रही है, सप्ताह में दो बार सूप का मजा लेती है और अगर उसकी उँगली भी दुखे तो मेरी चाची का डॉक्टर हर समय उसकी देखभाल के लिए मौजूद रहता है।''

''लेकिन तुमको यह सब कैसे पता चला?'' उसकी सहेली ने आश्चर्य प्रकट करते हुए पूछा।

''यह एक रहस्य था।'' वेरा ने कहा।

''माना कि यह एक रहस्य था, एक ऐसा रहस्य, जिसने सबको चकरा दिया। लेकिन मेरी समझ में यह नहीं आ रहा है कि तुम्हें पता कैसे चला।''

''ओह, रत्न एवं आभूषणों के बारे में ? वह भाग मेरी कल्पना थी'', वेरा ने स्पष्ट किया। ''रहस्य वहीं था, जहाँ से वृद्धा बेट्सी का बकाया किराया आना था और उसने सुखदायक बीही वृक्ष (क्विंस ट्री) को छोड़कर कहीं जाना नहीं था।''

□

डेरी का रास्ता

बैरॅनिस (यानी बैरन की पत्नी) और क्लोविस जिस पार्क में बहुधा जाया करते थे, उस पार्क के एक कोने में बैठे हुए वे आते-जाते लोगों के लंबे सिलसिले के बारे में जीवन के अनुभवों एवं भेदभरी बातों पर विचार-विनिमय कर रहे थे।

''वे खिन्न एवं उदास दिखनेवाली जवान महिलाएँ कौन हैं, जो अभी-अभी इधर से गई हैं?'' बैरॅनिस ने पूछा, ''इनमें उन लोगों की अकड़ है, जिन्होंने भाग्य के आगे सिर झुकाया है और पूरी तरह विश्वस्त नहीं हैं कि सलामी का उत्तर मिलेगा या नहीं।''

''वे'' क्लोविस ने कहा, ''ब्रिम्ले बाम्फील्ड्स हैं। उन्होंने क्या-क्या देखा और सहा है, अगर तुम पर वह सब गुजरा होता तो बहुत संभव है, तुम भी उनकी तरह उदास दिखने लगती।''

''मुझे हमेशा अवसादपूर्ण अनुभव होते रहते हैं।'' बैरॅनिस ने कहा, ''लेकिन मैं उन्हें चेहरे पर नहीं आने देती हूँ। यह इतना ही बुरा होता है, जितना अपने चेहरे से अपनी उम्र का पता देना। ब्रिम्ले बाम्फील्ड्स के बारे में मुझे बताओ।''

''ठीक'' क्लोविस ने कहा, ''उनकी मुसीबत तब शुरू हुई, जब उन्होंने एक चाची खोज निकाली। चाची बराबर मौजूद थीं, लेकिन उन्होंने उसके वजूद को लगभग भुला दिया था और उसका पता उस समय चला, जब एक दूर के रिश्तेदार ने अपनी वसीयत में स्पष्ट रूप से उसे याद करते हुए उनकी याददाश्त को ताज़ा कर दिया; इस उदाहरण की शक्ति जो गुल खिलाएगी, वह अद्भुत है। चाची जो दिखने में बहुत गरीब लगती थीं एकदम बहुत अमीर हो गईं और ब्रिम्ले बाम्फील्ड्स को उसके अकेलेपन को लेकर अचानक चिंता होने लगी, जिसकी वज़ह से उन सबने उसे अपने पंखों की छाया में ले लिया। इस समय उसके इर्द-गिर्द इतने पंख थे, जितने पंख प्रकटीकरण (रेवलेशन) में सामने आए। अनेक वहशी, पशुवत्-पक्षियों में से किसी एक के थे।''

''अभी तक तो मुझे ब्रिम्ले बाम्फील्ड्स के दृष्टिकोण से कोई विपत्ति दिखाई नहीं दे रही है।'' बैरॅनिस ने कहा।

''हम अभी वहाँ पहुँचे नहीं है'', क्लोविस ने कहा, ''चाची को बहुत साधारण

तरीके से रहने की आदत थी और उन्होंने उसके आगे कुछ नहीं देखा था, जिसे हम जिंदगी कहते हैं तथा उनकी भतीजियों ने उन्हें अपनी धन-दौलत में से अधिक कुछ खर्च करने का बढ़ावा नहीं दिया। उनकी मृत्यु के बाद उस दौलत में से बहुत कुछ उन्हें मिलनेवाला था और वे एक काफी बूढ़ी औरत थीं, लेकिन एक परिस्थिति थी जो उन्हें लगता था कि इस मनचाही चाची को खोज निकालने और अपने अधिकार में लेने से मिलनेवाले सुख-संतोष पर उदासी की छाया की तरह मँडरा रही है। उन्होंने सबके सामने कह दिया कि उनके पास जो भी थोड़ी-बहुत धन-सम्पत्ति है उसमें से एक अच्छा-ख़ासा हिस्सा उनके परिवार के दूसरी तरफ के एक भतीजे को जाएगा। वह एक बहुत ही निकम्मे किस्म का आदमी था। जेब उसकी हमेशा खाली रहती थी, जो कुछ भी पाता फौरन सट्टेबाजी में उड़ा देता था, लेकिन उस बुढ़िया के प्रति उसका व्यवहार थोड़ा-बहुत शालीनतापूर्ण रहता था, जब वे बिल्कुल अकेली थीं और उस भतीजे के खिलाफ वे एक शब्द भी नहीं सुन सकती थीं। वे जो सुनातीं उस पर तो वे बिल्कुल भी ध्यान नहीं देती थीं, लेकिन उसकी भतीजियाँ इस बात का पूरा ख़याल रखतीं कि उस दिशा में उन्हें बहुत कुछ सुनना होगा। वे आपस में कहतीं, कितनी बुरी बात है कि अच्छी दौलत ऐसे बेकार निकम्मे हाथों में पड़े। वे अपनी चाची की दौलत को आदतन 'असली धन' कहने लगी थीं जैसे कि दूसरे लोगों की चाची-मौसी आदि अधिकतर नकली करेंसी में डूबी रही हों।''

''नियमित रूप से डरबी सेंट लेजर और अन्य उल्लेखनीय घुड़दौड़ स्पर्धाओं के बाद वह सुनाई देनेवाली आवाज़ में यह अंदाजा लगाने बैठ जाते कि रोजर ने सट्टेबाजी के गंदे खेल में कितना पैसा लुटाया है?''

''उनका यात्रा-संबंधी व्यय भी एक बड़ी रकम बन जाती होगी। सबसे बड़ी ब्रिम्ले बाम्फील्ड्स ने एक दिन कहा, ''उनका कहना है कि वह इंग्लैंड में रेस की हर बैठक में भाग लेने जाता है, विदेशों में आयोजित दूसरी बैठकों में जाने के अलावा। कोई आश्चर्य नहीं, यदि वह कलकत्ता स्वीपस्टेक्स की ओर से घुड़दौड़ देखने के लिए इंडिया भी गया हो, क्योंकि उस घुड़दौड़ के बारे में बहुत सुना जाता है।''

''यात्रा करने से दिमाग बढ़ता है माइ डियर क्रिस्टीन'', उसकी चाची ने कहा।

''ठीक है, प्रिय चाची वह यात्रा जो सही भावना से की जाती है।'' क्रिस्टीन ने सहमति जताई, ''लेकिन जो यात्रा केवल जुआ खेलने और आडंबरपूर्ण ढंग से रहने के इरादे से की जाती है उससे दिमाग चौड़ा नहीं होता है, बल्कि जेब सिकुड़ने का खतरा अधिक बढ़ जाता है।'' तदापि जब तक रोजर स्वच्छंद होकर मज़े उड़ा रहा है, मुझे लगता है कि उसे इस बात की किंचित फ़िक्र नहीं है कि कितनी जल्दी या अलाभकर ढंग से पैसा जाता है या और अधिक पैसा उसे किधर से मिलेगा। खेद की बात है और ज़्यादा क्या कहूँ।''

"तब तक चाची ने किसी और विषय में बात करना शुरू कर दिया था और यह कहना मुश्किल होगा कि क्रिस्टीन की नैतिकता दरशाने वाली बातें चाची के कान तक पहुँची होंगी। फिर भी यह चाची की ही कही हुई बात थी। मेरा मतलब है यात्रा से दिमाग खुलनेवाली बात, जिसके कारण सबसे छोटी ब्रिम्ले बाम्फील्ड्स के मन में रोजर के चरित्र को प्रकट करने का महान् विचार आया।"

अगर चाची को कहीं ले जाकर उसे, यानी रोजर को जुआ खेलते और पैसा बरबाद करते हुए दिखाया जा सके। उसने कहा तो उसके चरित्र के प्रति चाची की आँखें वास्तव में खुल जाएँगी, हमारे कुछ भी कहते रहने का असर उतना नहीं होगा, जितना यकीन स्वयं देखकर होगा।

'मेरी प्यारी वेरोनिका' उसकी बहनों ने कहा, "हम उसका पीछा करते हुए जुएबाजी के अड्डों तक तो नहीं जा सकते।"

"जुए के अड्डों तक न सही" वेरोनिक ने कहा, "लेकिन हम किसी उस जगह तो जा ही सकते हैं, जहाँ जुआ खेलते हुए देखा जा सके।"

"क्या तुम्हारा मतलब मॉन्टे कार्लो से है ?" उन्होंने इस सुझाव पर कुछ जोश में आते हुए उससे पूछा।

"मॉन्टे कार्लो बहुत दूर है और उस जगह का नाम भी बहुत बदनाम हो चुका है", वेरोनिका ने कहा, "मैं अपने मित्रों को क्या यह कहूँगी कि हम मॉन्टे कार्लो जा रहे हैं। लेकिन मुझे लगता है कि रोजर इन दिनों आमतौर पर डाइपे जाता है और कुछ बहुत मान-प्रतिष्ठा वाले अंग्रेज लोग वहाँ जाते हैं। वहाँ जाना महँगा भी नहीं पड़ेगा। अगर चाची कुछ हवा-पानी बदलने की खातिर समुद्र के रास्ते जाने के लिए तैयार हो सकें तो उनकी सेहत के लिए बहुत अच्छा होगा।"

और इस प्रकार ब्रिम्ले बाम्फील्ड्स बहनों के दिमाग में घातक विचार आया।

इस अभियान की ओर पहला कदम बढ़ाते ही उनके ऊपर ऐसा संकट मँडराया जो बाद में उन्हें याद रहनेवाला था। शुरू में ही चैनल पार करने के दौरान सभी ब्रिम्ले बाम्फील्ड्स बहनों की तबीयत बहुत खराब हो गई, जबकि चाची समुद्री हवा का आनंद ले रही थीं और साथ में जा रहे अजनबी यात्रियों के साथ खुशी से मेल-जोल बढ़ाने में मग्न थीं। फिर उसने बोल-चाल की फ्रेंच भाषा के अपने ज्ञान से उनको चकित कर दिया, हालाँकि बहुत साल बीत चुके थे, जब उन्होंने कंटीनेन्ट पर यात्रा की थी और वहाँ एक बहुत कुशल अप्रेंटिस के रूप में एक वेतनभोगी साथी की हैसियत से काम किया था। उनके लिए एक ऐसे व्यक्ति को अपने सामूहिक नियंत्रण में रखना मुश्किल होता चला गया, जिसे पता था कि उसे क्या चाहिए है और जो चाहिए उसकी माँग करने तथा यह देखने की क्षमता रखता है कि जो माँगा है उसे मिल जाना चाहिए। इसके अलावा

जहाँ तक रोजर का सवाल था, डाइपे में उन्हें रोजर नहीं मिला; हुआ ऐसा कि वह उस जगह से एक या दो मील दूर पश्चिम में एक छोटे जल-स्थान, पोरविले में ठहरने चला गया था। ब्रिम्ले बाम्फील्ड्स बहनों ने समझ लिया कि डाइपे में बहुत भीड़-भाड़ और व्यर्थ का शोर-शराबा है और वे उस बूढ़ी महिला को इस बात के लिए राजी करने में कामयाब हो गईं कि उन्हें पोरविले जैसी किसी शांत एवं बेहतर जगह चले जाना चाहिए।

"वह जगह नीरस या उबाऊ बिल्कुल नहीं है", आप देख लीजिएगा। उन्होंने चाची को आश्वस्त किया। "वहाँ होटल से जुड़ा एक कसीनो है और आप लोगों को नाचते तथा 'पेटिट्स शेवॉक्स (Petitt Chevas), पर अपना पैसा लुटाते हुए देख सकती हैं।

"यह उससे पहले की बात है, जब पेटिट्स शेवॉक्स की जगह बूले हुआ करता था।"

"रोजर उसी होटल में नहीं ठहरा हुआ था, लेकिन उन्हें मालूम था कि दोपहर और शाम के समय वह अकसर कसीनो में ही नज़र आएगा।"

"वहाँ पहुँचने पर पहली शाम को ही जल्दी डिनर करने के बाद वे कसीनो में पहुँच गईं और मेजों के आस-पास मँडराने लगीं। बर्री वैन ताहन उस समय वहीं ठहरा हुआ था और उसने सारा किस्सा मुझे बयान किया। ब्रिम्ले बाम्फील्ड्स बहनों की नज़र दरवाजों पर चोरी-चोरी इस तरह लगी हुई थी, जैसे उन्हें किसी के आने का इंतजार हो और चाची को बोर्ड पर छोटे-छोटे घोड़ों को तेजी से घूमते हुए देखने में बहुत मज़ा आ रहा था।"

"क्या तुम्हें पता है कि बेचारा आठवें नंबर का घोड़ा पिछले बत्तीस बार से नहीं जीता है।" उन्होंने क्रिस्टीन से कहा, "मैं गिनती कर रही हूँ। उसे हिम्मत दिलाने के लिए मुझे उस पर पाँच फ्रैंक की बाजी लगानी पड़ेगी।"

"प्यारी चाची इधर आइए और नाच देखिए", क्रिस्टीन ने विचलित होते हुए कहा। उनकी रणनीति यह बिल्कुल भी नहीं थी कि रोजर जब अंदर आए तो इस बुढ़िया को पेटिट्स शेवॉक्स टेबल पर अपने शौक की वाह-वाही करते हुए देखे।

"रुको जरा, मैं आठ नंबर पर पाँच फ्रैंक लगाती हूँ।" चाची ने कहा और अगले ही क्षण उन्होंने पैसे निकालकर टेबल पर रख दिए। घोड़ों ने घूमना शुरू कर दिया; इस बार यह एक धीमी रेस थी और आखिर में आठ नंबर किसी धूर्त दानव की तरह ऊपर की ओर उठा और उसने अपनी नाक का अंशमात्र तीन नंबर के आगे रख दिया, जो लग रहा था कि आसानी से जीत जाएगा। नतीजे पर पहुँचने के लिए नाम का सहारा लेना पड़ा और नंबर आठ को विजेता घोषित किया गया। चाची ने पैंतीस फ्रैंक उठा लिए। फिर तो यह पक्का हो गया कि चाची को सट्टेबाजी की टेबलों से हटाने के लिए ज़ोर-ज़बरदस्ती करनी पड़ेगी। जब रोजर वहाँ तशरीफ लाया तब तक चाची बावन फ्रैंक जीत चुकी थीं,

उनकी भतीजियाँ पृष्ठभूमि में अकेले इधर-उधर घूम रही थीं उन चूजों की तरह, जिन्हें एक बत्तख ने अभी-अभी अंडों से बाहर निकाला हो और वे अपनी जन्मदात्री को एक ख़तरनाक एवं अनुकूल माहौल में मन-बहलाव करते हुए निराशा से देख रहे हों। रोजर ने उस रात खड़े होकर अपनी आंट और तीनों ब्रिम्ले बाम्फील्ड्स बहनों के सम्मान में जिस शानदार पार्टी की घोषणा की थी, इस मायने में बड़ी यादगार साबित हुई, क्योंकि पार्टी में शामिल दो लोगों ने पार्टी का अत्यधिक आनंद उठाया, जबकि तीन मेहमानों के चेहरों पर सारे समय मुर्दनी छाई रही।

''मैं नहीं समझती'', क्रिस्टीन ने बाद में अपनी एक विश्वसनीय मित्र को बताया, जिसने आगे बर्टी वैन ताहन को बता दिया, ''मैं पेट डे फोई ग्रास (Pate de foie gras) को दुबारा कभी हाथ भी लगा सकूँगी। वह मुझे उस भयावह शाम की याद फिर दिला देगी।''

तीनों बहनों ने अगले दो-तीन दिनों में इंग्लैंड लौट जाने या किसी दूसरी अच्छी जगह चले जाने का कार्यक्रम बनाया, जहाँ कॅसीनो न हो। चाची पेटिट्स शेवॉक्स पर जीतने के लिए कोई तिकड़म लगाने में व्यस्त थीं। उनकी पहली पसंद नंबर आठ न जाने क्यों उनकी इच्छा के विरुद्ध जा रहा था और नंबर पाँच पर लगाए गए कई दाँव उससे भी खराब साबित हो चुके थे।

''तुमको पता है इस दोपहर मैं सट्टे के खेलों में सात सौ फ्रैंक हार गई।'' चाची ने चौथी शाम को रात्रि-भोज पर बैठते हुए बड़ी खुशी से सुनाया।

''कोई बात नहीं, मैं उसे वसूल कर लूँगी'' चाची ने पूरी उम्मीद जताते हुए कहा, ''लेकिन यहाँ नहीं। ये छोटे मूर्ख घोड़े किसी काम के नहीं हैं। मैं किसी ऐसी जगह जाऊँगी, जहाँ कोई घूमती चकरी (रूलेट) पर दाँव लगाने का खेल आसानी से खेला जा सके। तुमको इतनी अचंभित या हैरान दिखने की कोई जरूरत नहीं है। मैंने हमेशा यह महसूस किया है कि मौका मिले तो मैं एक पक्की जुआरी बन सकती हूँ और प्रिय तुम सबको मिलकर वह अवसर मुझे दिलाना होगा। मैं तुम्हारी अच्छी सेहत का जाम पीना चाहूँगी। वेटर पॉन्टेट कैनेट की एक बोतल। आह, शराब की सूची में इसका नंबर सात है। आज रात मैं सात के आँकड़े पर दाँव लगाऊँगी। इस दोपहर जब मैं उस बेतुके नंबर पाँच पर पैसा लुटा रही थी, यह नंबर चार बार जीता।''

''उस शाम सात का आँकड़ा जीतने के मूड में नहीं था।'' ब्रिम्ले बाम्फील्ड्स बहनें एक दूरी से तबाही का तमाशा देखते-देखते ऊब जाने के बाद उस टेबल के निकट आ गईं, जहाँ उनकी माननीय चाची बार-बार आने की आदी हो गई थीं। वे दुःखी मन से एक, पाँच और आठ तथा चार के आँकड़ों को लगातार जीतते और चाची के बटुए से असली दौलत जाते हुए देखती रहीं जो सात नंबर को जिताने पर अड़ी हुई थी। दिन भर

की हारी हुई कुल रकम करीब दो हज़ार फ्रैंक तक पहुँच गई थी।

''तुम कभी न सुधरनेवाली जुआखोर।'' रोजर ने दिल्लगी करते हुए कहा, जब उसने उन्हें टेबल के पास देखा।

''हम जुआ नहीं खेल रहे हैं।'' क्रिस्टीन ने सिहरते हुए कहा, ''हम सिर्फ देख रहे हैं।''

''मैं नहीं मानता।'' रोजर ने जानबूझकर कहा, ''अवश्य ही आप एक गुट बनाकर खेल रही हैं और चाची आप सबकी तरफ से दाँव लगा रही हैं। कोई भी तुम्हारा चेहरा देखकर बता सकता है, जब गलत घोड़ा जीतता है तो आपका रंग फीका पड़ जाता है।''

''उस रात चाची और भतीजे ने अकेले रात्रिभोज किया या शायद उन्होंने भी किया होता, अगर बर्टी उनके पास नहीं आया होता; तीनों ब्रिम्ले बाम्फील्ड्स बहनों का सिर दुख रहा था।''

''अगले दिन चाची उन्हें लेकर डाइपे चली गईं और अपने नुकसान की कुछ भरपाई करने के काम में खुशी से जुट गईं। उनकी किस्मत ऊपर-नीचे हो रही थी, वास्तव में काफी समय तक भाग्य ने उनका साथ दिया इतना कि मन बहलाव का नया साधन उनको पूरी तरह प्रसन्नचित्त रख सके, लेकिन कुल मिलाकर उन्हें नुकसान ही हुआ था। ब्रिम्ले बाम्फील्ड्स बहनों को उस दिन एक साथ घबराहट का दौरा पड़ गया, जिस दिन चाची ने अर्जेन्टीन रेल में शेयरों का कुछ हिस्सा बेच दिया।'' वह रकम अब कभी वापस नहीं आएगी, उन्होंने बहुत दुखी होकर आपस में कहा।

''वेरोनिका अब और अधिक नहीं सुन सकी और घर चली गई; आप जानते हैं चाची को इस बरबादी के अभियान पर लेकर आने का सुझाव उसका ही था और दूसरों ने यह बात हालाँकि उनके मुँह पर नहीं कही, फिर भी उनकी आँखों में उनके लिए एक ऐसी रुखाई अवश्य झलकती थी, जिसका सामना करना वास्तविक फटकार से अधिक कठिन होता है। शेष दोनों बहनों ने मायूसी से अपनी चाची को उस समय तक कड़ी निगरानी में रखा, जब तक कि डाइपे से उनका जी न ऊब जाए और वह घर तथा सुरक्षा की दिशा में लौटने के लिए न कहने लगे। वे बड़ी चिंतित होकर यह हिसाब-किताब लगाती रहीं कि अगर भाग्य ने थोड़ा-बहुत साथ दिया तो इस बीच वे 'असली दौलत' में से कम-से-कम कितना हिस्सा लुटी चुकी होगीं। किंतु यहाँ उनका अनुमान गड़बड़ा गया; डाइपे में रहने की मियाद समाप्त होते-होते उनकी चाची का मान सट्टेबाजी के किसी दूसरे सुविधाजनक अड्डे की तलाश में डोलना शुरू हो गया। 'किसी बिल्ली को दुग्धशाला का रास्ता दिखाना' (शो ए कैट दि के टू दि डेरी) वाली कहावत और कहाँ तक जाती है मुझे याद नहीं, लेकिन जहाँ तक ब्रिम्ले बाम्फील्ड्स बहनों की चाची का संबंध है, उनकी दशा पर यह कहावत बिल्कुल ठीक लागू होती है। जो खुशियाँ

उन्होंने देखी नहीं थीं, उनका पिटारा उनके आगे खोल दिया गया था और वे उनके मन को बहुत लुभा रही थीं तथा वे अपने नए अर्जित ज्ञान से मिल रहे आनंद को छोड़कर जाने की किसी जल्दी में नहीं थीं। आपको पता है, जिंदगी में पहली बार वे बुढ़िया अपनी खुशियों में सराबोर हो रही थीं, भले ही वे पैसा हार रही थीं, किंतु इस हारने की प्रक्रिया में जो मज़ा और खुशी उन्हें मिल रही थी, वह उस नुकसान से कहीं अधिक थी और पैसे के नुकसान के बावजूद उनके पास आराम से जीने के लिए अभी काफी था। वस्तुतः वे अपनी खुशी से जीने की कला अब सीख रही थीं। वे एक चहेती मेजबान थीं और इसके बदले में उनके साथी जुआरी उनको रात्रिभोज और रात की दावत में आमंत्रित करने के लिए हमेशा तैयार रहते थे, जब जुए में भाग्य उनके साथ होता। उनकी भतीजियाँ जो अभी तक उनकी देखभाल में लगी हुई थीं, इस सोच के बावजूद कि वे ऐसे डूबनेवाले जहाज पर हैं, जिसे छोड़कर जाना जहाज कर्मचारियों के लिए चाहकर भी संभव नहीं होता है और वे आखिरी दम तक इसी उम्मीद में काम करते रहते हैं कि शायद जहाज को बंदरगाह तक ले जाया जा सके। इन बोहेमियाई जश्नों में अपने लिए कोई खुशी नहीं देख पा रही थीं; अच्छी जिंदगी जीने के नाम पर ऐसे मामूली जान-पहचान वाले लोगों के ऊपर 'असली दौलत' लुटाते हुए देखना उन बहनों को किसी तरह रास नहीं आ रहा था, क्योंकि वे कभी भी सामाजिक रूप से उनके लिए उपयोगी सिद्ध होने की हैसियत रखने वाले नहीं थे। जब कभी मुमकिन होता वे अपनी चाची के निंदनीय जश्नों में शामिल न होने का बहाना तलाश लेती थीं। ब्रिम्ले बाम्फील्ड्स बहनों का सिर्दर्द चर्चा का विषय बन गया।

"और एक दिन ब्रिम्ले बाम्फील्ड्स बहनें इस निष्कर्ष पर पहुँच गईं कि एक ऐसे रिश्तेदार की सेवा और देखभाल में चौबीसों घंटे लगे रहने से कोई प्रयोजन सिद्ध नहीं होगा, जिसने अपने आपको उनके साए और संरक्षण देनेवाली दृष्टि से पूरी तरह मुक्त कर लिया है।" चाची ने उनके प्रस्थान की घोषणा इतनी खुशी के साथ की, जो विचलित करनेवाली थी।

"अब तुम्हें घर वापस चले जाना चाहिए और किसी अच्छे डॉक्टर से अपने सिर्दर्द का इलाज कराना चाहिए", चाची ने उनकी दिशा पर छींटाकशी के लहज़े में कहा था।

"ब्रिम्ले बाम्फील्ड्स बहनों की मास्को से घर वापसी की यात्रा वास्तव में उनकी पराजय थी और इस हार का स्वाद इस बात से और भी तीखा हो गया कि मास्को इस मामले में जोश और निराशा के माहौल में डूबा हुआ नहीं था, बल्कि जरूरत से कहीं अधिक चमक-धमक पूर्ण था।"

"अपने पारस्परिक मित्रों एवं परिचित लोगों के माध्यम से उन्हें अपनी उस उदार एवं अपव्ययी रिश्तेदार की ख़बर यदा-कदा मिल जाती है, जो पागलपन की हद तक अब

एक पक्की जुआरी बन गई है और कुछ दयालु सूदखोरों से प्राप्त उस निस्तारण निधि से होने वाली आय पर गुजर-बसर कर रही है, जो उन्होंने उसके निपटान पर छोड़ दी है।

"इसलिए अगर वे सबके सामने उदास चेहरा लिए घूमती हैं तो तुमको अचंभित नहीं होना चाहिए। क्लोविस ने उन बहनों की कहानी समाप्त करते हुए कहा।"

"उनमें वेरोनिका कौन सी है?" बैरॅनिस ने पूछा।

"वह जो तीनों बहनों में सबसे उदास दिखती है।" क्लोविस ने जवाब दिया।

□

माउँग का की बातें

धान और दार्शनिक गुणों की खेती करनेवाला माउँग का तेजी से बहती इराबती नदी के किनारे बेंत के बने अपने मकान में ऊँचे चबूतरे पर बैठा हुआ था। मकान के दोनों तरफ एक चमकीला हरा दलदल था, जो उस जगह तक चला गया था, जहाँ से अपने आप उगे, काँटे-छाँटे न गए जंगल की बाड़ शुरू होती थी। चमकीले हरित दलदल में जो निकट से देखने पर पता चलता था कि वह कुछ और नहीं, बल्कि धान का खेत है। लंबी पैनी चोंचवाले ताल बगुले और अकड़कर चलनवाले तथा सरी-सृपों का शिकार करनेवाले दूसरे प्रकार के रमणीक बगुले थे, जो कभी यह नहीं भूलते कि बेशक वे बहुत उपयोगी हैं, लेकिन उपयोगी होने के अलावा भी बहुत कुछ हैं। उनकी सुंदरता निराली है, जो पूरे दृश्य को एक चित्रात्मक सौंदर्य प्रदान करती है। नदी की बगल में लंबे-लंबे सरकंडों की घनी उपज के बीच कहीं-कहीं चरते काले-भूरे रंग की जंगली भैंसें, लंबी घास में गिरे अलूचों—जैसी दिखती थीं और माउँग का के घर को ढके हुए इमली के वृक्षों पर डेरा डाले, बेचैन, कर्कश एवं फटी-फटी आवाज़ वाले अनगिनत कौवे पूरी दुपहरी लगातार शोर मचाए रखते, और उन्हीं बातों को बार-बार दोहराते रहते, जो कौवे उस समय से कहते आ रहे हैं जब से कौवों ने दुनिया में जन्म लिया है।

माउँग का बैठा हुआ अपनी विशाल हरे-भूरे रंग की सिगार पी रहा था जिसके बिना कोई भी बर्मन आदमी, औरत या बच्चा वास्तव में पूरा नहीं लगता है। बीच-बीच में वह अपने दो साथियों के फायदे के लिए सांसारिक ज्ञान के छींटे भी बिखेरता रहता। जो स्टीमर सप्ताह में तीन बार मंडाले से नदी के रास्ते आता था, माउँग का के लिए रंगून का एक समाचार-पत्र लेकर आता, जिसमें संसार के घटना-क्रम से संबंधित प्रगति तार संदेशों के माफिक अंकित होता और उसके ऊपर की गई टिप्पणी सारगर्भित पैराग्राफों में भरी होती थी। माउँग का इन खबरों को पढ़ता और मौका मिलने पर उनके बारे में अपने दोस्तों एवं पड़ोसियों को सुनाता रहता और ऐसा करते हुए वह अपने दार्शनिक विचार भी साथ में जोड़ देता था, जिसके कारण स्थानीय रूप से उसे कुछ हद तक एक

राजनीतिक चिंतक कहा जाने लगा था। बर्मा में यह संभव है कि कोई विचारक होने के साथ-साथ एक राजनीतिज्ञ भी बन जाए।

उसका दोस्त माउँग थ्वा, जो सागौन की लकड़ी का व्यापारी था, नदी की उतराई की ओर दूर भामो से हाल ही में वापस आया था, जहाँ उसने चीनी व्यापारियों के साथ आराम से मोल-भाव करते हुए अनेक गौरवपूर्ण सप्ताह बिताए थे; आते ही उसने सबसे पहला कदम इमली के पेड़ों की छाया में माउँग का के बेंत निर्मित घर के ऊँचे चबूतरे पर रखा और साथ में वह अपना पान का डिब्बा एवं मोटी सिगार लाना नहीं भूला। युवा माउँग शूगाले, जो मंडाले में विदेशी स्कूलों में पढ़ा था और बहुत से अंग्रेजी शब्द जानता था, भी लोगों के उस छोटे समूह में शामिल था, जो माउँग का के मुख से विश्वभर के घटना-क्रम की खबरें कौओं की काँव-काँव से ध्यान हटाकर सुन रहे थे।

शुरू-शुरू में तो इमारती लकड़ी और धान मंडी तथा विविध स्थानीय मामलों पर बातचीत हुई और उसके बाद जीवन के व्यापक एवं अधिक दूरवर्ती विषयों की समीक्षा की गई।

''और यहाँ से दूर क्या-क्या हो रहा है ?'' माउँग थ्वा ने अखबार पढ़नेवाले से पूछा।

''यहाँ से दूर संसार के धरातल का काफी बड़ा भाग है, जो गाँव की सीमाओं के आगे पड़ता है।''

''बहुत बातें हैं।'' माउँग का ने सोच-विचार करते हुए कहा, ''लेकिन मुख्य रूप से दो बातें बहुत रुचिकर और एक-दूसरे के विपरीत प्रकृति की हैं। तथापि दोनों का संबंध सरकारों की काररवाई से है।''

माउँग थ्वा ने अत्यंत गंभीर होकर अपना सिर हिलाया, ऐसा दिखावा करते हुए जैसे वह सभी सरकारों का आदर और अविश्वास करता है।

''पहली बात जो आप लोगों ने अपने भ्रमणा एवं अपनी यात्राओं के दौरान सुनी होगी'' माउँग का ने कहा, ''भारत सरकार की वह काररवाई है, जिसने कुछ समय पहले ही बंगाल का विभाजन रद्द कर दिया है।''

''मैंने इसके बारे में माउँग थ्वा से कहा।'' नौका यात्रा के दौरान एक मद्रासी व्यापारी से सुना था। लेकिन मैं यह नहीं समझ पाया कि सरकार ने किन कारणों से यह कदम उठाया। विभाजन रद्द क्यों किया गया ?

क्योंकि माउँग का ने कहा, ''इसे बंगाल के अधिकांश लोगों की इच्छा के विरुद्ध माना गया था। अत: सरकार ने इस विषय को समाप्त कर दिया।''

माउँग थ्वा एक पल के लिए चुप हो गया। ''क्या सरकार ने जो किया है सही किया है ?'' उसने थोड़ी ही देर में पूछ लिया।

"लोगों की इच्छाओं को समझना, उनका मान रखना एक अच्छी बात है" माउँग का ने कहा। "हो सकता है बंगाली उन लोगों में से हों, जो हमेशा वह नहीं चाहते जो उनके लिए सर्वोत्तम है। कौन कह सकता है? लेकिन इतना तो है कि उनकी इच्छाओं को ध्यान में रखा गया है और वह एक अच्छी बात है।"

"और दूसरा विषय क्या है, जिसका आपने ज़िक्र किया?"

माउँग थ्वा ने सवाल किया, "वह विपरीत किस्म का विषय।"

"दूसरा विषय" माउँग का ने जवाब दिया, "यह है कि अंग्रेज सरकार ने ब्रिटेन का विभाजन करने का फैसला ले लिया है। जहाँ अभी तक एक संसद् और एक सरकार रही है, वहीं अब दो संसद् और दो सरकारें होंगी और दो राजकोष होंगे तथा करों की दो सूचियाँ होंगी।"

इस खबर को सुनकर माउँग थ्वा की दिलचस्पी बहुत बढ़ गई। "और क्या ब्रिटेन के लोगों की भावना इस विभाजन के पक्ष में है।" उसने पूछा। "क्या वे इसे नापसंद नहीं करेंगे, जिस तरह बंगाल की जनता ने अपने प्रांत का विभाजन पसंद नहीं किया?"

"ब्रिटेन के लोगों की भावना के बारे में राय नहीं ली गई है, और न ली जाएगी।" माउँग का ने कहा, "विभाजन का कानून एक सदन से निकल जाएगा जहाँ सरकार की मरजी सर्वोपरि है और दूसरा सदन उसे सिर्फ कुछ समय के लिए रोक सकता है, तत्पश्चात् यह देश का कानून बन जाएगा।"

"लेकिन क्या लोगों की भावना या इच्छा के बारे में राय न जानना समझदारी का काम है?" माउँग थ्वा ने पूछा।

"बड़ी समझदारी है", माउँग का ने जवाब दिया, "क्योंकि अगर लोगों की राय ली जाती तो वे 'न' कहते, जैसा कि उन्होंने हमेशा कहा है, जब भी कोई डिक्री उनकी राय जानने के लिए पेश की गई और अगर जनता ने 'न' कह दिया तो न सिर्फ मामला वहीं समाप्त हो जाता, बल्कि सरकार का भी अंत हो जाता। अतः सरकार ने लोगों की राय जानने की तरफ कान बंद करके बुद्धिमानी का ही परिचय दिया।"

"लेकिन बंगाल के लोगों की बात क्यों सुनी गई और ब्रिटेन के लोगों की क्यों नहीं।" माउँग थ्वा ने पूछा, "निश्चित रूप से उनके देश का विभाजन उनको भी उतना ही प्रभावित करता है। क्या उनकी राय इतनी बेकार होती है कि उसको कोई महत्त्व नहीं दिया जाता।"

"ब्रिटेन के लोग वे हैं, जिन्हें लोकतंत्र यानी एक डेमोक्रेसी कहा जाता है", माउँग का ने कहा।

"डेमोक्रेसी?" माउँग थ्वा ने पूछा। "वह क्या होती है।"

"डेमोक्रेसी।" माउँग शूगाले ने उत्सुकतापूर्वक कहा, "एक समाज होता है और

यह समाज सर्वमान्य प्रतिनिधियों को चुनकर अपनी इच्छाओं एवं हितों के अनुसार स्वयं को नियंत्रित करता है। चुने गए सर्वमान्य प्रतिनिधि समाज के लिए कानून बनाते हैं और प्रशासन की देख-रेख करते हैं तथा उस पर नियंत्रण रखते हैं। इसका लक्ष्य और उद्देश्य समाज के हित में, समाज की सरकार का निर्माण करना होता है।''

''फिर'' माउँग थ्वा ने अपने पड़ोसी की तरफ मुड़कर कहा, ''अगर ब्रिटेन की जनता एक डेमोक्रेसी है।''

''मैंने कभी नहीं कहा कि वे एक डेमोक्रेसी हैं।'' माउँग का ने सौम्यतापूर्वक टोका।

''अवश्य ही हम दोनों ने आपको कहते सुना!'' माउँग थ्वा चिल्लाया।

''बिल्कुल ऐसा नहीं है'' माउँग का बोला, ''मैंने कहा था कि वे वे लोग हैं, जिन्हें एक डेमोक्रेसी कहा जाता है।''

□

मादा-भेड़िया

लियोनार्ड बिल्सिटर उन लोगों में से एक था, जिन्होंने इस विश्व को अपनी दृष्टि से आकर्षक या रोचक नहीं पाया है और जो अपने ही अनुभव या कल्पना अथवा आविष्कार की एक 'अनदेखी दुनिया' में अपनी खुशी तलाशते रहे हैं। बच्चे उस तरह का काम सफलता से कर लेते हैं, लेकिन बच्चे अपने-आपको ही विश्वास दिलाकर संतुष्ट रहते हैं, और वे दूसरे लोगों को विश्वास दिलाने की कोशिश करके अपनी मान्यताओं का ढिंढोरा नहीं पीटते हैं। लियोनार्ड बिल्सिटर की मान्यताएँ 'कुछ ही लोगों' के लिए थीं, अर्थात् किसी भी उस व्यक्ति के लिए, जो उसे सुनने के लिए तैयार हो।

अनदेखी दुनिया में गोता लगाने का उसका प्रयास उसे कमरे में बैठे-बैठे सपना देखनेवाले की सामान्य घिसी-पिटी बातों के आगे नहीं ले जाता अगर वह दुर्घटना नहीं हुई होती, जिसके कारण उसने रहस्य संबंधी ज्ञान अर्जित करने की जिज्ञासा से अपनी संपूर्ण शक्ति को पुनः प्रवलित किया। उसका एक दोस्त था, जो किसी उराल खनन कंपनी में दिलचस्पी रखता था; उस दोस्त के साथ वह ऐसे समय में पूर्वी यूरोप के भ्रमण पर गया था, जब रूस में रेल कर्मचारियों की हड़ताल सिर्फ एक धमकी न रहकर असलियत में तब्दील हो रही थी; वापसी यात्रा के दौरान हड़ताल अचानक शुरू हो जाने के कारण वह वर्म के आगे किसी जगह फँस गया और रेलों का आना-जाना ठप हो जाने पर उसे रास्ते में पड़ने वाले किसी स्टेशन पर इंतज़ार करना पड़ा। यहीं उसकी जान-पहचान धातु-निर्मित वस्तुओं के एक व्यापारी से हुई, जो लंबे इंतज़ार की नीरसता को भंग करने के लिए अपने एक अंग्रेज साथी यात्री को लोक साहित्य की असंबद्ध पद्धति की दीक्षा दे रहा था, जिसका ज्ञान उसने बैकल पार के व्यापरियों एवं निवासियों से प्राप्त किया था। लियोनार्ड रूसी हड़ताल के बारे में अपने ढेरों अनुभवों के साथ अपने लोगों के बीच लौटा और उसकी बातों का सिलसिला ख़त्म होने में नहीं आ रहा था, लेकिन वह कतिपय काले रहस्यों के बारे में बहुत कम बोल रहा था, जिनको उसने साइबेरियाई जादू का नाम दिया था। किंतु उसकी यह चुप्पी ज़्यादा दिन नहीं रह सकी। एक या दो सप्ताह में ही जब उसने जान लिया कि कोई भी उसके साइबेरियाई जादू के

बारे में सुनने की उत्सुकता नहीं दिखा रहा है तो उसने अर्थात् लियोनार्ड ने अपनी ओर से बहुत कुछ जोड़कर उन विकराल शक्तियों का अधिक विस्तारपूर्वक हवाला देना शुरू कर दिया, जिनसे यह नई गूढ़ शक्ति उन्हीं गिने-चुने दीक्षा प्राप्त लोगों को मिलती है, जो इसका कुशलतापूर्वक प्रयोग करना जानते हैं। उसकी आंटी सिसिलिया हूप्स ने (जिसे सच्चाई से कहीं ज्यादा सनसनी से प्यार था) लोगों को यह बता-बताकर उसका भरसक प्रचार करना शुरू कर दिया कि किस तरह उसने एक वानस्पतिक मज्जा को उसकी अपनी आँखों के सामने एक काष्ठ कबूतर में बदल दिया था। अलौकिक शक्तियों के प्रकटीकरण के किस्से को कुछ लोगों ने श्रीमती हूप्स की कल्पना शक्ति का महज एक उदाहरण मानकर हवा में उड़ा दिया।

अब लियोनार्ड को हैरतअंगेज करतब दिखानेवाला कहें या कोई फ़रेबी, वह मेरी हैम्पटन की हाउस पार्टी में जब पहुँचा, दोनों में से किसी एक पेशे में उसकी मशहूरियत पहले ही वहाँ पहुँच चुकी थी और वह लोकप्रियता पाने के ऐसे किसी भी मौके को छोड़ना नहीं चाहता था। जिस किसी वार्तालाप में वह और उसकी आंट हिस्सा लेते, उसमें वे रहस्यपूर्ण एवं असामान्य शक्तियों का ज़िक्र अवश्य करते और लियोनार्ड अपने करतबों, अपने अतीत और भावी संभावनाओं के बारे में बताता और सुननेवालों को लगता कि वाकई उसमें कुछ जादुई एवं चमत्कारिक शक्ति है।

''मान्यवर बिल्सिटर मैं चाहूँगी कि आप मुझे एक भेड़िया बना दें'', उसके आने के एक दिन बाद लंच पर उसका स्वागत करते हुए मेजबान महिला ने कहा।

''माइ डियर मेरी।'' कर्नल हैम्पटन ने कहा, ''मुझे नहीं पता था कि उस दिशा में भी तुम कोई गहरी दिलचस्पी अथवा लालसा रखती हो।''

''एक मादा भेड़िया सच में'' श्रीमती हैम्पटन ने बात जारी रखते हुए कहा, ''एक पल के नोटिस पर किसी का सेक्स और उसकी प्रजाति बदलना बहुत उलझन का काम होगा।''

''मैं नहीं समझता कि इन विषयों के संबंध में किसी को मज़ाक करना चाहिए।'' लियोनार्ड ने कहा।

''मैं मज़ाक नहीं कर रही हूँ। मैं गंभीर हूँ, मेरा यक़ीन मानिए।'' बस इतना चाहती हूँ कि यह करिश्मा आज न करें। हमारे पास केवल आठ ब्रिज खिलाड़ी उपलब्ध हैं और इससे हमारी कोई एक टेबल भंग हो जाएगी। कल हमारे यहाँ एक बड़ी पार्टी होगी। कल रात डिनर के बाद···।

''इन प्रच्छन्न शक्तियों के बारे में हमारी वर्तमान अनिश्चित समझ के चलते मैं सोचता हूँ कि हमें उनके साथ विनम्रता का व्यवहार करना चाहिए, उनका मज़ाक नहीं उड़ाना चाहिए।'' लियोनार्ड ने इतनी गंभीरता से कहा कि उस विषय पर बात वहीं समाप्त कर दी गई।

साइबेरियाई चमत्कार की संभवानाओं पर चर्चा के दौरान क्लोविस सान्ग्रेल चुपचाप बैठा हुआ था; लंच के बाद वह लॉर्ड पभम का ध्यान बँटाने बिलियर्ड कक्ष में चला गया और वहाँ के अपेक्षाकृत अधिक शांत वातावरण में उसने एक भेदक प्रश्न किया।

''क्या आपके पास जंगली जानवरों के संग्रह में मादा भेड़िया जैसी कोई चीज़ है? एक ऐसी मादा भेड़िया, जिसका मिजाज औसत दरजे का हो?''

लॉर्ड पभम सोच में पड़ गया। ''लुइसा है'' उसने कहा, ''जिसे आप वन भेड़िए का एक बहुत अच्छा नमूना मान सकते हैं। मैंने उसे दो वर्ष पहले कुछ आर्कटिक लोमड़ियों के बदले में लिया था। मेरे जानवर मेरे साथ लंबे समय तक रहने से पहले अच्छी तरह पालतू बना लिये जाते हैं; लुइसा के बारे में मैं कह सकता हूँ कि उसका स्वभाव बहुत विनम्र है, बिल्कुल मादा भेड़िया जैसा। तुमने किसलिए पूछा।''

''मैं सोच रहा था कि क्या तुम उसे कल रात के लिए मुझे दे सकते हो'', क्लोविस ने कहा, ''उस व्यक्ति की उत्सुकता के साथ जो एक कालर स्टड या एक टेनिस रैकिट उधार लेता है।''

''कल रात?''

''हाँ, भेड़िए रात्रिकालिक जानवर होते हैं, इसलिए रात के समय उसे कोई परेशानी नहीं होगी'', क्लोविस ने इस अंदाज से कहा जैसे उसने पहले से सब कुछ सोच लिया है; हमारा कोई एक आदमी शाम के बाद उसे पभम पार्क से ला सकता है और थोड़ी-बहुत मदद एवं सावधानी के साथ उसी समय उसे चोरी से हरित गृह में दाखिल कर सकता है, जब मेरी हैम्पटन बाहर निकले और देख न पाए।''

लॉर्ड पभम ने क्षम्य हैरानगी में एक पल के लिए क्लोविस को घूरा; फिर वह ठठाकर हँस पड़ा।

''अच्छा, तो यह खेल है तुम्हारा, क्या ऐसा है?'' ''तुम अपनी ओर से कोई साइबेरियाई जादू दिखाने वाले हो। और क्या श्रीमती हैम्पटन इस षड्यंत्र में सहभागी बनने के लिए तैयार हैं?''

''अगर आप लुइसा के मिज़ाज की गारंटी लेते हैं, तो मेरी मुझे इस खेल में कामयाबी दिलाने के लिए वचनबद्ध है।''

''लुइसा की जिम्मेदारी मैं लेता हूँ।'' लॉर्ड प्रभम ने कहा।

अगले दिन तक गृह-गोष्ठी (हाउस पार्टी) काफी बड़ी हो चली थी और श्रोताओं की बड़ी संख्या के बारे में सोचकर बिल्स्टर के आत्म विज्ञापन की भावना और बलवती हो गई थी। उस शाम डिनर पर उसने अदृश्य ताकतों और अपरीक्षित शक्तियों के विषय पर लंबा-चौड़ा व्याख्यान दिया और उसका प्रभावशाली भाषण ताश कक्ष में जाने के लिए सब लोगों के उठने से पहले तक कॉफी के दौर के साथ-साथ बराबर चलता रहा।

उसकी आंट ने उसकी बात ध्यान से सुने जाने के लिए हर तरह की सावधानी बरती थी, लेकिन उनकी सनसनी प्रेमी आत्मा को केवल मौखिक प्रदर्शन की नहीं, बल्कि उससे कहीं अधिक कुछ नाटकीय देखने की तीव्र चाह थी।

''क्या तुम अपनी शक्तियों के बारे में उन्हें विश्वास दिलाने के लिए कुछ नहीं करोगे, लियोनार्ड?'' आंट ने अपील की, ''किसी वस्तु को दूसरी शक्ल में बदल दो। आपको पता है कि वह ऐसा भी कर सकता है, बस उसकी इच्छा होनी चाहिए'', उपस्थित लोगों को लियोनार्ड की आंट ने बताया।

''अरे हाँ।'' करके दिखाओ मेक्सि पेलिंगटन ने गंभीर पूर्वक कहा और उनके अनुरोध का सभी उपस्थित लोगों ने जोरदार समर्थन किया। यहाँ तक कि जो लोग उसकी बात से विश्वस्त नहीं थे, वे भी उसके शौकिया जादुई करतब का मजा उठाना चाहते थे।

''क्या मौजूद लोगों में से किसी के पास'', उसने पूछा। ''तीन पेनी की कोई चीज़ या कोई भी विशेष महत्त्व न रखनेवाली छोटी वस्तु है।''

''तुम क्या सिक्कों को गायब करने या वैसा ही कुछ सदियों पुराना खेल दिखाने तो नहीं जा रहे हो?'' क्लोविस ने चिढ़ाते हुए कहा।

''मुझे अच्छा नहीं लग रहा है कि तुम मुझे भेड़िया बनाने के मेरे सुझाव पर अमल नहीं कर रहे हो।'' मेरी हैम्पटन ने कहा, ''जिस समय वह भोजनोपरांत परोसे गए मीठे व्यंजनों का बचा-खुचा अंश अपने तोतों को खिलाने के लिए हरित-गृह की ओर जाने लगी थी।''

''मैं तुमको पहले ही सावधान कर चुका हूँ कि इन शक्तियों का मज़ाक न उड़ाएँ, उसमें बहुत ख़तरा हो सकता है'', लियोनार्ड ने दृढता से कहा।

''मैं नहीं मानती कि तुम यह कर सकते हो।'' उसे उकसाने के लिहाज से मेरी ने हरित-गृह से हँसकर कहा, ''हिम्मत है तो करके दिखाओ। मेरी चुनौती है कि मुझे भेड़िया बनाओ या अपनी हार मान लो।''

जैसे ही मेरी हैम्पटन ने यह बात कही, हरे-भरे वृक्षों के झुरमुट में वह अदृश्य हो गई।

''मिसेज़ हैम्पटन'' लियोनार्ड ने बहुत गंभीरतापूर्वक कहना शुरू किया, लेकिन आगे नहीं बोल सका। पूरे कमरे में एक सिहरन सी दौड़ गई और उसी समय तोतों ने ज़ोर-ज़ोर से चीखना शुरू कर दिया और तब तो सभी लोगों के होश उड़ गए, जब उन्होंने देखा कि पेड़-पौधों के घने झुरमुट के बीच से भूरे रंग का एक डरावना वहशी जानवर उनको ताक रहा है।

भय और विस्मय के इस माहौल से सबसे पहले श्रीमती हूप्स ने होश सँभाला।

''लियोनार्ड!'' वे अपने भतीजे पर चीखीं। ''इसे तुरंत श्रीमती हैम्पटन की शक्ल

में बदलो! यह किसी भी पल हमारे ऊपर झपट सकता है। इसे वापस भेजो।''

''मैं-मैं नहीं जानता कि कैसे करूँ?'' लियोनार्ड की जुबान लड़खड़ाई, जो सबसे ज़्यादा डरा हुआ और भयभीत लग रहा था।

''क्या!'' कर्नल हैम्पटन चिल्लाए, ''तुमने मेरी पत्नी को एक भेड़िया बनाने का साहस किया और अब तुम वहाँ चैन से खड़े होकर कहते हो कि तुम उसे वापस वही रूप नहीं दे सकते।''

सच कहें तो लियोनार्ड को देखकर ऐसा नहीं लगता था कि उस समय वह शांत एवं संयत है।

''मैं आपको विश्वास दिलाता हूँ, मैंने श्रीमती हैम्पटन को भेड़िए की शक्ल नहीं दी है; ऐसा करने का मेरा कोई इरादा नहीं था।'' उसने आपत्ति जताते हुए कहा।

''तो फिर वह कहाँ है और यह जानवर हरित-गृह में कैसे आया?'' कर्नल ने जवाब माँगा।

''बेशक हम तुम्हारे आश्वासन को स्वीकार करते हैं कि तुमने श्रीमती हैम्पटन को एक भेड़िए में तब्दील नहीं किया'', क्लोविस ने नम्रतापूर्वक कहा, ''तुम यह तो मानोगे कि जो दिख रहा है, तुम्हारे खिलाफ है।''

''क्या इन आरोप-प्रत्यारोपों का दौर तब तक चलता रहेगा, जब तक कि वह जानवर हमारे चिथड़े न कर दे?'' मेविस गुस्से में चीख पड़ी।

''लॉर्ड पभम आप जंगली जानवरों के बारे में बहुत कुछ जानते हैं।'' कर्नल हैम्पटन ने संकेत किया।

''जिन जंगली जानवरों की जानकारी मैं रखता हूँ'' लॉर्ड पभम ने कहा, ''वे जाने-माने सौदागरों से उचित प्रमाण-पत्रों के साथ आए हैं या फिर मेरी अपनी निगरानी में उनका पालन-पोषण हुआ है। ऐसे किसी जानवर से कभी मेरा पाला नहीं पड़ा है, जो बिना कुछ सोचे-समझे झाड़ियों से निकलकर चला आए। एक सुंदर और चहेती परिचारिका को इस बरताव के लिए अनुत्तरदायी छोड़कर, जहाँ तक इसके बाहरी लक्षणों से पता चलता है।'' लॉर्ड पभम ने कहना जारी रखा। ''इसकी शक्ल-सूरत उत्तरी अमेरिका के वन भेड़िए की एक सुविकसित मादा से बहुत मेल खाती है, नरभक्षी भेड़ियों (Canics Cupus) की आम प्रजाति की एक किस्म।''

''ओह, इसके लैटिन नाम पर न जाएँ'', मेविस ने चीखते हुए कहा, जैसे ही उस जानवर ने कमरे में एक-दो कदम आगे बढ़ाए ''क्या तुम इसे खाने की कोई वस्तु दिखाकर दूर नहीं ले जा सकते और ऐसी जगह में बंद नहीं कर सकते, जहाँ से यह कोई नुकसान न पहुँचा सके?''

''अगर ये असलियत में श्रीमती हैम्पटन हैं, जिन्होंने अभी-अभी बहुत बढ़िया

भोजन किया है तो मैं नहीं समझता कि खाने की उन्हें कोई तीव्र इच्छा होगी।'' क्लोविस ने कहा।

''लियोनार्ड'', श्रीमती हूप्स ने आँखों में आँसू भरकर याचना की, ''अगर यह करिश्मा आपका किया हुआ नहीं भी है, तब भी इससे पहले कि यह हम सबको खा डाले, क्या आप इस भयानक जंतु को अपनी शक्तियों के प्रयोग से किसी निरीह जीव में नहीं बदल सकते जैसे कि ख़रगोश या उस जैसा ही कुछ?''

''मैं नहीं समझता कि कर्नल हैम्पटन अपनी पत्नी को एक के बाद एक किसी आकर्षक जानवर में बदलना चाहेंगे, जैसे कि उनके साथ हम कोई चक्करदार खेल-खेल रहे हों।'' क्लोविस ने बीच में ही बात काटते हुए कहा।

''मैं बिल्कुल इस बात की अनुमति नहीं दूँगा।'' कर्नल गरजकर बोले।

''अधिकतर भेड़िए जिनसे मेरा कभी कोई वास्ता रहा है, चीनी के बहुत शौकीन पाए गए हैं'' लॉर्ड पभम ने कहा, ''अगर आप चाहें तो मैं इस पर भी कोशिश कर सकता हूँ।''

लॉर्ड पभम ने अपने कॉफी कप की प्लेट से चीनी का एक टुकड़ा लिया और प्रतीक्षा में खड़ी लुइसा की तरफ फेंका, जिसने उसे बीच हवा में ही लपक लिया। लोगों ने राहत की साँस ली; जो भेड़िया सारे तोतों को चीर-फाड़कर हजम कर सकता था, वह अगर चीनी खाकर पालतू बन जाए तो उससे डरने का क्या काम? राहत की साँस लेने के बाद दर्शकों ने लॉर्ड पभम को धन्यवाद देने की झड़ी लगा दी जब वे उस जानवर को और चीनी का लालच देकर कमरे से बाहर ले गए। लोग तुरंत हरित वाटिका की ओर दौड़ पड़े। वहाँ श्रीमती हैम्पटन का कहीं पता नहीं था उस प्लेट के सिवा, जिसमें वे तोतों के लिए खाना लेकर गई थीं।

''दरवाजा अंदर से बंद है।'' क्लोविस चिल्लाया। जिसने अच्छी तरह चाबी घुमाकर देख लिया था।

हर किसी की नज़र बिल्सिटर की ओर घूम गई।

''अगर तुमने मेरी पत्नी को एक भेड़िए में तब्दील नहीं किया है।'' कर्नल हैम्पटन ने कहा, ''तो क्या तुम बताने का कष्ट करोगे कि मेरी पत्नी कहाँ गायब हो गई है, क्योंकि वह ताला बंद दरवाजे से निकलकर तो जा नहीं सकती थी। मैं तुमसे यह बताने के लिए नहीं कहूँगा कि उत्तरी अमेरिका में पाया जानेवाला वन भेड़िया अचानक हरित-गृह में कैसे आ गया, लेकिन मुझे यह जानने का कुछ हक ज़रूर है कि श्रीमती हैम्पटन का क्या हुआ है।''

बिल्सिटर द्वारा इस संबंध में किसी भी जानकारी से दुबारा इनकार करने पर किसी को भी विश्वास नहीं हुआ और बेचैनी में सब लोगों ने बुड़बुड़ाना शुरू कर दिया।

"मैं इस छत के नीचे अब और कतई नहीं ठहर सकती।" मेविस पेलिंगटन ने घोषणा की।

"अगर आपकी मेजबान वास्तव में मानव स्वरूप से लुप्त हो गई है।" श्रीमती हूप्स ने कहा, "तो पार्टी में मौजूद कोई भी महिला यहाँ नहीं ठहर सकती। मैं किसी भेड़िया रूपी संरक्षिका का साथ देने से पूर्णतया इनकार करती हूँ।"

"वह एक मादा-भेड़िया है", क्लोविस ने बड़े आराम से कहा।

असाधारण परिस्थितियों के अंतर्गत उचित शिष्टाचार का पालन किए जाने की आवश्यकता पर और आगे चर्चा नहीं हो सकी। मेरी हैम्पटन के अकस्मात् प्रवेश के कारण सबका ध्यान उस चर्चा से तत्काल हट गया।

"किसी ने मुझे सम्मोहित कर दिया है", मेरी ने रुष्ठता प्रकट करते हुए ज़ोर से कहा। "मैंने स्वयं को सब जगह छोड़कर शिकारी पिंजरे में पाया और लॉर्ड पभम मुझे चीनी खिला रहे थे। मुझे सम्मोहित होना पसंद नहीं है और डॉक्टर ने मुझे चीनी को हाथ लगाने से भी मना किया है।"

फिर जितना बताना ज़रूरी समझा गया, उस हिसाब से सारी स्थिति उसके सामने स्पष्ट कर दी गई।

"तो बिल्सिटर महोदय इसका मतलब है कि आपने वास्तव में मुझे भेड़िया बना दिया?" उसने बड़े उत्साह से पूछा।

लेकिन लियोनार्ड ने वह नाव जला डाली थी, जिसमें बैठकर वह अब प्रशंसा के महासागर की यात्रा पर निकल सकता था। ढीले-ढाले ढंग से अपना सिर हिलाने के अलावा उसके पास अब कोई चारा नहीं था।

"इतनी छूट लेने का साहस मैंने किया", क्लोविस ने कहा, "आपको पता है मुझे कुछ वर्ष उत्तर-पूर्वी रूस में रहने का मौका मिला था और उस क्षेत्र के जादुई शिल्प के साथ मेरा परिचय किसी पर्यटक की उस बारे में जानकारी से कहीं अधिक है। इन विचित्र शक्तियों के बारे में वैसे कोई बात नहीं करना चाहता है, लेकिन जब कभी कोई व्यक्ति इनके संबंध में बहुत अधिक अनाप-शनाप अथवा बेकार की बातें सुनता है तो वह व्यक्ति यह दिखाने के लिए लालायित हो उठता है कि साइबेरियाई जादू ऐसे किसी व्यक्ति के हाथों क्या-क्या करा सकता है जो असल में उस जादू की समझ रखता है। मैं उसी लालच के आगे झुक गया। क्या मुझे कुछ ब्रेंडी मिलेगी? मेहनत के मारे मैं बहुत थक गया हूँ।"

अगर लियोनार्ड बिल्सिटर ने उस क्षण क्लोविस को एक कॉकरोच में बदल दिया होता और फिर उसे पाँव तले दबाया होता तो उसने खुशी-खुशी दोनों कार्य पूरे कर दिए होते।

□

खुली खिड़की

"मेरी आंट बस आती ही होगी, श्रीमान नटेल", पंद्रह वर्ष की एक बहुत ही शांत स्वभाव की जवान लड़की ने कहा, "तब तक आप चाहें तो धैर्य रखकर मुझे झेल सकते हैं।"

"फ्राम्टॅन नटेल ने आनेवाली आंट का महत्त्व अनुचित रूप से कम न करते हुए सामने मौजूद उनकी भतीजी को खुश करने के लिहाज़ से कुछ अच्छा एवं ठीक-ठाक कहने का प्रयास किया। व्यक्तिगत रूप से उसके मन में अब तक की सबसे बड़ी शंका यह थी कि क्या इन औपचारिक मुलाकातों या पूरी तरह अजनबी लोगों का तांता लगने से उसकी घबराहट के उपचार में कुछ मदद मिलेगी, जिस उपचार की उसे ज़रूरत बताई जाती है।"

"मैं जानती हूँ यह कैसे होगा।" उसकी बहन ने कहा था, "जब वह इस ग्रामीण परिवेश में प्रवास की तैयारी कर रहा था। तुम वहाँ नितांत अकेले पड़ जाओगे और किसी से बात करने तक के लिए तरस जाओगे और नतीजा यह होगा कि तुम्हारी घबराहट साफ होने की बजाय और भी बिगड़ जाएगी। मैं जिन-जिन लोगों को वहाँ जानती हूँ, उन सभी के नाम पत्र लिखकर परिचय के वास्ते तुम्हें दे दूँगी। उनमें से कुछ लोग जहाँ तक मुझे याद है काफी, भले थे।"

फ्रैमटन निश्चित नहीं कर पाया कि श्रीमती सैपलटन, जिनसे वह परिचय-पत्र के साथ भेंट करने आया है, भले लोगों की श्रेणी में आती हैं या नहीं।

"क्या तुम इधर बहुत लोगों को जानते हो?" आंटी की भतीजी ने पूछा, "जब उसने महसूस किया कि बहुत देर से चुप्पी छाई हुई है और बातचीत का कोई सूत्र नहीं मिल रहा है।"

"शायद ही कोई हो, फ्रैमटन ने कहा।" करीब चार वर्ष पहले मेरी बहन यहाँ रेक्टर निवास में रह रही थी और उन्होंने मुझे यहाँ कुछ लोगों के नाम परिचय-पत्र दिए हैं।

अंतिम बात उसने स्पष्ट रूप से कुछ खेद के साथ कही।

"इसका मतलब है तुम मेरी आंट के बारे में कुछ भी नहीं जानते हो?" उस सौम्य

शांत युवा लड़की ने बात को आगे बढ़ाया।

''केवल उनका नाम और पता जानता हूँ'', आगंतुक ने स्वीकार किया। उसको यह भी समझ नहीं आ रहा था कि श्रीमती सेपलटन विवाहित जीवन गुज़ार रही हैं या विधवा हैं। कमरे को देखकर ऐसा अवश्य लगता था कि मरद जात भी रहती होगी।

''तीन वर्ष पहले उनके साथ बड़ी दुर्घटना हो गई'', लड़की ने कहा, ''तुम्हारी बहन के समय की बात होगी।''

''उनके साथ बड़ी दुर्घटना?'' फ्रैक्टन ने पूछा, इस जैसे शांत देहात में दुर्घटना की बात सोची भी नहीं जा सकती।

''तुमको शायद आश्चर्य हो कि हम उस खिड़की को अक्तूबर की दुपहरी में खुली क्यों रखते हैं'', उस लड़की ने लॉन की तरफ खुलनेवाली एक बड़ी फ्रैंच खिड़की (शीशों जड़ी खिड़की) की ओर इशारा करते हुए कहा।

''साल का यह समय काफी गरम होता है'', फ्रैमटन ने कहा, ''लेकिन क्या इस खिड़की का उस दुर्घटना से कोई संबंध?''

''तीन वर्ष पहले एक दिन उनका पति और उनके दो जवान भाई उस दिन के अपने शिकार के लिए इस खिड़की से बाहर गए थे। वे कभी लौटकर नहीं आए। अपने पसंदीदा पक्षी का शिकार करने के लिए बंजर भूमि पार करके जाते समय एक ख़तरनाक दलदल उन तीनों को निगल गया। उस साल गरमी का मौसम भीषण गीला था और तुम जानते हो जो-जो स्थान पहले हमेशा सुरक्षित समझे जाते थे कोई भी चेतावनी दिए बिना धँसने लगे थे। उनके शव कभी नहीं मिल सके। यह सबसे ज़्यादा दुःख की बात थी।'' यहाँ उस बच्ची की आवाज़ ने अपना शांत स्वर खो दिया और वह लड़खड़ाती आवाज़ में बदल गया। ''बेचारी आंट हमेशा यही सोचती हैं कि वे किसी दिन वापस आ जाएँगे, वे और उनके साथ गया उनका छोटा सा भूरा झबरा कुत्ता; किसी दिन इसी खिड़की से अंदर आएँगे, जैसे हमेशा आया करते थे। इसीलिए यह खिड़की हर रोज़ शाम से लेकर अँधेरा छाने तक खुली रखी जाती है। मेरी भोली-भाली बेचारी आंट अकसर मुझे बताती रहती हैं कि वे किस तरह बाहर गए उनके पति ने अपना वाटरप्रूफ सफेद कोट अपनी बाँह पर लटकाया हुआ था और रोनी उनका सबसे छोटा भाई उनको चिढ़ाने के लिए हमेशा की तरह 'बर्टी व्हाइ डू यू बाउंड' गाते हुए जा रहा था। क्या आप समझ सकते हैं तब से लेकर आज भी ऐसी ही किसी ख़ामोश शाम को अकसर मुझे एक सुरसुरी सी महसूस होती है कि वे इस खिड़की से अभी अंदर आएँगे।''

अचानक कुछ डर के मारे वह चुप हो गई। फ्रैमटन को उस समय बड़ी राहत महसूस हुई, जब आंट ने देरी से आने के लिए बार-बार क्षमा माँगते हुए कमरे में प्रवेश किया।

''उम्मीद करती हूँ, वेरा ने तुमको ऊबने का मौका नहीं दिया होगा।'' उन्होंने कहा।

''वह बहुत रोचक बातें करती है'', फ्रैमटन ने जवाब दिया।

''मैं समझती हूँ इस खुली खिड़की से तुम्हें कोई परेशानी नहीं है'' श्रीमती से पलटन ने जल्दी में कहा, ''मेरे पति देव और मेरे भाई शिकार करके सीधे घर आते ही होंगे और वे हमेशा इसी रास्ते से अंदर आते हैं। आज वे दलदल में पक्षी आखेट के लिए गए हुए हैं, इसलिए मेरे कालीनों की खैर नहीं, सब गंदा कर डालेंगे अपने कीचड़ सने जूतों से। तुम मरद लोग होते ही ऐसे हो, ठीक है न?''

वह शिकार और पक्षियों की दुर्लभता तथा शीतकाल में बत्तख मिलने की संभावनाओं के बारे में प्रसन्नचित्त होकर बोलती रही। फ्रैमटन के लिए यह सब बड़ा भयावह था। उसने बातचीत को किसी कम भयानक विषय की ओर मोड़ने की गंभीर, किंतु आंशिक रूप से सफल कोशिश की; इस बात से वह कतई अनभिज्ञ नहीं था कि उसकी मेज़बान उसकी ओर बहुत कम ध्यान दे रही है और उसकी आँखें बराबर खुली खिड़की की तरफ तथा उसके भी आगे लॉन की दिशा में लगी हुई हैं। फ्रैमटन की दृष्टि से यह निश्चय ही एक दुर्भाग्यपूर्ण संयोग था कि उसका ऐसा भयावह दुर्घटना की वर्षगांठ पर मिलने आना हुआ।

''मेरे लिये डॉक्टरों की सलाह है कि मुझे पूरा आराम करना चाहिए, मानसिक उत्तेजना से पूरी तरह बचना चाहिए और किसी भी प्रकार का उग्र शारीरिक श्रम नहीं करना चाहिए।'' फ्रैमटन ने घोषणा की, जो इस व्यापक विभ्रम में रहते हुए नाप-तोलकर अपनी बात कहने का श्रमसाध्य प्रयास कर रहा था कि पूर्णतया अजनबी और संयोग से मिले लोग किसी की बीमारियों एवं कमज़ोरियों, उनके कारण और उपचार के बारे में जानने की कतई दिलचस्पी नहीं रखते हैं। ''ख़ुराक़ के विषय पर उनकी इतनी सहमति नहीं है'', उसने आगे कहा।

''नहीं।'' श्रीमती सेपलटन ने ऐसे कहा जैसे वे अंत में अपनी उबासी दूर कर रही हों। फिर अकस्मात् वे चैतन्य होकर चमक उठीं, लेकिन उस बात से नहीं, जो फ्रैमटन कह रहा था।

''आखिरकार वे आ ही गए!'' उन्होंने चीखकर कहा, ''ठीक चाय के समय और क्या वे ऐसे नहीं लगते जैसे आँखों तक कीचड़ से भरे हों।''

फ्रैमटन थोड़ा सिहर गया और एक सहानुभूतिपूर्ण संवेदना दरशाने के इरादे से उस बच्ची की ओर मुख़ातिब हुआ जो अपनी आँखों में गहरी दहशत लिए खुली खिड़की से बाहर ताक रही थी। एक सिहरनभरे अनाम भय के साथ फ्रैमटन अपनी सीट में घूमकर उसी दिशा में देखने लगा।

साँझ के गहराते अँधेरे के बीच तीन आकृतियाँ खिड़की की तरफ चलकर आती

हुई दिख रही थीं; उन सबकी बगल में उनकी बंदूकें लटकी हुई थीं और उनमें से एक के कंधों पर सफेद कोट झूल रहा था। एक थका हुआ भूरा झबरा कुत्ता उनके साथ-साथ चल रहा था। बड़े शांत तरीके से वे लोग घर की ओर बढ़े और फिर उस अँधियारे के बीच से एक कर्कश जवान आवाज़ आई; मैंने कहा, "बर्टी व्हाइ डू यू बाउंड?"

फ्रैमटन ने तुरंत-फुरत अपनी छड़ी पकड़ी, हैट उठाया और पीछे मुड़कर देखे बिना बजरी बिछे रास्ते को दौड़ता-लाँघता हुआ मुख्य द्वार से निकलकर नाक की दिशा में तीर की तरह भागता चला गया। सड़क पर सामने से आते एक साइकिल सवार को सीधी टक्कर से बचने के लिए झाड़ियों की तरफ मुड़ जाना पड़ा।

"हम आ गए माइ डियर।" सफेद कोटवाले ने खिड़की से अंदर आते हुए कहा, "काफी कीचड़ में सने हुए हैं, लेकिन बहुत कुछ सूख गया है। वह कौन था जो हमारे आते ही एकदम दौड़ गया?"

"एक बहुत ही असाधारण व्यक्ति कोई श्रीमान नटेल।" श्रीमती सेपलटन ने कहा, "सिर्फ अपनी बीमारियों के बारे में बोलता रहा और आपके आते ही 'गुड बाइ' या 'क्षमा' का एक शब्द भी कहे बिना भाग गया। कोई यही सोचेगा कि उसने कोई भूत देखा था।"

"मैं समझती हूँ कि वह कुत्ते से डर गया होगा", उसकी आंटी की भतीजी ने बड़ी शांति से कहा, "उसने मुझे बताया था, उसे कुत्तों से डर लगता है। एक बार गंगा के किनारे आवारा कुत्तों का एक झुंड उसके पीछे पड़ गया था और उसे किसी कब्रिस्तान तक खदेड़ता ले गया था जहाँ उसे अपनी जान बचाने के लिए एक नई खुदी कब्र में पूरी रात बितानी पड़ी थी, ऊपर से बड़े-बड़े दाँतों वाले सियार किस्म के भयानक जानवर उस पर गुर्रा रहे थे और जीभ लपलपाते हुए उसे खा डालने को आतुर हो रहे थे। ऐसे में किसी की भी हिम्मत टूट जाएगी।"

झट से माहौल को रोमांचकारी बना देना उसकी विशेषता थी।

□

भाग्य

रेक्स डिलॉट करीब चौबीस वर्ष का नौजवान था, जिसे देखने में आकर्षक कहना अनुचित नहीं होगा, लेकिन जेब उसकी हमेशा खाली रहती थी। उसकी माँ अपने लेनदारों की कृतज्ञता पर निर्भर करते हुए थोड़ा-बहुत जेब खर्च उसे दे दिया करती थी और रेक्स कभी-कभी उन लोगों की श्रेणी में भी पहुँच जाता, जो ऐसे व्यक्तियों के सचिव या साथी की हैसियत से कुछ अनियमित कमाई का ज़रिया बना लेते हैं, जिनके लिए किसी की सहायता लिए बिना अपने पत्राचार का बोझ सँभालना या आराम का समय बिताना संभव नहीं होता है। कुछ माह उसने फैंसी चूहों को समर्पित एक अख़बार के सहायक संपादक एवं व्यवसाय प्रबंधक के रूप में भी काम किया, लेकिन वह समर्पण भावना केवल एक तरफ थी, जिसका परिणाम यह हुआ कि अख़बार अचानक उन क्लबों के वाचनालयों तथा अन्य अड्डों से गायब हो गया, जहाँ उसका निःशुल्क वितरण किया जाता था। इसके बावजूद रेक्स इस अंदाज के साथ रहता जैसे वह बहुत मजे में है और उसे जीने की कला आती है। भाग्य भी आमतौर पर उसका ऐसा साथ देता है कि सप्ताहांत में उसके नियंत्रण उन्हीं तारीखों पर पड़ते थे, जब उसका इकलौता सफेद वास्कट इतना साफ, बेदाग और चमकदार होता जैसे अभी-अभी लॉन्ड्री से वापस आया हो। अधिकतर खेल वह बुरी तरह खेलता था और चालाक इतना कि उसे पता होता था कि वह क्या कर रहा है लेकिन उसकी बुद्धि यह सही अनुमान लगाने में अत्यंत प्रखर थी कि खेल किस दिशा में जा रहा है और दूसरे लोगों के हारने-जीतने की क्या संभावनाएँ हैं, चाहे गोल्फ का मुकाबला हो, बिलियर्ड में गोटी फँसी हो या क्रॉकेट टूर्नामेन्ट हो। वह पूरे दावे के साथ इस बात का प्रचार कर देता कि उसके हिसाब से कौन सा खिलाड़ी किस पर भारी पड़ने वाला है और सामान्यतः वह किसी-न-किसी को शर्त लगाने के लिए उकसाने में सफल हो जाता और शर्त में जीती हुई रकम से वह सप्ताह में बीच के दिनों का काम चला लेता। समस्या यह थी, जैसा कि उसने क्लोविस सान्ग्रेल को बताया कि उसके पास कभी भी तत्काल या संभावित नकदी इतनी नहीं हुई कि वह असल में जीतने के काबिल किसी रकम पर बाज़ी लगा सके।

''किसी दिन'', उसने कहा, ''वास्तव में कोई सुरक्षित बाज़ी मेरे सामने होगी। कोई ऐसा दाँव जो किसी भी हालत में खाली या निशाने से दूर नहीं जा सकता और फिर मैं उसे अपनी हैसियत के बराबर या उससे भी कहीं ज्यादा की बोली के लिए पेश करूँगा।''

''अगर तुम्हारा वह दाँव नहीं चला तो बहुत बुरा लगेगा'', क्लोविस ने कहा।

''बुरे से भी ज्यादा बुरा होगा'', रेक्स ने कहा, ''यह एक त्रासद घटना होगी। जो भी हो इससे हटना तो और भी हँसी की बात होगी। सोचो ज़रा सुबह जब आप उठें और आपको पता चले कि आपके खाते में तीन सौ पौंड जमा हो गए हैं तो कितनी खुशी होगी। मन इतना प्रसन्न होगा कि मैं नाश्ते से पहले अपनी हॉस्टेस का कबूतरखाना खाली करना चाहूँगा।''

''हो सकता है, तुम्हारी वर्तमान हॉस्टेस के पास कबूतरखाना न हो।'' क्लोविस ने कहा।

''मैं हमेशा उन्हीं हॉस्टेस को चुनता हूँ, जिनके पास होता है'', रेक्स ने कहा, ''कबूतरखाना एक लापरवाह शाही अंदाज और खुशदिल प्रवृत्ति का सूचक है, जैसा कि मैं अपने चारों ओर देखना पसंद करता हूँ। बहुत लोग हैं, जो ढेरों ऐसे कबूतरों को दाना डालते हैं, जो किसी लुइस क्वाटोर्ज़ की भाँति बैठे हुए आपस में गुटरगूँ करते रहते हैं और एक-दूसरे को आँख मारते रहते हैं, ये लोग अवश्य ही आपके बहुत काम आ सकते हैं।''

''वह नवयुवक स्ट्राइनिट इस दोपहर नीचे आ रहा है।'' क्लोविस ने सोचकर कहा, ''उसको बिलियर्ड में अपना हाथ आज़माने के लिए उकसाना तुम्हारे लिए मुश्किल नहीं होगा।''

''वह काफी अच्छा खेलता है'', लेकिन इतना भी अच्छा नहीं खेलता, जितना उसे अच्छा खेलने का गुमान है।''

''मैं उस गुट के एक सदस्य को जानता हूँ, जो उसके इर्द-गिर्द चाल चल सकता है'', रेक्स ने धीरे से कहा, ''वहीं मरियल सा दिखनेवाला मेजर, जो पिछली रात आया था। मैंने उसे सेंट मॉरिटज में खेलते देखा है। अगर मैं स्ट्राइनिट को खेल में मेजर के विरुद्ध खड़ा करने में सफल हो गया तो पैसा मेरी जेब में सुरक्षित रहेगा। मुझे वही फायदा नज़र आ रहा है, जो मैं देखता रहा हूँ और जिसकी कामना करता रहा हूँ।''

''दुस्साहस मत करो'', क्लोविस ने समझाया, ''स्ट्राइनिट को जब अपने खेल पर इतना गुमान है तो वह शायद ही कभी तुम्हारी मदद चाहेगा।''

''मेरा इरादा ऐसा ही है, दुस्साहस दिखलाने का।'' रेक्स ने चुपचाप कहा और उसके चेहरे का भाव उसके शब्दों का समर्थन कर रहा था।

''क्या तुम सब बिलियर्ड रूम में जा रहे हो।'' टेरेसा थंर्डलफोर्ड ने रात्रि-भोज के बाद कुछ-कछ नापसंदगी और बहुत अधिक खीझ का इज़हार करते हुए पूछा। ''मुझे

समझ नहीं आता है, दो लोगों को एक मेज पर छोटी-छोटी गेंदों को कोंचते हुए देखने में तुम लोगों को क्या ख़ास मज़ा आता है।''

''ओह, ठीक।'' उसकी हॉस्टेस ने कहा, ''यह समय काटने का एक तरीका है, जानती हो।''

''मेरी राय में एक बहुत बुरा तरीका है यह।'' श्रीमती थंडॅलफोर्ड ने कहा, ''अभी मैं आप सबको वे तसवीरें दिखाने जा रही हूँ, जो मैंने पिछली गरमियों में वेनिस में खींची थीं।''

''वे तसवीरें आपने पिछली रात हमें दिखाई थीं।'' श्रीमती कॅवरिंग ने जल्दी से कहा।

''वे तसवीरें मैंने फ्लोरेंस में खींची थीं। ये वाली तसवीरें बिल्कुल अलग हैं।''

''तो ठीक है, कल किसी समय देख सकते हैं। उन तसवीरों को नीचे ड्राइंग-रूम में छोड़ देना और फिर सब लोग उन्हें देख लेंगे।''

''मैं ये तसवीरें तभी दिखाना पसंद करूँगी, जब आप सब इकट्ठे मौजूद हों, क्योंकि मुझे वीनस नगर की कला और वास्तुशिल्प के बारे में आप लोगों को बहुत कुछ विस्तार से बताना होगा, ठीक उसी तरह जैसे मैंने पिछली रात फ्लोरेंस नगर की कला-दीर्घाओं के बारे में सविस्तार बताया था। इसके अलावा कैम्पनीली के पुनर्निर्माण पर मेरी लिखी कुछ कविताएँ भी हैं, जो मैं सुनाना चाहूँगी। लेकिन सच में यदि आप सब मेजर लैटॅन और श्री स्ट्राइनिट को एक टेबल पर गेंदों को पीटते देखना अधिक पसंद करते हैं।''

''वे दोनों पहले दरजे के खिलाड़ी माने जाते हैं।'' होस्टेस ने कहा।

''मुझे अभी यह जानना बाकी है कि मेरी कविताएँ और शिल्प एवं कला के बारे में मेरा ज्ञान घटिया किस्म का है।'' श्रीमती थंडॅलफोर्ड ने कड़वाहट के साथ कहा, ''फिर भी चूँकि आप सब एक बेकार का खेल देखने पर आमादा हैं, मुझे और कुछ नहीं कहना है। मैं ऊपर जाऊँगी और अपना कुछ लेखन कार्य पूरा करूँगी। बाद में हो सकता है मैं नीचे आ जाऊँ और आपके साथ रहूँ।''

खेल देखनेवालों में से कम-से-कम एक के लिए वह खेल बेतुका और बेढंगा होने के अलावा सब कुछ था। वह अत्यंत दिलचस्प-रोमांचक, क्षुब्ध कर देनेवाला, पसीने छुड़ानेवाला तो था ही, अंत तक आते-आते दुःख में डुबोनेवाला हो गया। सेंट मोरिट्ज़ में धाक जमानेवाला मेजर अपने स्तर से बहुत नीचे खेल रहा था, जबकि युवा खिलाड़ी स्ट्राइनिट का पलड़ा उस पर थोड़ा भारी पड़ रहा था और खेल की नियति भी स्ट्राइनिट का पूरा साथ निभा रही थी। खेल शुरू होते ही लगने लगा था जैसे गेंदों पर किसी दानव की दृष्टि हावी हो गई है। वे पूरी तन्मयता के साथ एक खिलाड़ी के पक्ष में लुढ़क रही थीं, दूसरे खिलाड़ी के आसपास भी फटकने का नाम नहीं लेती थीं।

''एक सौ और सत्तर, चौहत्तर।'' उस लड़के ने घोषणा की, जो अंक दर्ज कर रहा था। ढाई सौ अंकों के खेल में यह एक ज़बरदस्त बढ़त थी, जिसे बनाए रखना ज़रूरी था। क्लोविस ने देखा कि डिलॅट के चेहरे से जोश गायब हो रहा है और उसकी जगह एक विवर्णता गहराती जा रही है।

''तुमने कितना दाँव पर लगा दिया है ?'' क्लोविस ने धीरे से पूछा। दूसरे ने सूखे गले, काँपते होंठों से रकम बताई, जो उसकी अपनी हैसियत से बहुत ज्यादा थी; उसने वही किया जो उसने कहा था कि वह करेगा। वह दुस्साहस दिखाने से बाज़ नहीं आया।

''दो सौ और छह, अट्ठानबे।''

रेक्स ने हॉल में कहीं किसी घड़ी को दस बजाते सुना, फिर दूसरी घड़ी बजी, फिर एक और, उसके बाद और घड़ी बजी; लगता था जैसे घर में घड़ियाँ-ही-घड़ियाँ हैं और सारी घड़ियाँ एक साथ बज रही हैं। फिर कुछ दूरी से स्थायी घड़ी के बजने की आवाज़ आई और एक घंटे में सभी घड़ियाँ ग्यारह बजा रही होंगी तथा वह एक घोर अपमानित, लज्जित लफँगे की तरह उन घड़ियों को सुन रहा होगा। उसकी जेब में इतना भी नहीं होगा कि जिस शर्त लगाने वाले को उसने चुनौती दी थी, उसे आंशिक भुगतान भी कर सके।

''दो सौ अठारह, एक सौ तीन।'' खेल लगभग समाप्त हो चुका था। रेक्स पूरी तरह लुट गया था। वह बौखला गया और चाहने लगा कि कुछ न हो तो छत का पँखा ही गिर जाए, घर में आग लग जाए, कुछ भी ऐसा हो जाए जिससे कि उन लाल एवं सफेद गेंदों का इधर से उधर लुढ़कना बंद हो जाए, जो धीरे-धीरे उसे तबाही की ओर धकेल रही हैं।

''दो सौ अट्ठाइस, एक सौ सात।''

रेक्स ने अपना सिगरेट केस खोला; वह खाली था। सिगरेट केस दुबारा भरने के बहाने उसे कमरे से खिसकने का मौका मिल गया। अब उसे उस खेल को देखने की यंत्रणा नहीं सहनी पड़ेगी, जिसका अंत उसके लिए बहुत बुरा होने जा रहा था। वह खेल पर आँखें गड़ाए लोगों के बीच से पीछे हट गया और एक छोटी सीढ़ियों के रास्ते ऊपर एक लंबे-शांत गलियारे में पहुँच गया, जिसमें एक तरफ शयनकक्षों की कतार थी और हर शयनकक्ष के द्वार पर छोटे-मोटे अक्षरों में अतिथि अर्थात् गेस्ट का नाम लिखा हुआ था। घर के इस भाग में व्याप्त ख़ामोशी के बावजूद वह गेंदों की अप्रिय टकराहट अब भी सुन सकता था; अगर वह थोड़ी देर और प्रतीक्षा करता तो उसे तालियों की गड़गड़ाहट और स्ट्राइनिट की जीत पर बधाई देनेवालों की जोशीली आवाज़ सुनाई दे जाती। एक तो पहले ही वह घोर तनाव से ग्रस्त था, ऊपर से एक खर्राटोंभरी आक्रामक आवाज़ ने उसे परेशान कर दिया लगता था जैसे भरपेट खाना खाने के बाद कोई बेफिक्र होकर

गहरी नींद में सो रहा था। आवाज़ उस कमरे से आ रही थी, जिसे उसकी कोहनी छू रही थी। कमरे के दरवाजे पर 'श्रीमती थंडॅलफोर्ड' के नाम का कार्ड लगा था। दरवाजा थोड़ा खुला हुआ था, रेक्स ने उसे एक-दो इंच और खोल दिया और अंदर झाँककर देखा। अंदर टेरेसा का महान् व्यक्तित्त्व फ्लोरेंस नगर से संबद्ध कला-दीर्घाओं की एक प्रसिद्ध गाइड पर पसरा पड़ा था। उसकी बगल में एक टेबल थी, जिसके किनारे के बहुत निकट एक रीडिंग लैंप खतरनाक ढंग से रखा था। रेक्स ने कड़वे मन से सोचा, अगर भाग्य उसके प्रति दयावान रहा होता तो सोनेवाले ने लात मारकर उस लैंप को गिरा दिया होता और फिर उन्हें बिलियर्ड मुकाबलों के अलावा कुछ सोचने का विषय मिल जाता।

ऐसे भी अवसर होते हैं, जब व्यक्ति के लिए अपना भाग्य अपने हाथों में लेना ज़रूरी हो जाता है। रेक्स ने लैंप अपने हाथ में ले लिया।

''दो सौ सैंतीस, एक सौ पंद्रह।'' स्ट्राइनिट टेबल पर था और गेंदों की स्थिति उसके पक्ष में थी, उसके पास दो बहुत आसान शॉट चलने का विकल्प था, लेकिन उसके बारे में वह कभी तय नहीं कर पाया। अचानक तेज चीख-पुकार और लड़खड़ाते हुए भागते-दौड़ते कदमों की आहट सुनकर हर कोई दरवाजे की ओर भागा चला आया। रेक्स डिलॅट धाड़ से कमरे में दाखिल हुआ, जिसने चीखती-चिल्लाती और कुछ-कुछ अस्त-व्यस्त हालत में टेरेसा थंडॅलफोर्ड को अपने बाजुओं में उठाया हुआ था। उसके कपड़े निश्चय ही बहुत जले नहीं थे, जैसा कि गुट के अधिक उत्तेजित सदस्यों ने बाद में बताया, लेकिन उसकी स्कर्ट का किनारा और मेज पर बिछे जिस कपड़े में उसे जल्दी से लपेटा गया था, उसका एक हिस्सा जला हुआ अभी भी धीमे-धीमे, लुप-लुप कर रहा था। रेक्स ने अपने उस छटपटाते बोझ को बिलियर्ड टेबल पर पटक दिया और फिर एक मिनट तक सारे लोग कंबलों एवं गद्दियों से चिनगारियों को पीट-पीटकर बुझाने और उन पर सोडा वाटर साइफनों से बौछार करने में व्यस्त हो गए।

''सौभाग्यवश मैं उधर से गुज़र रहा था, जब यह घटना घटी।'' रेक्स ने हाँफते हुए कहा, ''बेहतर होगा कि कोई कमरे में जाकर देखे। मैं समझता हूँ कालीन जल रहा है।''

वास्तव में बचानेवालों की तत्परता और सक्रियता का ही परिणाम था कि पीड़ित व्यक्ति या उसके आस-पास की चीजों का बड़ा नुकसान होने से बच गया। सबसे ज्यादा नुकसान बिलियर्ड टेबल का हुआ और उसे मरम्मत के लिए भेजना जरूरी हो गया। संपत्ति को नष्ट होने से बचाने के कार्य में जुटने के लिए इस स्थान का चुना जाना बहुत सही तो नहीं था, लेकिन फिर जैसा कि क्लोविस ने कहा, जब कोई व्यक्ति आग में झुलसती किसी महिला को अपनी बाँहों में उठाकर दौड़ रहा हो, तब यह सोचने का समय ही उसके पास कहाँ होता है कि वह उसे असल में कहाँ जाकर पटकने वाला है। □

नरक संसद्

जिस युग में कुछ भी नया या मौलिक कार्य करना दिनोदिन मुश्किल होता जा रहा है, बेटन बिडरडेल ने एक नई बीमारी से मर कर अपनी पीढ़ी के लिए सोच-विचार करने का एक नया विषय छोड़ दिया। ''हमें हमेशा से पता था कि किसी-न-किसी समय वह कुछ विशिष्ट अवश्य करेगा।'' उसकी आंटियों ने कहा, ''उसने हमारी धारणा को सही साबित कर दिया है'' लेकिन समाज का एक वर्ग ऐसा भी है, जो प्रशंसनीय उपलब्धि को स्वीकार न करने अथवा मानने से इनकार करने के लिए सदैव तैयार रहता है और जाने-माने एवं प्रतिष्ठित डॉक्टरों के एक मठ ने उनकी इस धारणा का ज़ोरदार समर्थन किया, बिडरडेल वास्तव में मरा नहीं है। अंत्येष्टि का कार्यक्रम तब तक के लिए रोकना ज़रूरी हो गया, जब तक कि मामले का दोनों में से किसी एक विचार के पक्ष में अंतिम निर्णय न हो जाए और ऐसी स्थिति में आंटियों ने अस्थायी तौर पर अर्ध-शोक का रास्ता पकड़ना ही ठीक समझा।''

इस बीच बिडरडेल नरक में एक मेहमान के रूप में रहा, क्योंकि एक अधिक नियमित आधार पर उसका स्वागत अभी किया जाना बाकी था। ''अगर तुम्हें वास्तव में मृत नहीं माना गया है।'' उस क्षेत्र के अधिकारियों ने कहा, ''हमें नहीं लगता कि हमें तुमको पकड़ने में कोई बहुत जल्दबाजी करनी चाहिए। इस बात का अब कोई मतलब नहीं रह गया है कि नरक में जनसंख्या की गंभीर आवश्यकता है। किसलिए अकेले तुम्हारे परिवार को ही लिया जाए। हमारे खातों में अनेक बिडरडेल हैं, जैसा कि बाद में तुम जान जाओगे। हमारी व्यवस्था का यह एक हिस्सा है कि संबंधियों को यहाँ एक साथ रहने के लिए प्रोत्साहित किया जाना चाहिए।''

''दूसरी दुनिया का अवलोकन किए जाने के फलस्वरूप हमारे पास इस बात का काफी सबूत है कि इससे उस उद्‌देश्य को बढ़ावा मिलता है, जो उद्‌देश्य हमारी दृष्टि में है। तथापि, जब तक तुम यहाँ एक मेहमान हो, हम हर तरीके से तुम्हारा ध्यान रखेंगे और वह सब तुम्हें दिखाएँगे, जिसमें तुम्हारी विशेष रुचि हो सकती है। निस्संदेह तुम हमारी संसद् का निरीक्षण करना चाहोगे?''

"क्या नरक में तुमने कोई संसद् बना रखी है?" बिडरडेल ने कुछ आश्चर्य से पूछा।

"अभी हाल में ही बनी है। बेशक हमारे यहाँ हर समय उथल-पुथल और अव्यवस्था रहती है, लेकिन संसदीय नियमों के तहत नहीं। अब चूँकि संसद् का रिवाज़ चल पड़ा है तुर्की और फारस में और मैं समझता हूँ जल्दी ही अफगानिस्तान तथा चीन में भी इसकी माँग उठने लगेगी, ऐसे में आंदोलन से बाहर रह पाना दिखावा अधिक लगता है। वह जो युवा पिशाच अभी-अभी जाता हुआ दिख रहा है ईस्ट ब्रिमस्टोन के लिए चुना गया सदस्य है; वह तुमको संसद् दिखाने ले जाएगा।"

"अभी बहस शुरू होने वाली है, हम बिल्कुल समय पर पहुँच जाएँगे।" उस संसद् सदस्य ने कहा, "जो बिडरडेल को एक विस्तृत बाहरी लॉबी से होकर ले जा रहा था; लॉबी में मानव पतन, सोने की खोज, ताशों के खेल का आविष्कार तथा अन्य उपयुक्त विषयों को दरशानेवाले भित्ति चित्र प्रदर्शित थे। पाताली भट्ठी (नेदर फर्निस) का सदस्य इस आशय का प्रस्ताव पेश कर रहा था कि यह सदन केवल छोटे-मोटे मानवीय अपराधों के संदर्भ में 'पैशाचिक' शब्द का गलत एवं हानिकारक दुरुपयोग किए जाने के विषय पर सांसारिक देशों की विधानसभाओं को कड़ी आपत्ति प्रकट करता है, क्योंकि उक्त शब्द के ऐसे दुरुपयोग से नारकीय क्षेत्रों के संबंध में एक भ्रामक एवं हानिकारक धारणा उत्पन्न हो सकती है।"

संसद् के सदन का विशाल आकार अपने आप में उसकी एक विशिष्टता थी। सदस्यों के बैठने के लिए आवंटित स्थान छोटा था और वह भी पूरा भरा हुआ नहीं था। सदस्यगण छितरे हुए बैठे थे, लेकिन सामान्य दर्शक दीर्घाएँ नीचे से ऊपर, ऊपर से भी ऊपर तक और दृष्टि की दूरतम सीमा तक खचाखच भरी हुई थीं।

"लगता है आम लोग संसदीय बहस में बहुत अधिक दिलचस्पी रखते हैं", बिडरडेल ने विस्मय प्रकट करते हुए कहा।

"सदस्यों को छूट है कि चाहें तो बहस के दौरान हाज़िर रह सकते हैं।" पिशाच ने स्पष्ट किया, "यह उनका एक अत्यंत महत्त्वपूर्ण विशेषाधिकार है। दूसरी ओर, मतदाताओं के लिए सभी भाषणों को पूरा सुनना ज़रूरी है। आख़िरकार आपको याद रहना चाहिए; हम नरक में हैं।"

बिडरडेल के बदन में कँपकँपी दौड़ गई और उसने अपना ध्यान बहस की ओर कर लिया।

"कुछ भी", पिशाच वक्ता बोल रहा था, "इतना अधिक बुरा नहीं है, जितना कि आज की सभ्य कहलानेवाली जातियों की यह प्रवृत्ति कि वे हर बात में और हर घृणित तरीके से पैशाचिकता तलाशने लगी हैं, जिसका इस्तेमाल मात्र किंवदंती के आधार पर दोषारोपण के लिए हमारे विरुद्ध किया जा सकता है। जिन बुराइयों का संबंध केवल या

सर्वाधिक रूप से मानवजाति से है उन बुराइयों को निर्लज्जता से अमानवीय कहा जाता है और इससे भी अधिक निंदनीय एवं अनुदार क्या होगा कि उन्हें 'पैशाचिक' कहकर पुकारा जाए। अगर कोई 'मिट्टी ढोने वालों के साथ अमानवीय व्यवहार' या 'काँगो में पैशाचिक अत्याचार'—जैसे वक्तव्यों की जाँच करे, जो पृथ्वीलोक की हमारी जैसी संसदों में बारंबार सुने जाते हैं, तो इस बात के पर्याप्त और अकाट्य सबूत मिल जाएँगे कि वास्तव में खदान मजदूरों और काँगो के मूलवासियों के साथ मानवीय व्यवहार पर उँगली उठाई जा रही है और यह भी कि इन अत्याचारों में किसी पैशाचिक एजेंसी का हाथ होने का आरोप वास्तव में सिद्ध नहीं किया जा सकता है। शिकायत के लिए यह शायद एक गौण विषय है।'' वक्ता ने आगे कहा, ''कि मानव जाति, जिसके बारे में बारंबार हमें संदेहपूर्ण बधाई देती है, उन बयानों को 'दुष्टतापूर्ण, हास्यास्पद' मज़ाक कहकर, जो न तो हास्यास्पद हैं और न दुष्टतापूर्ण।''

वक्ता बोलते-बोलते रुका और उस विशाल सदन में एक घनी खामोशी छा गई।

''हो क्या रहा है?'' बिडरडेल ने कानाफूसी की।

''पाँच मिनट की यह चुप्पी।'' गाइड ने स्पष्ट किया।

''इस बात का एक संकेत है कि वक़्ता को मौन स्वीकृति में सुना गया जो उस उच्चतम प्रशंसा की निशानी है, जो घोर शोर-शराबे में अर्पित की जा सकती है। चलो, धूम्रपान-कक्ष में चलते हैं।

''क्या प्रस्ताव पारित हो जाएगा?'' बिडरडेल ने पूछा मन-ही-मन यह सोचते हुए कि आपत्ति अगर ब्रिटिश संसद् तक पहुँच गई, तो सर एडवर्ड उसे क्या समझेंगे; नारकीय क्षेत्रों में सहयोग भाव ने एक ऐसा आकर्षक दृश्य उपस्थित कर दिया, जिसमें विदेश सचिव की कल्पनाशक्ति बुरी तरह चकरा जाने की आशंका थी।

''पारित? बेशक नहीं।'' पिशाच ने कहा, ''नरक संसद् में सभी प्रस्ताव अनिवार्यत: गिर जाते हैं।''

''सांसारिक संसदों में आजकल सब कुछ मिलता है।'' बिडरडेल ने कहा, ''वेतन और यात्रा खर्च भी।''

उसने सोचा कि चाहे जो भी हो, नरक में एक मज़ाक करनेवाला संभवत: वह अपने परिवार का पहला सदस्य है।

''प्रसंगवश'', उसने आगे कहा, ''पृथ्वी लोक की संसदों की बात तो करते हैं, पर क्या आपके यहाँ दल प्रणाली, यानी पार्टी सिस्टम है?''

''नरक में?'' असंभव, आप जानते हैं हमारे यहाँ पुरस्कारों की कोई व्यवस्था नहीं है। हमने दंड देने में इतनी महारत हासिल कर ली है कि दूसरे पहलू की पूरी तरह अनदेखी हो गई और इसके अलावा जैसा कि आप अपनी संसद् में काम चलाते हैं,

झाँसे के तौर पर चलनेवाली सरकार यहाँ काम नहीं कर सकेगी। स्वाभाविक है प्रलोभन के विरुद्ध कुछ भी कहनेवाला मैं आखिरी व्यक्ति हो सकता हूँ, लेकिन हमारे यहाँ एक कहावत चलती है, चूहेदानी में उतना ही पनीर रखें कि चूहे के लिए जगह बची रहे। उदाहरण के लिए आपके यहाँ जैसा चलता है, चार पैंस के बदले नौ पैंस, वैसा यहाँ बिल्कुल नहीं चलेगा, इसमें न तो चूहे के लिए कोई जगह बचती है और न ही सूझ-बूझ के लिए। आपके देश में एक टेक है। मेरा मानना है एक बुरे मूर्ख जैसा कोई मूर्ख नहीं होता है, यहाँ जितने भी मूर्ख हैं वस्तुतः बहुत बुरे हैं, लेकिन तुम्हारे कहने से वे चार पैंस के बदले नौ पैंस खानेवाले नहीं हैं।

''क्या उन्हें फटकार लगाकर और भाषण पिलाकर यह विश्वास नहीं दिलाया जा सकता कि ऐसा करना उनका नैतिक एवं बौद्धिक कर्तव्य बनता है?'' बिडरडेल ने पूछा।

''आपके यहाँ जैसी सारी सुविधाएँ 'हमारे पास नहीं हैं'।'' पिशाच ने कहा, ''हमारे यहाँ ऐसा कुछ नहीं है, जो एकदम मास्टर ऑफ ऐलिबैंक के अनुरूप हो।''

इसी समय बिडरडेल का ध्यान कार्य सूची की एक अलग हुई शीट पर लिखे इस विषय पर पड़ा, 'विशेष नरक व्यवस्था संबंधी प्रस्ताव'।

''ओफ।'' उसने कहा, ''मैंने अकसर यह बात सुनी है, अमुक-अमुक किस्म के व्यक्ति के लिए आरक्षित एक विशेष नरक है। कृपया ऐसे नरकों के बारे में बताएँ।''

''तैयारी के दौरान एक नरक दिखा दूँगा।'' पिशाच ने उसे नीचे गलियारे की ओर ले जाते हुए कहा। ''इसे आपके देश के अग्रणी नाटककारों को रखने के लिए बनाया जा रहा है। तुम खुद ही देख सकते हो, कितने सारे छोटे शैतान आधुनिक ब्रितानवी नाटकों के नोटिस एक बहुत बड़ी पेस कटिंग बुक में चिपकाने का काम कर रहे हैं। प्रत्येक नोटिस वर्ण क्रमानुसार व्यवस्थित लेखक के नाम के नीचे लगाया जा रहा है। मैं समझता हूँ इस बुक में करीब पाँच लाख नोटिस होंगे और यही एकमात्र साहित्य होगा, जो विशेष रूप से इस ज़हन्नुम में भेजे गए व्यक्ति को दिया जाएगा।''

बिडरडेल बिल्कुल प्रभावित नहीं हुआ।

''कुछ लिक्खाड़ नाटककारों को किसी समकालीन पेस कटिंग बुक को ध्यान लगाकर पढ़ते हुए सारा जीवन गुजार देने में भी कोई आपत्ति नहीं होगी'', उसने कहा।

पिशाच ने अप्रिय ढंग से हँसते हुए अपनी आवाज़ धीमी कर ली।

''कुछ नहीं, केवल एक।''

पहली बार बिडरडेल को महसूस हुआ कि वह नरक में है।

□

सेप्टीमस ब्रोप का गुप्त अपराध

"यह श्रीमान ब्रोप कौन है और क्या है?" क्लोविस की आंट ने अचानक पूछ लिया।

श्रीमती रिवरसेज जो गुलाब की भरी हुई कलियों को काटकर अलग करने में व्यस्त थी, और कुछ विशेष सोच-विचार नहीं कर रही थी, तुरंत सतर्क हो गई। वह उन दकियानूसी पुराने ढंग की मेहमानदारिनों में से थी, जो सोचती हैं कि अपने मेहमानों के बारे में व्यक्ति को कुछ अवश्य मालूम होना चाहिए और उस कुछ का श्रेय उन्हें मिलना चाहिए।

"मैं समझती हूँ वह लेटन बर्ज़ाड से है", उसने आरंभिक जानकारी देने के लिहाज़ से कहा।

"तेज़ रफ्तार और सुविधाजनक यात्रा के इन दिनों में", क्लोविस ने कहा, जो सिगरेट के धुएँ से मक्खियों को तितर-बितर कर रहा था । लेटन बर्ज़ाड से तशरीफ लाने का मतलब हरगिज़ यह नहीं है कि वह कोई बड़ा चरित्रवान व्यक्ति होगा। हाँ यह बेचैनी का संकेत अवश्य देता है। अब अगर वह उस जगह को उदास मन से छोड़कर आया है या वहाँ के निवासियों की असाध्य एवं निष्ठुर चपलता तथा छिछोरेपन से नाराज़ होकर आया है, इस बात का पता चलने पर ही उस व्यक्ति और जीवन में उसके लक्ष्य के बारे में कुछ अनुमान लगाया जा सकता है।

"वह करता क्या है?" श्रीमती ट्राइले ने दंडाधिकारी के अंदाज़ में पूछा।

"वह कैथीड्रल मंथली का संपादन करता है", उसकी होस्टेस ने कहा, "और स्मरणात्मक समाधि लेखों एवं चर्च के क्रूसाकार भाग तथा आधुनिक उपासना पद्धति पर पुरातन युग की पूजा-आराधना विधि के प्रभाव और उसी प्रकार के विविध विषयों के बारे में वह विशद ज्ञान रखता है। संभवत: वह ज़रा गंभीर स्वभाव का है और एक ही प्रकार के विषयों में डूबा रहता है, लेकिन एक अच्छी घरेलू दावत में सभी तरह के लोगों को शामिल करना पड़ता है। तुमको वह बहुत अधिक उबाऊ तो नहीं लगता बताओ, क्या ऐसा है?"

''उबाऊ है तो कोई बात नहीं, उसे मैं अनदेखा कर सकती हूँ।'' क्लोविस की आंट ने कहा, ''लेकिन मेरी नौकरानी के साथ उसका प्रेम-विहार मैं नहीं भूल सकती।''

''मेरी प्यारी श्रीमती ट्राइले।'' होस्टेस ने गहरी साँस भरी, ''क्या बात है! मैं तुमको यक़ीन दिलाती हूँ, श्रीमान ब्रोप ऐसा कुछ करने के बारे में सोचेंगे भी नहीं।''

''उसके सपने मेरे लिए कोई महत्त्व नहीं रखते हैं, मुझे बस इतनी चिंता है कि उसकी नींदें किसी अनुपयुक्त काम विषयक प्रस्ताव का अविवेकपूर्ण संकेत हो सकती हैं, जिसमें हाल के सभी नौकरों के शामिल होने से इनकार नहीं किया जा सकता। लेकिन अपनी जाग के दौरान वह मेरी नौकरानी से प्रेमालाप कभी नहीं करेगा। इसके बारे में और बहस करने का कोई फायदा नहीं है, मैंने जो कहा उस पर मैं दृढ हूँ।''

''लेकिन आप गलत भी तो हो सकती हैं'', श्रीमती रिवरसेज ने ज़ोर देकर कहा, ''श्रीमान ब्रोप अंतिम व्यक्ति होंगे जो ऐसा करेंगे।''

''जहाँ तक मुझे पता है ऐसा कर सकनेवाला वह पहला व्यक्ति होगा और अगर इस मामले में मेरा दखल कुछ अर्थ रखता है तो निश्चित रूप से वह आखिरी व्यक्ति होगा। निस्संदेह मैं उन प्रेमियों की ओर संकेत नहीं कर रही हूँ, जिनके इरादे नेक होते हैं।''

''मैं कदाचित सोच भी नहीं सकती कि जो आदमी और आदिकालीन प्रभावों के बारे में इतने आकर्षक और ज्ञानप्रद ढंग से लिखता है वह ऐसे अनैतिक तरीके से व्यवहार करेगा'' श्रीमती रिवरसेज ने कहा, ''आपके पास क्या सबूत है कि वह ऐसा कुछ कर रहा है? बेशक मैं आपके कहे पर संदेह करना नहीं चाहती, लेकिन हमें उसकी बात सुने बिना उसकी भर्त्सना के लिए इतनी जल्दी तैयार नहीं होना चाहिए, बताइए क्या हमें ऐसा करना चाहिए?''

हम उसकी भर्त्सना करें या न करें, परंतु उसका पक्ष अवश्य ही नहीं सुना गया है। मेरे ड्रेसिंग रूम के साथ ही उसका कमरा है और दो अवसरों पर जब संभवतया उसने सोचा होगा कि मैं मौजूद नहीं हूँ, मैंने उसे दीवार के पार यह कहते हुए साफ सुना है 'आइ लव यू फ्लोरी।' ऊपरी मंजिल पर बीच की दीवारें बहुत पतली हैं; कोई भी अगले कमरे में चल रही घड़ी की टिक-टिक सुन सकता है।''

''क्या आपकी नौकरानी का नाम फ्लोरेंस है?''

''उसका नाम फ्लोरिंडा है।''

''किसी नौकरानी को दिया गया कितना निराला नाम है यह!''

''यह नाम मैंने नहीं दिया उसे, मेरे यहाँ नौकरी पर आने के पहले से ही उसका नाम फ्लोरिंडा था।''

''मेरे कहने का मतलब है'' श्रीमती रिवरसेज ने कहा, ''कि जब भी कोई ऐसी नौकरानी मेरे पास आती है, जिसका नाम मुझे पसंद नहीं आता, मैं उसे जेन कहकर

बुलाती हूँ। उन्हें जल्दी इस नाम की आदत पड़ जाती है।''

''यह तो बहुत बढ़िया बात है'', क्लोविस की आंट ने उदासीनता से कहा, ''दुर्भाग्यवश मैं खुद जेन के नाम से बुलाए जाने की अभ्यस्त हो गई हूँ। मेरा नाम ही जेन है।''

उन्होंने श्रीमती रिवरसेज की क्षमा-याचनाओं का तांता अपनी इस टिप्पणी से बीच में ही तोड़ दिया।

''सवाल यह नहीं है कि मैं अपनी नौकरानी को फ्लोरिंडा बुलाती हूँ या कुछ और; सवाल इस बात का है कि क्या श्री ब्रोप को उसे फ्लोरी बुलाना चाहिए। मेरी पक्की राय है कि वह ऐसा कभी नहीं करेगा और न करना चाहिए।''

''हो सकता है वह किसी गाने के शब्दों को दोहरा रहा हो।'' श्रीमती रिवरसेज ने आशान्वित होते हुए कहा, ''लड़कियों के नामों के साथ ऐसी अनेक मूर्खतापूर्ण वर्जनाएँ जुड़ी हुई हैं।'' उसने क्लोविस की ओर गरदन घुमाकर ऐसे अंदाज में कहना जारी रखा जैसे इस विषय पर उसका निर्णय अंतिम हो। तुम मुझे 'मेरी' कहकर नहीं बुलाओगे।''

''मुझे ऐसा करने के बारे में सोचना भी नहीं चाहिए'', क्लोविस ने उसे भरोसा दिलाया। ''पहली बात है कि मैं हमेशा से यही समझता रहा हूँ कि आपका नाम हेन्रीटा है; और दूसरे मैं आपको इतना अधिक जानता भी नहीं हूँ कि ऐसी हिम्मत कर सकूँ।''

''मेरा मतलब है कि उस वर्जित शब्द से एक गाना चलता है'', श्रीमती रिवरसेज ने जल्दी से स्पष्ट किया, ''और इस प्रकार की तुकबंदियाँ भी मशहूर हैं जैसे 'रोडा, रोडा के पास एक पॅगोडा' और 'मेजी है एक डेजी' आदि-आदि। ऐसा नहीं लगता कि श्रीमान ब्रोप ऐसे गाने गाता होगा, फिर भी अगर संदेह है तो उसका लाभ अवश्य ही श्री ब्रोप को मिलना चाहिए।''

''मैं ऐसा भी करके देख चुकी हूँ।'' श्रीमती ट्रॉइले ने कहा, ''जब तक कि और सबूत मुझे नहीं मिला।''

श्रीमती ट्रॉइले ने अपने होंठ बंद कर लिये इस निश्चय के साथ कि अब दुबारा उनके होंठ तभी खुलेंगे, जब आगे बोलने के लिए उनकी खुशामद की जाएगी।

''और सबूत!'' उनकी होस्टेस ने विस्मय से कहा, ''कृपया मुझे बताएँ।''

''नाश्ते के बाद जैसे ही मैं ऊपर गई, ब्रोप महोदय मेरे कमरे के पास से गुज़र रहे थे। उनके हाथ में एक बंडल था, जिसमें से एक कागज़ बहुत ही स्वाभाविक ढंग से नीचे गिरा और उड़कर बिल्कुल मेरे दरवाजे के आगे ज़मीन पर थम गया। मैं उसे आवाज़ देने ही जा रही थी, 'आपने कुछ गिरा दिया है', और फिर किसी कारणवश मैं रुक गई तथा बाहर नहीं आई, जब तक कि वह अपने कमरे में नहीं चला गया। तभी मेरे दिमाग में यह बात कौंधी कि मैं उस समय शायद ही कभी अपने कमरे में होती हूँ

और फ्लोरिंडा हमेशा ही उस समय कमरों को ठीक-ठाक करने में लगी होती है। अतः मैंने उस सीधे-सादे कागज़ को यूँ ही उठा लिया।''

श्रीमती ट्रॉइले फिर चुप हो गईं, आत्म-प्रशंसा की कुछ ऐसी अनुभूति में डूबकर मानो उन्होंने सेब की पेटी में से किसी साँप को जीभ बाहर निकालते देख लिया हो।

श्रीमती रिवरसेज ने निकटतम गुलाब की झाड़ी को तेजी से काट डाला, बिना यह सोचे-समझे कि उन्होंने अनजाने में उस खूबसूरत कली का सिर उड़ा दिया है, जो अभी खिलने लगी थी।

''क्या लिखा था उस कागज़ पर?''

''पेंसिल से इतना ही लिखा हुआ था 'आइ लव यू फ्लोरी' और ठीक उसके नीचे हलकी सी रेखा से कटा हुआ, किंतु साफ पढ़े जाने योग्य शब्दों में लिखा था बगीचे में सदाबहार के पास मुझे मिलो।''

''बगीचे के बिल्कुल नीचे जाकर सदाबहार का एक पेड़ है।'' श्रीमती रिवरसेज ने स्वीकार किया।

''कुछ भी हो, वह सच्चा प्रतीत होता है।'' क्लोविस ने तीर छोड़ा।

''यह सोचकर ही मुझे हैरानी होती है कि इस तरह का कांड मेरी छत के नीचे चल रहा है!'' श्रीमती रिवरसेज ने गुस्से में भरकर कहा।

''मुझे आश्चर्य है कि किसी छत के नीचे पनप रही उस प्यार की पींग में इतना बुरा लगने वाली बात क्या है?'' क्लोविस ने कहा, ''मैंने हमेशा इसे बिल्ली जाति की उस बढ़िया नज़ाक़त का एक सबूत माना है, क्योंकि वह अपने अधिकतर बुरे काम स्लेट के ऊपर करती है।

''अब मैं इसके बारे में सोचती हूँ, श्रीमती रिवरसेज ने फिर कहना शुरू किया, ''श्रीमान ब्रोप से संबंधित अनेक बातें हैं जो मैं जानती हूँ, लेकिन कभी बताई नहीं हैं। मिसाल के तौर पर उसकी आमदनी कैथीड्रल मंथली के संपादक की हैसियत से उसे साल के दो सौ मिलते हैं और मैं जानती हूँ कि उसके लोग बहुत गरीब हैं तथा उसके कोई निजी साधन नहीं हैं फिर भी वेस्टमिन्स्टर में किसी जगह उसने एक फ्लैट लिया हुआ है और हर साल वह ब्रगेस और वैसे ही स्थानों की यात्रा पर विदेश जाता है, हमेशा बढ़िया कपड़े पहनता है तथा आए दिन मौसम में बढ़िया दावतें देता रहता है। इतना सब कुछ आप साल के दो सौ पौंड में तो नहीं कर सकते, कर सकते हैं क्या?''

''क्या वे किन्हीं दूसरे अख़बारों के लिए भी लिखते हैं?'' श्रीमती ट्राइले ने पूछा।

''नहीं, आपको पता होना चाहिए कि वह पूजा-पद्धति और गिरजे संबंधी वास्तुकला के विशेष अध्ययन को लेकर इस कदर समर्पित है कि उसका विषय कुछ ज़्यादा ही सीमित हो गया है।''

''एक बार उसने लोमड़ियों के शिकार के लिए मशहूर केंद्रों में चर्च को इमारतों के बारे में एक लेख 'स्पोर्टिंग ऐंड ड्रामेटिक' पत्रिका में प्रकाशनार्थ भेजा था, लेकिन उसे पर्याप्त सामान्य रुचि का न मानकर अस्वीकृत कर दिया गया। अब यह बात मेरी समझ से परे है कि फिलहाल वह जो कुछ लिखता है, उसी शैली को जारी रखते हुए अपना जीवन-निर्वाह कैसे कर सकता है।''

''हो सकता है कि वह नकली क्रूसाकार आकृतियाँ शृद्धोन्मत्त अमेरिकियों को बेचता हो'', क्लोविस ने अपनी राय व्यक्त की।

''वह कोई ट्रांसेप्ट (गिरजे की क्रूसाकार आकृति वाला भाग) कैसे बेच सकता है?'' श्रीमती रिवरसेज ने कहा, ''ऐसा करना तो असंभव है।''

''अपनी आमदनी बढ़ाने के लिए वह चाहे जो करे।'' श्रीमती ट्रॉइले ने बीच में टोका, ''अपने खाली समय का उपयोग वह मेरी नौकरानी से प्यार करने के लिए हरगिज़ नहीं करेगा।''

''बेशक नहीं।'' होस्टेस ने सहमति जताई; उस पर तुरंत विराम लगना चाहिए। लेकिन मुझे बिल्कुल पता नहीं कि हमें क्या करना होगा।''

''एहतियात के तौर पर तुम्हें उस सदाबहार वृक्ष के चारों ओर काँटेदार तार का घेरा डाल देना चाहिए।'' क्लोविस ने कहा।

''मैं नहीं समझता कि जो नागवार स्थिति उत्पन्न हो गई है, उसे वाचालता या ओछेपन से सुधारा जा सकता है।'' श्रीमती रिवरसेज ने कहा, ''एक अच्छी नौकरानी बहुत मुश्किल से मिलती है।''

''मैं बस इतना जानती हूँ, मुझे नहीं पता कि फ्लोरिंडा के बिना मैं क्या करूँगी।'' श्रीमती ट्राइले ने रुआँसे होकर कहा, वह मेरे बालों को समझती है। मैंने बहुत समय से अपने बाल खुद सँवारना छोड़ दिया है। मैं बालों और पतियों को एक जैसा मानती हूँ, जब तक दोनों सब लोगों के सामने साथ-साथ दिखते हैं, तब तक पति-पत्नी के बीच के मतभेद कोई मायने नहीं रखते। सच में लंच के दौरान इसी विषय पर चर्चा हो रही थी।''

सेप्टीमस ब्रोप और क्लोविस लंच के बाद धूम्रपान-कक्ष में चले गए थे। ब्रोप कुछ विचारमग्न और बेचैन लग रहा था, जबकि क्लोविस शांति से उसे देख रहा था।

''लॉरी क्या होती है?'' सेप्टीमस ने अकस्मात् पूछा, ''मेरा तात्पर्य उस पहियोंवाली चीज़ से नहीं है, बेशक मैं जानता हूँ वह क्या है, लेकिन मैं जिसकी बात कर रहा हूँ, वह उससे मिलते-जुलते नाम की कोई चिड़िया है, नाम कुछ बड़ा सा है जैसे लॉरिकीट या... ?''

''मैं समझता हूँ यह लॉरि (Lory) होना चाहिए एक 'आर' के साथ'', क्लोविस ने आलस्यपूर्वक कहा, ''उस स्थिति में वह तुम्हारे किसी काम की नहीं।''

सेप्टीमस ब्रोप ने कुछ हैरानी से घूरा।

"तुम कैसे कह सकते हो, मेरे लिए बिल्कुल ठीक नहीं?" उसने पूछा, इस बार उसकी आवाज़ में कुछ ज़्यादा ही बेचैनी का संकेत था।

"फ्लोरी के साथ तुक नहीं मिलेगी।" क्लोविस ने संक्षेप में स्पष्ट किया।

सेप्टीमस अपनी कुरसी पर तनकर बैठ गया; उसके चेहरे पर हैरानी साफ झलक रही थी।

"तुमको कैसे पता चला? मेरा मतलब है तुम कैसे जानते हो कि मैं फ्लोरी के लिए कोई तुकबंदी करने का प्रयास कर रहा था।" उसने तीखेपन से पूछा।

"मुझे नहीं पता था", क्लोविस ने कहा, "मैंने सिर्फ अनुमान लगाया। जब तुम तिज़ारत के लिए इस्तेमाल की जानेवाली सामान्य लॉरी को किसी ऊष्णकटिबंधीय वन के हरे-भरे क्षेत्र में इधर से उधर फुदकती एक पँखजड़ी कविता में ढालने का प्रयास कर रहे थे, मैं तभी समझ गया था कि तुम कोई सॉनेट (चौदह पंक्तियों की कविता) बनाने के चक्कर में हो और फ्लोरी एकमात्र स्त्रियोचित नाम था, जो तुकबंदी में 'लोरी' के साथ जा सकता था।"

सेप्टीमस की बेचैनी अभी भी कायम थी।

"मैं समझता हूँ, तुम बहुत कुछ जानते हो।" उसने कहा।

क्लोविस चुपके से हँसा, लेकिन कुछ बोला नहीं।

"तुम कितना जानते हो?" सेप्टीमस ने विफलता से पूछा।

"बगीचे में सदाबहार वृक्ष।" क्लोविस ने कहा।

"वहाँ! मैंने पक्के तौर पर महसूस किया कि मैंने उसे कहीं गिरा दिया है। लेकिन तुमने ज़रूर पहले कुछ अनुमान लगा लिया होगा। इधर देखो, तुमने मेरा रहस्य पकड़ लिया है। तुम मेरा भेद नहीं खोलोगे, क्या ऐसा करोगे? इसमें शरमिंदा होने जैसी कोई बात नहीं है, लेकिन कैथीड्रल मंथली के संपादक के लिए उचित नहीं होगा कि ऐसी किसी बात के लिए उसका नाम प्रकाश में आए, बताइए क्या ठीक होगा यह?"

"मैं समझ सकता हूँ, ठीक नहीं होगा।" क्लोविस ने कबूल किया।

"देखिए", सेप्टीमस ने कहना जारी रखा, "मुझे इससे काफी अच्छा पैसा मिल जाता है। कैथीड्रल मंथली के संपादक के रूप में मुझे जो मिलता है उस पर निर्भर करता तो मैं कभी ऐसे नहीं रह सकता था जैसे मैं रहता हूँ।"

क्लोविस को यह सुनकर उससे भी अधिक हैरानी हुई, जितनी हैरानी पहले सेप्टीमस को हुई थी, लेकिन हैरानी को दबाने अर्थात् प्रकट न करने की कला में वह अधिक निपुण था।

"क्या तुम यह कहना चाहते हो कि तुम फ्लोरी में से पैसे निकालते हो?" उसने पूछा।

''फ्लोरी में से नहीं, अभी तक तो नहीं।'' सेप्टीमस ने कहा।

''दरअसल मैं यह कहने में कोई बुराई नहीं समझता हूँ कि फ्लोरी को लेकर मैं काफी परेशानी में हूँ। लेकिन और भी बहुत हैं।''

क्लोविस की सिगरेट बुझ गई।

''यह बड़ी दिलचस्प बात है।'' उसने धीरे से कहा। और फिर सेप्टीमस ब्रोप की अगली बात सुनकर उसके दिमाग की बत्ती तेज़ हो गई।

मिसाल के लिए और भी ढेरों तुकबंदियाँ हैं—

'कोरा विद द लिप्स ऑफ कोरल

यू ऐंड आइ विल नेवर क्वैरल।'

वह मेरा सबसे पहला उत्तराधिकारी था और आज भी मुझे उसकी रॉयल्टी मिलती है और फिर आई 'ऐस मराल्डा' जब मैंने पहली बार उसे देखा तथा ''खूबसूरत टेरेसा—कितना अच्छा लगता है, मुझे उसको खुश करना।'' ''वे दोनों काफी पसंद की गई हैं और एक उनकी तुलना में कदाचित् अधिक भयंकर है।'' सेप्टीमस ने चेहरे पर लाली लाते हुए कहा। ''जिसके कारण मुझे किसी भी अन्य कविता के मुकाबले अधिक कमाई हुई है—

''लाइवलि लिटल लूसी।

विद हर नॉटी नेज़ रिट्सी।''

''सचमुच मुझे उन सबसे विरक्ति हो गई है। असल में उनके प्रभाव में आकर मैं स्त्रियों से कुछ-कुछ घृणा करनेवाला बनता जा रहा हूँ, लेकिन मैं इसके आर्थिक पहलू की उपेक्षा नहीं कर सकता। इसके अलावा एक बात और भी है, अगर एक बार यह भेद सबके सामने खुल गया कि 'कोरा विद द लिप्स ऑफ कोरल' तथा शेष सभी ऐसी तुकबंदियों का लेखक मैं हूँ तो ईसाई धर्म-संबंधी वास्तुशिल्प एवं पूजन-विधि संबंधी विषयों पर मेरे विशद अध्ययन और मेरी विद्वत को बट्टा लग जाएगा।''

क्लोविस सँभल गया और एक सहानुभूतिपूर्ण कँपकँपाती आवाज़ में उसने पूछ लिया कि फ्लोरी के साथ उसे क्या ख़ास परेशानी है।

''मैं उसे गीत की शक्ल देने में असमर्थ हूँ, मेरी सारी कोशिशें बेकार हो रही हैं।'' सेप्टीमस ने दुखी मन से कहा।

''आप समझ सकते हैं, एक सरल एवं चित्ताकर्षक तुकांत कविता की रचना करने में बहुत संवेदनशीलता और मिठास से काम लेना पड़ता है और व्यक्तिगत जीवन का कुछ अंश या भविष्यवाणी जैसा तत्त्व भी उसमें मिलाना पड़ता है, तभी बात बनती है। उनकी पिछली सफलताओं की तसदीक करने के लिए उनका एक लंबा इतिहास होना चाहिए। यदि नहीं तो भविष्य में आपको उनके और अपने बारे में मन को विभोर

करनेवाली बातों की भविष्यवाणी करनी होगी। उदाहरण के लिए इसे देखें—

"डेन्टि लिटॅल गरली मेविस
शी इज़ सच ए रारा ऐविस
ऑल द मनी आइ कैन सेव इज़
ऑल टू बी फॉर मेविस माइन।"

इस भावोत्तेजक चक्र नृत्य संगीत की धुन ने नाक में दम कर दिया और महीनों तक लिवरपूल एवं अन्य लोकप्रिय केंद्रों में यही गीत गाया जाता रहा, कोई और गीत नहीं।

इस बार क्लोविस का आत्मसंयम बुरी तरह टूट गया।

"माफ कीजिए", उसने गला खखारते हुए कहा।" लेकिन मैं इसमें कुछ नहीं कर सकता, जब मैं आपके उस लेख की प्रभावपूर्ण गंभीरता को याद करता हूँ, जो आपने पिछली रात काप्ती चर्च के बारे में प्रारंभिक ईसाई धर्म संबंधी पूजा पद्धति के साथ तुलना करते हुए पढ़कर हमें सुनाया था।"

सेप्टीकल ने कराहते हुए आगे कहा, जैसे ही लोगों को पता चलेगा कि उस दुर्भाग्यपूर्ण भावुक अनर्गल गीत का रचनाकार मैं हूँ, तो मेरे जीवन की सारी अच्छी मेहनत के प्रति आदर की भावना एकदम मिट जाएगी। बहुत संभव है कि स्मरण लेखों के विषय में जितना मैं जानता हूँ, उतना ज्ञान किसी और जीवित व्यक्ति को नहीं होगा, वास्तव में इस विषय पर किसी दिन मैं एक निबंध प्रकाशित कर सकता हूँ, लेकिन हर जगह इस बात का ज़िक्र किया जाना चाहिए कि मैं ही वह आदमी हूँ, जिसके क्षुद्र गीत हमारे देश की तट रेखा के सहारे बसी बस्तियों के अमेरिकी हब्शियों के होठों पर रहते थे। क्या तुमको आश्चर्य होगा यह जानकर कि मैं जब-जब फ्लोरी के बारे में अतिभावुक होकर बहुत मधुर प्रशंसात्मक गीतों की रचना करने बैठता हूँ, मैं वास्तव में उससे हर समय घृणा करता हूँ?"

"तुम अपनी भावनाओं को खुला क्यों नहीं छोड़ देते और जितना भी बुरा कह सकते हो, क्यों नहीं कहते? अगर तुम वाक़ई बहुत स्पष्टभाषी अथवा मुँहफट हो तो एक नवीनता के रूप में कोई भी स्थायी टेक तुरंत कामयाब हो सकती है।"

"मैंने उस तरह कभी सोचा नहीं।" सेप्टीमस ने कहा, "और एक बात यह भी है कि मैं घिनौनी चापलूसी की आदत को न तो एकदम से त्याग सकता हूँ और न अपनी शैली अचानक बदल सकता हूँ।"

"तुमको अपनी शैली बदलने की कोई आवश्यकता नहीं है।" क्लोविस ने कहा, "बस भावना को उलट दो और निरर्थक वाक्य विन्यास को कायम रखो। अगर तुम गीत का मुख्य भाग बना दोगे तो मैं झटपट स्थायी टेक की रचना कर दूँगा, क्योंकि मेरे विचार में वही चीज़ मुख्यत: महत्त्व रखती है। तुम्हारी रॉयल्टी में मेरा आधा हिस्सा रहेगा

और तुम्हारे सदोष रहस्य के बारे में मैं चुप रहूँगा। दुनिया की दृष्टि में तुम वही इनसान बने रहोगे, जिसने अपना जीवन चर्च संबंधी वास्तुकला और पूर्वी रोम साम्राज्यकालीन उपासना पद्धति के अध्ययन को समर्पित कर दिया है, सिर्फ कभी-कभी सर्दी के लंबे संध्याकाल में जब हवा चिमनी से चिंघाड़ती नीचे आती है और बरसात खिड़कियों से टकराती है, मैं तुमको 'कोरा विद द लिप्स कोरल' गीत के रचनाकार के रूप में याद करूँगा। निस्संदेह अगर तुम मेरे मौन पर कृतज्ञता से अभिभूत होकर मुझे एड्रियाटिक या उतने ही दिलचस्प किसी स्थान पर भ्रमण कराने अपने खर्चे पर ले जाना चाहो तो मैं मना नहीं करूँगा।''

दोपहर बाद क्लोविस ने अपनी आंट और श्रीमती रिवरसेज को जैकबियन उद्यान में हँस-हँसकर बतियाते हुए पाया।

''मैंने श्री ब्रोप से 'एफ' के बारे में बात की है।'' क्लोविस ने ख़बर दी।

''बहुत अच्छा! क्या कहा उसने?'' दोनों महिलाएँ एक स्वर में बोलीं।

''जब उसे पता चला कि मैं उसका भेद जानता हूँ, तो वह मुझसे बहुत खुलकर बोला।'' क्लोविस ने कहा, ''और ऐसा प्रतीत होता है कि उसके इरादे बहुत संजीदा हैं, भले ही थोड़े अनुपयुक्त हों। मैंने उसको समझाने की कोशिश भी कि उसका रास्ता व्यावहारिक नहीं है। उसने कहा, ''उसे समझनेवाला कोई होना चाहिए और उसे लगता है कि उस हिसाब से फ्लोरिंडा श्रेष्ठ है, लेकिन मैंने बता दिया कि और भी अनेक भली-भाँति प्रशिक्षित शुद्ध हृदय की जवान अंग्रेजी लड़कियाँ हैं, जो उसे समझने में समर्थ होंगी, जबकि मेरी आंट के बालों की समझ रखनेवाली केवल फ्लोरिंडा है। इस बात का उस पर असर हुआ, क्योंकि वह वास्तव में कोई स्वार्थी जानवर नहीं है। बशर्ते कि आप उसे सही ढंग से लें और जब मैंने उसे बचपन के मौज-मस्ती भरे लेटन बज़ॉर्ड के गुलबहार के खेतों (मैं समझता हूँ गुलबहार वहाँ उगता है) में बिताए दिनों की याद दिलाई, तो सचमुच वह प्रभावित हुए बिना नहीं रह सका। ख़ैर उसने मुझे वचन दिया कि वह फ्लोरिंडा को एकदम मन से निकाल देगा और उसने अपने विचारों को इस तरफ से पूरी तरह हटाने के उद्देश्य से कुछ दिनों के लिए बाहर अर्थात् विदेश भ्रमण पर जाना स्वीकार कर लिया है। मैं उसके साथ बहुत दूर रगुसा तक जा रहा हूँ। अगर मेरी आंट मेरे उस बढ़िया काम से खुश होकर, जो मैंने उनके वास्ते किया है, मुझे वास्तव में कोई सुंदर सा स्कॉर्फ पिन (मेरी पसंद के अनुसार) मुझे इनाम के रूप में भेंट करना चाहें तो मैं कभी अस्वीकार नहीं करूँगा। मैं उन लोगों में से नहीं हूँ, जो सोचते हैं कि विदेश में हो तो मनमर्जी करो कुछ भी, और कैसे भी पहनकर निकल पड़ो।''

कुछ ही सप्ताह के पश्चात् लिवरपूल और जिन-जिन स्थानों पर वे गाते हैं, यह क्षुद्र गीत निर्विवाद रूप से लोगों को झूमने पर विवश कर देता है—

“हाउ यू बोर मी, फ्लोरी,
विद दोज़ आइज़ ऑफ वैकेंट ब्लू;
यू विल बी वेरी सॉरी, फ्लोरी,
इफ आइ मैरी यू।”
दो आइ एम ईज़ी-गोइंग; फ्लोरी,
दिस आइ स्वीअर इज़ टू,
आइ विल थ्रो यू डाउन ए क्वेरी, फ्लोरी,
इफ आइ मैरी यू।”

□

मेल-मिलाप के खिलौने

"हार्वे" इलीनर बोप ने 19 मार्च के एक प्रात:कालीन समाचार-पत्र (लंदन से प्रकाशित) की एक कतरन अपने भाई को सौंपते हुए कहा, "इसे पढ़ो, यह बच्चों के खिलौनों के बारे में है, इसमें बच्चों पर प्रभाव और उनके पालन-पोषण एवं शिक्षा-दीक्षा के बारे में प्रकाशित विचारों में से कुछ तो बिल्कुल हमारे विचारों से मिलते हैं।"

"नेशनल पीस काउंसिल की दृष्टि में" उद्धरण में आगे छपा था, "लड़कों को लड़ाकू जत्थों, तोपखानों और जंगी-जहाजों के दस्ते भेंट करना गंभीर आपत्तिजनक माना गया है। काउंसिल का मानना है कि लड़कों में लड़ाई करने और लड़ाई के सभी साधनों का इस्तेमाल करने की एक स्वाभाविक प्रवृत्ति होती है···लेकिन उसको प्रोत्साहित करने और संभवत: उनकी आदिकालीन नैसर्गिक प्रवृत्ति को स्थायी रूप देने का यह कोई कारण नहीं है। तीन सप्ताह के अंदर ओलंपिया में लगनेवाली बाल कल्याण प्रदर्शनी में पीस काउंसिल की ओर से बच्चों के माता-पिता को यह वैकल्पिक सुझाव दिया जाएगा, जो अलग से 'मैत्री खिलौनों' की एक प्रदर्शनी की शक्ल में होगा। हेग स्थित पीस पैलेस की विशेष रूप से चित्रित प्रतिकृति के सामने छोटे-मोटे सैनिकों के समूहों की बजाय असैनिकों के समूहों को प्रदर्शित किया जाएगा। तोपों एवं बंदूकों के नमूनों के बदले हल और उद्योग के उपकरण प्रस्तुत किए जाएँगे। आशा है कि निर्माताओं को प्रस्तुत नमूनों से संकेत मिलेगा और खिलौने बेचनेवालों की दुकानों में इन खिलौनों की माँग बढ़ जाएगी।"

"यह सुझाव वास्तव में बहुत रोचक एवं महत्त्वपूर्ण है।" हार्वे ने कहा, "व्यावहारिक रूप से यह कितना सफल होगा?"

"हमें आजमाकर अवश्य देखना चाहिए।" उसकी बहन ने बीच में टोका, "तुम ईस्टर पर आ रहे हो और चूँकि तुम लड़कों के लिए खिलौने हमेशा लाते हो, तुम्हारे लिए इस अभिनव प्रयोग के उद्घाटित करने का एक अत्युत्तम अवसर होगा। खिलौनों

की दुकानों में जाना और वहाँ असैनिक जीवन के अधिक शांतिपूर्ण पहलुओं को उजागर करनेवाला जो भी छोटा-मोटा खिलौना एवं नमूना मिले खरीद लेना। बेशक उन खिलौनों की अहमियत तुम बच्चों को समझाओगे, ताकि नया प्रस्ताव उनको पसंद आए और उसमें उनकी रुचि बढ़े। मुझे खेद के साथ कहना पड़ता है कि 'एड्रियानॉपल की घेराबंदी' दरशानेवाला जो खिलौना बच्चों की सूसन आंटी ने उनको भेजा था, उसके बारे में बच्चों को बताने-समझाने लायक कुछ भी नहीं था। उन्हें सब कुछ मालूम था। सिपाहियों की वरदी और झंडों की जानकारी के अलावा उन्हें अलग-अलग टुकड़ियों के कमांडरों के नाम भी पता थे और एक दिन जब मैंने उन्हें बहुत ही आपत्तिजनक भाषा का प्रयोग करते हुए सुना, तो उन्होंने कहा कि बुल्गारिया की भाषा में कमांड इसी तरह दी जाती है, बेशक उनका कहना सच रहा होगा, लेकिन फिर भी मैंने खिलौना उनसे छीन लिया। अब मैं चाहूँगी ईस्टर पर बच्चों के लिए लाए तुम्हारे उपहारों से बच्चों को एक नई प्रेरणा और दिशा मिले, ऐरिक अभी ग्यारह का नहीं हुआ है और बर्टी सिर्फ साढ़े नौ साल का है, अत: कह सकते हैं कि अभी उन्हें बहुत आसानी से प्रभावित किया जा सकता है।''

''हमें आदिकालीन मूल-प्रवृत्ति को भी ध्यान में रखना होगा।'' हार्वे ने संदेह व्यक्त करते हुए कहा, ''और साथ में वंशानुगत प्रवृत्तियों को भी। उनके एक दादा ने इन्करमैन में बहुत ही असहनशील ढंग से लड़ाई की थी, मैं समझता हूँ अख़बारों में उनका नाम विशेष रूप से छपा था और उनके साथियों ने अपने सभी व्हिग पड़ोसियों के तापगृहों (काँच घर) को तोड़ डाला था, जब रिफॉर्म बिल पास हुआ। फिर भी जैसा तुम कहती हो, वे अभी प्रभावनीय आयु में हैं। मैं अपनी तरफ से पूरी कोशिश करूँगा।''

ईस्टर शनिवार को हार्वे बोप ने अपने भतीजों की आशान्वित आँखों से नीचे एक बड़ा लाल रंग का गत्ते का डिब्बा खोला। ''तुम्हारे अंकल बिल्कुल नए किस्म के खिलौने तुम्हारे वास्ते लाए हैं।'' ऐलीनॉर ने प्रभावपूर्ण ढंग से कहा था और बच्चों का पूर्वानुमान उत्सुकतावश अल्बानिया के सैन्य दल और सोमालिया के ऊँटों पर सवार सैनिक दस्ते के बीच बँट गया था। ऐरिक की पसंद ऊँटोंवाला सैनिक दस्ता था। ''घोड़ों पर अरब सैनिक सवार होंगे'', उसने धीरे से कहा, ''अल्बानिया के सैनिकों की वरदी बड़ी मजेदार होती है और वे पूरे दिन, पूरी रात लड़ते हैं, जब मानसून का मौसम होता है, लेकिन उस देश की धरती पथरीली होने के कारण उनके पास अश्वारोही सैनिक नहीं हैं।

डिब्बे का ढक्कन हटाते ही सबसे पहले मरोड़े हुए कागज़ों की कतरन बाहर आई, जोश दिलानेवाले अधिकांश खिलौने ऐसे ही प्रकट होते हैं। हार्वे ने कागज़ों की ऊपरी परत निकालकर फेंकी और फिर एक चौकोर, कदाचित् एक साधारण-सी इमारत का नमूना बाहर निकाला।

''यह तो कोई किला है!'' बर्टी चिल्लाया।

"नहीं, यह तो अल्बानिया की एम्प्रेत का महल है।" ऐरिल ने विदेशी ख़िताब के बारे में अपनी जानकारी के असीम दर्द के साथ कहा, "तुम्हें पता है इसमें कोई खिड़की नहीं है, ताकि राह चलते लोग शाही परिवार पर निशाना न लगा सकें।"

"यह नगरपालिका की एक कचरा पेटी है, हार्वे ने" जल्दी से कहा, "शहर का सारा कूड़ा-करकट इसमें इकट्ठा किया जाता है, कूड़ा-कचरा इधर-उधर पड़ा रहने से न केवल गंदगी फैलती है, बल्कि नागरिकों का स्वास्थ्य खराब होने का भी ख़तरा रहता है।"

भयावह ख़ामोशी के माहौल में उसने काली पोशाक पहने एक आदमी की आकृति बाहर निकाली।

"यह आदमी", उसने कहा, "एक प्रतिष्ठित नागरकि जॉन स्टुआर्ट मिल है। राजनीतिक अर्थव्यवस्था का वह एक प्रकाड पण्डित था।"

"क्यों?" बर्टी ने पूछा।

"क्योंकि वह इसी विषय का विद्वान् बनना चाहता था; उसके विचार में यह अत्यंत उपयोगी विषय था।"

बर्टी ने खीझ व्यक्त करनेवाली कर्कश आवाज़ निकाली, जो इस बात का संकेत था कि पसंद-नापसंद का कोई खाता नहीं होता।

दूसरी चौरस इमारत का नमूना बाहर आया, इस इमारत में खिड़कियाँ और चिमनियाँ भी थीं।

"यह यंग वीमेंस क्रिश्चियन ऐसोसिएशन की मैन्चेस्टर शाखा का नमूना है।" हार्वे ने बताया।

"क्या वहाँ शेर होते हैं?" ऐरिक ने आशा व्यक्त करते हुए पूछा। उसने रोम का इतिहास पढ़ा हुआ था और उसकी बुद्धि में यह बात बैठ गई थी कि जहाँ भी आपको क्रिश्चियन मिलेंगे, वहाँ कुछ शेर पाए जाने की काफी संभावना होती है।

"नहीं, कोई शेर-वेर नहीं है वहाँ।" हार्वे ने कहा। "यह एक दूसरा सिविलियन है, जिसका नाम है रॉबर्ट रेक्स, रविवारीय स्कूलों का संस्थापक और यह जो एक मॉडल है, नगरपालिका का धुलाईघर है। ये छोटी-छोटी गोल-गोल चीज़ें डबल रोटी हैं, जिन्हें एक स्वच्छ भट्टी में पकाया गया है। वह मुख्य आकृति एक स्वास्थ्य निरीक्षक की है, यह एक जिला पार्षद है और यह स्थानीय प्रशासन बोर्ड का एक पदाधिकारी है।"

"वह क्या करता है?" ऐरिक ने उकताकर पूछा।

"वह अपने विभाग से संबंधित कार्यों को देखता है।" हार्वे ने कहा, "यह बक्सा, जिसमें एक लंबा चीरा है यह मत पेटी (बैलट बॉक्स) है। चुनाव के समय इसमें वोट डाले जाते हैं।"

"अन्य दिनों इसमें क्या डाला जाता है?" बर्टी ने पूछा।

"कुछ नहीं और यहाँ उद्योग के कुछ औज़ार हैं। यह एक ठेलागाड़ी और एक कुदाल है। मैं समझता हूँ इनका उपयोग बल्ली लगाने के लिए किया जाता है। यह मधुमक्खी के छत्ते का एक नमूना है और वह हवादान है, गंदी नाली का भवका निकालने के लिए। यह एक और कचरा पेटी है, नहीं यह एक कला विद्यालय तथा एक सार्वजनिक पुस्तकालय का नमूना है। यह प्रमुख आकृति श्रीमती हेमन्स एक कवयित्री भी है और यह रॉलैंड हिल है, जिसने एक पेनी डाक टिकट की प्रणाली आरंभ की थी और ये हैं सर जॉन हरशेल, एक प्रतिष्ठित ज्योतिषाचार्य।"

"क्या हमें इन सिविलियन के साथ खेलना होगा?" ऐरिक ने सवाल किया।

"बेशक।" हार्वे ने कहा, "ये खिलौने हैं, इनके साथ खेला जाता है।"

"लेकिन कैसे?"

यह कुछ ज़्यादा ही उलझन में डालने वाला सवाल था। "उन दोनों को संसद् में एक सीट के लिए लड़ाया जा सकता है", हार्वे ने कहा, "और उसके लिए चुनाव कराना होगा।"

"सड़े-गले अंडों और खुल्लम-खुल्ला झगड़ों तथा ढेरों टूटे मनकों के साथ!" ऐरिक ने चिल्लाते हुए कहा और सबकी नाक से खून बहता हुआ, "और हर कोई शराब के नशे में धुत्त" बर्टी ने हाँ-में-हाँ मिलाई, जिसने होगार्थ के एक चित्र का बड़े ध्यान से अध्ययन किया था।

"ऐसा कुछ भी नहीं", हार्वे बोला, "वोट मत पेटी में डाले जाएँगे और मेयर उनकी गणना करेगा, जिला पार्षद मेयर की तरफ से वोटों की गिनती करेगा और वह बताएगा कि किसे सर्वाधिक वोट मिले हैं और फिर दोनों प्रत्याशी अध्यक्षता करने के लिए उसे धन्यवाद देंगे, तथा प्रत्येक कहेगा कि चुनाव का आयोजन बहुत सौहार्दपूर्ण एवं ईमानदारी से किया गया है और वे एक-दूसरे के प्रति सम्मान व्यक्त करते हुए विदा लेते हैं। बड़ा मनोरंजक खेल है, यह लड़कों के वास्ते। मुझे कभी ऐसे खिलौने नहीं मिले, जब मैं छोटा था।"

"मुझे नहीं लगता कि हम उन खिलौनों से अभी खेलेंगे।" ऐरिक ने अपने अंकल द्वारा प्रदर्शित उत्साह से ज़रा भी प्रभावित हुए बिना कहा, "मैं सोचता हूँ कि हमें अपना छुट्टी का थोड़ा सा बचा हुआ काम पूरा कर लेना चाहिए। इस बार इतिहास का काम मिला है, हमें फ्रांस में बुअॅरबॅन युग के बारे में पढ़ाई करनी है।"

"बुअॅरबॅन युग" हार्वे ने अपनी आवाज़ में कुछ असहमति प्रकट करते हुए कहा।

"हमें लुइस चौदह के संबंध में कुछ जानना है।" ऐरिक ने कहना जारी रखा; सभी प्रमुख युद्धों के नाम मैंने पहले ही याद कर लिये हैं।

सिर्फ इतनी जानकारी काफी नहीं है। ''बेशक उसके शासनकाल के दौरान कुछ युद्ध लड़े गए थे।'' हार्वे ने कहा, ''लेकिन मेरे विचार में उनका वर्णन बढ़ा-चढ़ाकर दिया गया है'', उन दिनों ख़बरें बहुत विश्वसनीय नहीं होती थीं और युद्ध की ख़बरें देने वाले पत्रकार नाममात्र थे, अत: सेनानायक और सेनापति छोटी-मोटी झड़पों को भी बड़ा बनाकर पेश किया करते थे, जब तक कि बात निर्णायक युद्ध तक न पहुँच जाए। लुइस वास्तव में एक लैंडस्केप गार्डनर के रूप में अब तक बहुत प्रसिद्ध हो चुका था; उसने वर्सेलिस को इतने सुंदर लैंडस्केप में विकसित किया था कि पूरे यूरोप में उसकी प्रशंसा और नकल की गई।

''क्या आप मदाम ड्यू बेरी के बारे मैं कुछ जानते हैं?'' ऐरिक ने पूछा, ''क्या उसने अपना सिर नहीं कटवा लिया था।''

''वह भी ऐसी ही एक दूसरी बागवानी प्रेमी थी'', हार्वे ने आँख चुराते हुए कहा, ''असल में मुझे लगता है कि जिस गुलाब को हम सब ड्यूबेरी के नाम से जानते हैं, उसका नामकरण उसी के नाम पर किया गया है और अब मैं सोचता हूँ कि तुम्हें थोड़ी देर खेलना चाहिए तथा पढ़ाई का काम कल तक के लिए छोड़ देना चाहिए।''

हार्वे लाइब्रेरी में चला गया और वहाँ उसने तीस-चालीस मिनट का समय यह सोच-विचार करने में व्यतीत किया कि क्या प्राथमिक विद्यालयों में पढ़ाए जाने के लिए इतिहास की कोई ऐसी पुस्तक तैयार की जा सकती है, जिसमें युद्धों, सामूहिक हत्याओं, घातक लड़ाई-झगड़ों और हिंसात्मक मौतों का विशिष्ट उल्लेख न हो। यॉर्क और लंकास्टर काल और नेपोलियन का युग, उसने खुद स्वीकार किया कि बहुत मुश्किलें पेश करेगा और 'तीस वर्ष का युद्ध' अगर पूरी तरह उस इतिहास से निकाल दिया तो एक बड़ा अंतराल उत्पन्न हो जाएगा। फिर भी कुछ तो हासिल अवश्य होगा अगर एक बहुत प्रभावनीय उम्र में बच्चों का ध्यान स्पेन के जंगी जहाजों के बेड़े या वाटरलू युद्ध से हटाकर सूती कपड़े की छपाई के आविष्कार पर लगाया जा सके।

उसको ध्यान आया कि अब बच्चों के कमरे में वापस जाकर देखना चाहिए कि वे उन मैत्रीपूर्ण खिलौनों के साथ कैसा व्यवहार कर रहे हैं, उनसे कुछ सीख भी रहे हैं या नहीं। जैसे ही वह दरवाजे के बाहर आकर खड़ा हुआ, उसके कानों में ऐरिक की आदेशभरी आवाज़ पड़ी, बर्टी भी बीच-बीच में कोई उपयोगी सुझाव दे रहा था।

''वह लुइस चौदह है'', ऐरिक कह रहा था, ''वह जो घुटनों तक का निकर पहने हुए है, उसके बारे में अंकल ने बताया था कि वह रविवारीय स्कूलों का संस्थापक है। यह बिल्कुल भी उस जैसा नहीं है, लेकिन इसे वही करना होगा।''

''हम अपने रंग के डिब्बे से बारी-बारी से उसे बैंगनी रंग देंगे'', बर्टी ने कहा।

''हाँ और एड़ियाँ लाल। वह है मदाम डे मेंटेनॅन, उधर वाली का नाम श्रीमती

हेमन्स होगा। वह लुइस से इस अभियान पर न जाने का निवेदन करती है, लेकिन लुइस उसकी बात नहीं सुन रहा है। वह मार्शल सैक्से को अपने साथ लेता है और हमें मान लेना चाहिए कि हजारों आदमी उनके साथ हैं। संकेत शब्द है क्विवीव अर्थात् वहाँ कौन है? और जवाब होगा—L' Ctát c'est moi यह उसका पसंदीदा वाक्य होता था। वे घनी रात में मैनचेस्टर पहुँचते हैं, और एक षड्यंत्रकारी उन्हें महल की चाबियाँ देता है।''

थोड़े खुले दरवाजे में से झाँककर हार्वे ने देखा कि नगर-निगम के कचरा घर में छेद कर दिए गए हैं, ताकि यह लगे कि उनसे बंदूकों की नाल बाहर निकल रही है और मैंनचेस्टर में अब किले की घेराबंदी दुखद हो गई है; जॉन स्टुआर्ट मिल को लाल स्याही में डुबो दिया गया था और अब वह मार्शल सैक्से बना खड़ा था।

लुइस अपने घुड़सवार सैनिकों को यंग वीमेन्स क्रिश्चियन ऐसोसिएशन को चारों तरफ से घेरने का हुक्म देता है और अनेक लड़कियों को कब्ज़े में कर लिया जाता है। 'एक बार लूवर वापस पहुँच जाएँ और फिर सारी लड़कियाँ मेरी' वह चीख-चीखकर कहता है। हमें उनमें से एक लड़की के लिए फिर से श्रीमती हेमन्स का इस्तेमाल करना होगा, वह कहती है 'कभी नहीं' और मार्शल सैक्से के सीने में छुरा घोंप देती है।

''उसके बदन से बुरी तरह खून बह रहा है।'' बर्टी चिल्लाया और उसने वास्तव में ऐसोसिएशन भवन के अग्रभाग पर लाल स्याही छिड़क दी।

''सैनिक दौड़कर अंदर आते हैं और बड़ी बर्बरता से उसकी मौत का बदला लेते हैं। सौ लड़कियाँ मारी जाती हैं।'' बर्टी ने बाकी लाल स्याही उस इमारत पर खाली कर दी और जीवित बची पाँच सौ लड़कियों को घसीटकर फ्रांस के जहाजों पर लाद दिया गया। ''हमने एक मार्शल खो दिया है'', लुइस कहता है, ''लेकिन मैं खाली हाथ नहीं लौट रहा हूँ।''

हार्वे चुपचाप कमरे से बाहर निकलकर अपनी बहन के पास जा पहुँचा।

''इलीनॉर।'' उसने कहा, ''हमारा प्रयोग।''

''हाँ, क्या?''

''फेल हो गया।'' हमने बहुत देर से शुरुआत की है।

□

सातवाँ चूजा

"यह रोज़मर्रा का चक्की चलाना नहीं है, जिसकी मैं शिकायत कर रहा हूँ।" ब्लैन्किंथ्रॉप ने रोष व्यक्त करते हुए कहा, "यह सवाल दफ्तर के समय के बाद की मेरी उबाऊ एवं अत्यंत नीरस जिंदगी से जुड़ा है। मेरी जिंदगी में कुछ भी रोचक, कुछ भी असाधारण नहीं घटता है। मैं जब कभी भी कुछ ऐसा करने की कोशिश करता हूँ जिसमें मेरी रुचि होती है, वह काम दूसरों को पसंद नहीं आता। उदाहरण के लिए मेरे बगीचे को ही लो।"

"वह आलू, जिसका वज़न सिर्फ दो पौंड से कुछ अधिक था।" उसके दोस्त गारवर्थ ने कहा।

"क्या मैंने उसके बारे में आपको बताया था?" ब्लैन्किंथ्रॉप ने कहा, "मैं इस सुबह ट्रेन में दूसरों को बता रहा था। अगर मैंने आपको बताया भी होगा तो मुझे याद नहीं।"

"सच कहूँ तो मैंने आपको बताया था कि उसका वज़न दो पौंड नीचे था, लेकिन मैंने इसे इस तरह लिया कि असामान्य सब्जियों और ताज़ा पानी की मछलियों का एक मरणोत्तर जीवन होता है, जिसमें विकास अवरुद्ध नहीं होता है।"

"आप बिल्कुल दूसरों के समान हैं, ब्लैन्किंथ्रॉप ने गंभीर होकर कहा, "आप इसका सिर्फ मज़ाक उड़ाते हैं।"

"दोष उस आलू का है हमारा नहीं", गारवर्थ ने कहा, "इसमें हमारी क़तई दिलचस्पी नहीं है, क्योंकि यह बिल्कुल भी रुचिकर नहीं है। जिन लोगों के साथ आप रोज़ाना ट्रेन में जाते हैं, वे उसी स्थिति में हैं जिस स्थिति में आप हैं और वे निश्चित रूप से दूसरे लोगों की जिंदगी में साधारण घटनाओं पर उत्साह लुटानेवाले नहीं हैं। उन्हें कुछ चौंकानेवाली नाटकीय, चटपटी घटना सुनाओ जो आपके साथ, आपके परिवार के किसी अन्य व्यक्ति के साथ घटी हो और आप देखेंगे कि आपने तुरंत उनका ध्यान अपने दिलचस्प किस्से में बाँध लिया है।" वे अपने सभी परिचितों से आपके बारे में कुछ-कुछ व्यक्तिगत अभिमान के साथ बात करेंगे। "मैं उस आदमी को बहुत अच्छी तरह जानता हूँ, मेरा साथी है, नाम है ब्लैन्किंथ्रॉप, मेरे रास्ते में ही उसका घर पड़ता है।

एक बार की बात है वह केंकड़ा पकड़कर रात्रि-भोज के लिए घर ले जा रहा था, कि केंकड़ा उसकी दो उँगलियाँ पूरी तरह साफ कर गया। डॉक्टर कहता है कि पूरा हाथ काटना पड़ेगा।'' अब यह एक बहुत उच्चकोटि का वार्त्तालाप बन चुका है। लेकिन जरा सोचिए, आप एक टेनिस क्लब में टहल रहे हैं और आपके मन में यह बात घूम रही है, कि मैं एक आदमी को जानता हूँ, जिसने सवा दो पौंड वज़न का एक आलू उगाया है।

''परंतु छोड़ो यह सब, मेरे प्यारे दोस्त।'' ब्लैन्किंथ्रॉप ने अधीर होते हुए कहा, ''क्या मैंने अभी-अभी आपको बताया नहीं है कि मेरे साथ कभी भी असाधारण किस्म की कोई घटना नहीं होती है ?''

''कुछ कल्पना करो'', गारवर्थ ने कहा, ''एक प्रारंभिक स्कूल में धर्मग्रंथ संबंधी ज्ञान में श्रेष्ठता के लिए एक पुरस्कार जीतने के समय से ही उसने मान लिया था कि जिन लोगों के बीच उसका उठना-बैठना है, उनके मुकाबले वह थोड़ा अधिक बेईमान होने का हक़ रखता है। उस व्यक्ति के लिए निश्चित रूप से क्षमा की कुछ अधिक गुंजाइश हो सकती है, जिसने बालपन में ही उन सत्रह वृक्षों के नाम बता दिए, जिनका उल्लेख बाइबिल के प्राचीन टेस्टामेंट में मिलता है।''

''किस तरह की मनगढ़ंत बातें ?'' ब्लैन्किंथ्रॉप ने कुछ चिड़चिड़ेपन से पूछा।

''कल सुबह एक साँप आपके मुरगीख़ाने में घुस गया और सात में से छह चूजों को साँप ने मार दिया, साँप ने पहले तो अपनी आँखों से उन्हें वशीभूत किया और फिर निरीह खड़े चूजों को उसने काट खाया। सातवाँ चूजा फ्रेंच नस्ल का था, उसकी आँखें घने परों से ढकी हुई थीं, जिसके कारण वह साँप की टकटकी के वशीभूत होने से बच गया और फिर वह उड़कर साँप पर झपटा तथा उसने साँप के टुकड़े-टुकड़े कर डाले।''

''धन्यवाद।'' ब्लैन्किंथ्रॉप ने रुखाई से कहा, ''बड़ी चतुर कल्पना है। अगर मेरे मुरगी ख़ाने में ऐसा कुछ हुआ होता तो मैं स्वीकार करता हूँ, मुझे इसके बारे में लोगों को बताने में गर्व का अनुभव हुआ होता। लेकिन ऐसा करने की बजाय मैं सामान्य सच के साथ ही रहना चाहूँगा ''फिर भी उसका मन उत्सुकतावश सातवें चूजे के किस्से के इर्द-गिर्द ही घूमता रहा। वह सोचने लगा जैसे वह ट्रेन के डिब्बे में बैठा हुआ साथी यात्रियों को सातवें चूजे का किस्सा सुना रहा है और वे बड़े ध्यान से सुन रहे हैं। इसी बेसुधी में सब तरह का छोटा-मोटा ब्यौरा तथा सुधारात्मक सुझाव स्वत: उभरकर आने लगे।

अगले दिन सुबह रेल के डिब्बे में अपनी सीट लेते समय भी उसका मन किस्सा सुनाने की उत्सुकता से भरा हुआ था। उसके सामने की सीट पर स्टीवोन्हम बैठा हुआ था, जिसे लोग उस समय से अच्छी तरह पहचानने और सम्मान देने लगे थे, जब उसने एक किस्सा सुनाया था कि किस तरह उसके एक अंकल की संसदीय चुनाव में वोट डालने के दौरान मृत्यु हो गई थी। वह घटना तीन वर्ष पहले हुई थी, लेकिन स्टीवेन्हम

को आज भी इतना महत्त्व प्राप्त था कि देश और विदेश की राजनीति से संबंधित सभी सवालों पर उसकी राय माँगी जाती थी।

''हलो वह विशाल मशरूम अथवा जो कुछ भी था कैसा है ?''

ब्लैन्किंथ्रॉप को अपने साथी यात्रियों से यही सवाल सुनने को मिलता था।

उन्हीं लोगों में उक्रबी नाम का एक व्यक्ति था, जिसे वह कुछ कम पसंद करता था। उक्रबी ने घर-परिवार में सोग का किस्सा सुनाकर तुरंत सबका ध्यान अपनी ओर खींच लिया था।

''पिछली रात एक ज़बरदस्त बड़े चूहे ने चार जवान कबूतरों को मार डाला। ओह, कितना भयंकर था, वह उस छेद को देखकर ही अनुमान लगाया जा सकता है, जो उसने कबूतरख़ाने में घुसने के लिए बनाया था।''

कोई मामूली आकार का चूहा इतना भीषण उपद्रव नहीं कर सकता था वे सब-के-सब अपनी दुष्टता में भी भयंकर थे।

''बड़ा कठिन समय था। वह उक्रबी ने कहना जारी रखा, यह देखते हुए कि श्रोताओं का ध्यान और सम्मान उसे मिल रहा है। एक ही झपट्टे में चार कबूतर साफ। अप्रत्याशित दुर्भाग्य के मार्ग में इसका जोड़ कदाचित् ही मिले।''

''कल दोपहर एक साँप ने मेरे मुरगियों के बाड़े में सात से छह चूजों को मार डाला।'' ब्लैन्किंथ्रॉप ने ऐसी आवाज़ में कहा, जिसे पहचानना खुद उसके लिए आसान नहीं था।

''एक साँप ने ?'' श्रोताओं ने भौंचक होकर पूछा।

''साँप ने अपनी भयावह चमकती आँखों से पहले तो उनको एक-एक कर अपने वश में किया और फिर उन निरीह चूजों को मार डाला। बिस्तर से उठ सकने में असमर्थ एक पड़ोसी ने अपने शयनकक्ष की खिड़की से यह पूरा कांड देखा, लेकिन वह मदद के लिए किसी को पुकार नहीं सका।''

''अच्छा मैंने कभी!'' सुननेवालों के मुँह से एक साथ निकला, लेकिन सुरों में घट-बढ़ थी।

''इसका रोचक हिस्सा सातवें चूजे के बारे में है, वह चूजा जो बच गया, मारा नहीं गया।'' ब्लैन्किंथ्रॉप ने धीरे से सिगरेट सुलगाकर कहना जारी रखा। उसका आत्मसंशय दूर हो गया था और वह महसूस करने लगा था कि एक बार हिम्मत आना शुरू हो जाए तो दुष्टता कितनी सुरक्षित एवं सहज लगने लगती है। ''छह चूजे मिनोर्का नस्ल के थे और सातवाँ एक हूडन था, जिसकी आँखों के चारों तरफ घने पर थे। इसी कारण वह साँप को नहीं देख पाया और दूसरे चूजों की भाँति साँप के वशीभूत नहीं हो सका। उसने ज़मीन पर कुछ रेंगते हुए देखा। उस पर झपट पड़ा और उसे मार दिया।''

''ठीक, मैं धन्य हुआ!'' सब एक सुर में बोले।

अगले कुछ दिनों के दौरान ब्लैन्किंथ्रॉप को पता चल गया कि जब दुनिया में किसी को आदर-सम्मान प्राप्त हो जाता है तो यह बात बेमानी हो जाती है कि उसने आत्म-सम्मान खो दिया है। उसका किस्सा मुरगी पालन संबंधी एक अखबार में छप गया और फिर उसकी नकल लोगों की बढ़ती दिलचस्पी को देखते हुए दैनिक अख़बारों में छपने लगी। उत्तरी स्कॉटलैंड से एक महिला ने उसी प्रकार की एक घटना के बारे में लिखा, जिसे उसने खुद देखा था। यह विवरण एक नेवले और एक अंधे मुरगे के बीच हुई घमासान लड़ाई का था। जब किसी झूठ को आप बचाव का उपाय कह सकते हैं तो वह झूठ बहुत गंभीर भर्त्सना के योग्य नहीं रह जाता है।

सातवें चूजे की कहानी को अपनानेवाले व्यक्ति ने कुछ समय तक इस खुश फहमी के एहसास को भोगा कि वह भी एक महत्त्वपूर्ण व्यक्ति है, अपने समय की अनोखी घटनाओं का कुछ साक्षी वह भी रहा है। फिर एक बार पुनः उसे महत्त्व के दायरे से निकलकर उदासीनता की ठंडी कोठरी में धकेल दिया, जब स्मिथ पैडों नाम के एक दैनिक साथी यात्री को सहसा महत्त्व दिया जाने लगा, जिसकी नन्ही बच्ची को संगीत-नृत्य सुखांत नाटकों की एक अभिनेत्री की कार ने टक्कर मारी थी और लगभग घायल कर दिया था। उस समय कार में वह अभिनेत्री नहीं थी, लेकिन ज़ोटो डॉबरीन के प्रतिष्ठित समाचार-पत्रों में उसकी अनेक तसवीरें छपी थीं, जिनमें उससे श्रीमान एडमंड स्मिथ पैडों की बेटी की कुशलक्षेम के बारे में पूछताछ किए जाते दिखाया गया था। इस रोचक विवरण को सुनने के लिए अत्युत्सुक साथी यात्रियों ने ब्लैन्किंथ्रॉप को उस समय करीब-करीब झिड़क दिया, जब उसने अपने चूजाघर से साँपों और विदेशी बाज़ों को बाहर रखने की कपट योजना के बारे में बताने का प्रयास किया।

गारवर्थ ने जिसे उसने एकांत में अपने मन की बात बता दी थी, उसे फिर वही सलाह दी, जो पहले दी थी।

''कुछ कल्पना करो।''

''ठीक है, लेकिन क्या?''

तत्काल सहमति के साथ सवाल का जुड़ना नैतिक सिद्धांत से हटने का स्पष्ट संकेत था।

कुछ दिनों के बाद ब्लैन्किंथ्रॉप ने पारिवारिक इतिहास का एक अध्याय रेल डिब्बे में रोजमर्रा के सहयात्रियों को सुनाया।

''मेरी एक आंटी, जो पेरिस में रहती हैं, के साथ अजीब तरह की घटना हुई'', उसने बताना शुरू किया। उसकी कई आंटियाँ थीं, लेकिन वे सब ग्रेटर लंदन में अलग-अलग जगहों पर थीं।

''एक दोपहर रूमानियन लीग्रेशन में लंच लेने के बाद वह बोइस में एक सीट पर बैठी हुई थी।''

कहानी में रोमांच पैदा करने के लिए जिस क्षण 'कूटनैतिक माहौल' तैयार करने की कोशिश की गई, उसी क्षण वर्तमान घटनाओं के विवरण के रूप में उसे मान्यता मिलनी बंद हो गई। गारवर्थ ने अपने नए शिष्य को पहले ही सावधान कर दिया था कि ऐसा हो सकता है, लेकिन नौसिखिए का परंपरागत उत्साह उसके विवेक पर हावी हो गया था।

''वह कुछ-कुछ उनींदी हो रही थी, शायद यह शेंपेन पीने का असर था, क्योंकि वह दिन के बीच में पीने की अभ्यस्त नहीं थी''

सुननेवालों की फुसफुसाहट बता रही थी कि उन्हें कहानी में मजा आने लगा है। ब्लैन्किंथ्रॉप की आंटियों को साल के बीच शैंपेन लेने की आदत नहीं थी, क्योंकि उनकी धारणा थी कि सिर्फ क्रिसमस और नए वर्ष के अवसर पर उसका पान किया जाता है।

तत्काल एक स्थूलकाय भला मानुस उसके सामने से गुजरा और एक सिगार जलाने के लिए एक पल रुक गया। तभी एक जवान छोकरा उसके पीछे आया, जिसने गुप्ती से एक तेज़ कटार निकाली और करीब छह-सात बार पीछे से उस पर वार किया। 'बदमाश', वह पीड़ित पर चिल्लाया, ''तू मुझे जानता नहीं। मेरा नाम हेन लेटर्क है।'' घायल व्यक्ति ने अपने कपड़ों से कुछ खून साफ किया, फिर हमलावर की ओर मुड़ा और बोला, ''और कब से हत्या के किसी प्रयास को अपना परिचय देने की जरूरत पड़ने लगी है?'' फिर उसने अपनी सिगार ठीक से जलाई और आगे बढ़ गया। मेरी आंट चिल्लाकर पुलिस को बुलाना चाहती थी, लेकिन फिर यह देखकर कि इस पूरे कांड में मुख्य पात्र ने जो उदासीनता दरशाई है, उसे ध्यान में रखते हुए उसने सोचा कि इस मामले में किसी तरह का दखल देना गुस्ताख़ी होगी। निस्संदेह मुझे यह बताने की आवश्यकता नहीं है कि आंटी ने सारा दोष एक गरम निद्राजनक दुपहरी तथा लीगेशन शैंपेन के असर के सिर मढ़ दिया। कहानी का अचंभित करनेवाला हिस्सा अब आता है। करीब दो सप्ताह बाद एक बैंक मैनेजर को बोइस के उसी भाग में छुरा घोंपकर मार डाला गया। उसका क़ातिल उसी बैंक की एक भूतपूर्व नौकरानी का बेटा था, जिसे मैनेजर ने असंयमी व्यवहार के कारण नौकरी से निकाल दिया था। उसका नाम हेनरी लेटर्क था।

उसी पल से ब्लैन्किंथ्रॉप को उस गुट का मॅन्चॉज़न (अतिशयोक्तिपूर्ण कहानीकार) स्वीकार कर लिया गया। उनकी असंदिग्धता की क्षमताओं को परखने के प्रयोजन से उससे रोज़ाना कोई-न-कोई किस्सा सुनाने की फरमाइश की जाने लगी और ब्लैन्किंथ्रॉप एक आश्वस्त एवं ग्रहणशील श्रोता समूह की झूठी सुरक्षा में अपनी ओर से एक-से-एक बढ़कर अद्‌भुत किस्से गढ़ने में व्यस्त रहने लगा। उक्रबी ने भी एक पालतू ऊदबिलाव की व्यंग्यपूर्ण कहानी सुनाई थी, जिसके पास तैरने के लिए बगीचे में अपना एक तालाब था

और जब कभी उसे तालाब में पानी कम दिखाई देता, वह बेचैनी से कूँ-कूँ करना और झींकना शुरू कर देता था। उक्रबी ने यह पैरोडी ब्लैन्किंथ्रॉप की सिरफिरी कहानियों पर कटाक्ष के रूप में बनाई थी, जो कतई अनुचित नहीं थी। और फिर एक दिन प्रतिशोध की देवी आ पहुँची।

एक शाम अपने विला की ओर लौटते समय ब्लैन्किंथ्रॉप ने अपनी पत्नी को ताशों की एक गड्डी लेकर बैठा पाया, जिसे वह बहुत अधिक ध्यान से जाँच-परख रही थी।

"वही पुराना सहनशीलता का खेल?" उसने लापरवाही से पूछा।

"नहीं, प्रिय यह खोपड़ी की सहनशक्ति का खेल है सबसे कठिन। मैं इसे कभी समझ नहीं पाई और किसी तरह मैंने इसे हल कर भी लिया तो मैं समझती हूँ वह स्थिति मेरे लिए भयावह होगी। माँ इसे अपने जीवन-काल में केवल एक बार हल कर सकी, वह भी इससे डरती थी। उसकी नानी ने एक बार इसे हल किया और उत्तेजना के मारे अगले ही क्षण उसकी मृत्यु हो गई। माँ को हमेशा यह डर रहता था कि यह खेल उसके हिस्से में कभी आया तो वह मर जाएगी। उसी रात वह मर गई जिस रात उसने इस खेल को समझने की कोशिश की। यह ठीक है कि तब उनकी तबियत ठीक नहीं थी, लेकिन यह एक अजब संयोग था।"

"अगर तुम्हें डर लगता है तो कोशिश भी मत करना।" ब्लैन्किंथ्रॉप ने कमरे से निकलते हुए सच बात कह डाली। कुछ ही पल बीते होंगे कि उसकी पत्नी ने पुकारा।

"जॉन इसने मुझे बहुत चक्कर में डाल दिया, जबकि मैं इसे हल करने के काफी नज़दीक आ गई थी। अंत में ईंट के पंजे ने मुझे रोक दिया। मैं वास्तव में यही समझ रही थी कि मैंने गुत्थी सुलझा ली है।"

"क्यों, तुम इसे हल कर सकती हो।" ब्लैन्किंथ्रॉप ने कहा, जो कमरे में लौट आया था, "अगर तुम चिड़ी की अट्ठी उस खुले नहले पर चढ़ा दो तो पंजी को छक्के की तरफ बढ़ाया जा सकता है।

उसकी पत्नी ने दिए गए सुझाव के अनुसार चाल चली, किंतु ऐसा करते हुए उसकी उँगलियाँ कँपकँपा रही थीं, बकाया पत्तों को उसने संबंधित गड्डियों पर रख दिया। फिर उसने अपनी माँ और पदलादी के उदाहरण का अनुसरण किया।

ब्लैन्किंथ्रॉप को वास्तव में अपनी पत्नी से लगाव था, लेकिन सोग के बीच एक प्रबल विचार अपने आप जबरदस्ती चला आया। उसके जीवन में अंततः कुछ सनसनीखेज़ और असल का दखल हो ही गया, उसके जीवन से अब खिन्नता एवं नीरसता मिट गई थी। उसकी घरेलू त्रासदी को उपयुक्त रूप से वर्णित कर सकने योग्य समाचार के शीर्षक स्वतः उसकी बुद्धि में आकार लेने लगे। "खोपड़ी की सहनशक्ति; पत्तों का खेल, जिसने तीन पीढ़ियों में अपने मनहूस नाम को सही सिद्ध किया।" उसने

प्राणघातक घटना की एक पूरी कहानी इसेक्स विडेट के लिए लिखी, जिसका संपादक उसका अपना एक मित्र था और एक दूसरे मित्र को उसने घटना का संक्षिप्त विवरण आधी पेनी दैनिक अखबारों के दफ्तरों में पहुँचाने के लिए दिया। लेकिन दोनों मामलों में एक मिथ्यावादी लेखक के रूप में उसकी प्रतिष्ठा उसकी आकांक्षाओं की पूर्ति के रास्ते में बुरी तरह रोड़ा बन गई थी।

"सोग के दौरान दिमाग को अवास्तविक एवं मिथ्यावादी कल्पना लोक में दौड़ाते रहना उचित नहीं है", उसके मित्रों ने आपस में स्वीकार किया और स्थानीय दैनिक अखबार के समाचार स्तंभ में इस संक्षिप्त शोक-संदेश का छपना कि हमें "हमारे माननीय पड़ोसी श्री जॉन ब्लैन्किंथ्रॉप की पत्नी का दिल का दौरा पड़ने से हुए अकस्मात् निधन पर गहरा दुःख है।" किसी भी प्रकार की व्यापक लोकप्रियता पाने की दिशा में उसके सपनों का दयनीय एवं निरालंब परिणाम था।

ब्लैन्किंथ्रॉप ने अपने तत्कालीन सहयात्रियों के गुट से किनारा कर लिया और पहलेवाली ट्रेन से शहर जाना शुरू कर दिया। अब वह कभी-कभी इत्तफाक से मिले किसी परिचित को अपनी सबसे बढ़िया कतारी चिड़िया की सीटी बजाने की क्षमता या अपने सबसे बड़े चुकंदर के आकार-प्रकार के बारे में विस्तार से बताकर उसकी सहानुभूति पाने की चेष्टा करता है, अब वह अपना परिचय उस आदमी के रूप में नहीं देता है, जिसकी बहुत चर्चा हुआ करती थी और जिसे सातवें चूजे का मालिक कहकर पुकारा जाता था।

□

झाँसा-पट्टी के दाँव-पेच

वसंत का मौसम, लगता था इस बार देर से आया है। इसी मौसम की एक दुपहरी में इला मैकार्थी कन्सिंग्रटन गार्डंस में हरे रंग की एक कुरसी पर बैठी हुई पार्क लैंडस्केस के एक नीरस विस्तार को निरुत्सुकता से निहार रही थी, जो उस समय अचानक एक तेज़ प्रकाश में खिल उठा, जब बीच की दूरी में एक अप्रत्याशित आकृति दिखाई दी।

''हैलो बर्टी!'' उसने सौम्यतापूर्वक स्वागत भाव से कहा, जैसे ही उस अचानक आए मेहमान ने उसके बिल्कुल निकट रंगलिप्त कुरसी में बड़ी उत्सुकता से अपनी तशरीफ रखी और अपनी पतलून का पूरा-पूरा ध्यान रखते हुए कहा, ''क्या तुम्हें नहीं लगता कि इस मौसम की यह सबसे बढ़िया दुपहरी है?''

जहाँ तक इला की अपनी भावनाओं का संबंध है, यह कथन एकदम असत्य था; जब तक बर्टी नहीं आया था, वह दुपहरी सब कुछ थी, लेकिन परिपूर्ण नहीं थी।

बर्टी ने एक उपयुक्त उत्तर दिया, जिसमें एक सवाल भी लहराता हुआ प्रतीत होता था।

''उन सुंदर रूमालों के लिए तुम्हें बहुत-बहुत धन्यवाद।'' इला ने अव्यक्त सवाल का जवाब देते हुए कहा, ''वे बिल्कुल वैसे ही थे, जैसे मैं चाह रही थी। सिर्फ एक बात ने तुम्हारे उपहार में मेरी खुशी को बिगाड़कर रख दिया।'' उसने मुँह लटकाकर आगे कहा। ''वह क्या बात थी?'' बर्टी ने चिंता जताते हुए पूछा, ''उसे डर था कि कहीं उसने स्त्रियों के हिसाब से सही आकार का रूमाल चुनने में कोई गलती तो नहीं कर दी।''

''मुझे चाहिए था कि रूमालों के मिलते ही मैं तुमको लिखती और तुम्हारा शुक्रिया अदा करती।'' इला ने कहा और बर्टी नौवें आसमान पर पहुँच गया।

''तुम जानती हो माँ कैसी है?'' उसने आपत्ति जताई, ''वह मेरे सारे ख़त खोल लेती है और अगर उसे पता चले कि मैं किसी को उपहार देता रहा हूँ तो यही बात

अगले पंद्रह दिनों के लिए चर्चा का विषय बनी रहेगी।''

''सच्ची, बीस साल की उम्र में।'' इला कहने लगी।

''सितंबर तक मैं बीस साल का नहीं हूँ।'' बर्टी ने टोका।

''उन्नीस साल और आठ माह की उम्र में'', इला ने कहना जारी रखा, ''तुम्हें यह हक़ मिलना चाहिए कि तुम अपने ख़तों को अपने पास रख सको।''

''जानता हूँ यही होना चाहिए, लेकिन परिस्थितियाँ हमेशा वैसी नहीं होती हैं जैसी होनी चाहिए। माँ घर में आए हर ख़त को खोल लेती है, चाहे किसी के लिए हो। मेरी बहनों ने और मैंने बहुत बार इस पर ऐतराज़ जताया है, लेकिन माँ है कि मानती नहीं।''

''अगर मैं तुम्हारी जगह होती तो उसे रोकने का कोई रास्ता ज़रूर निकालती।'' इला ने बहादुरी से कहा और बर्टी ने महसूस किया कि उसने अच्छी तरह सोच-समझकर जो उपहार दिया था, उसका आकर्षण, उसका जादू, असहमति की सीमाओं में सिमटकर फीका पड़ गया है।

''क्या कोई बात हुई है ?'' बर्टी के दोस्त क्लोविस ने पूछा, ''जब तरण-ताल में स्नान के समय उन दोनों की भेंट हुई।''

''क्यों पूछते हो।'' बर्टी ने कहा।

''जब तरण-ताल में स्नान करते हुए तुम्हारे चेहरे पर दुखभरी उदासी छाई होती है।'' क्लोविस ने कहा, ''तब यह साफ पता चल जाता है कि तुम्हारे चेहरे पर उदासी के अलावा कुछ नहीं है। क्या उसे रूमाल पसंद नहीं आए ?''

बर्टी ने सारी स्थिति विस्तार से बता दी।

''तुम समझ सकते हो, यह सोचकर कितनी पीड़ा होती है।'' उसने आगे कहा, ''जब कोई लड़की बहुत सी बातें तुमको लिखना चाहती है और एक ख़त तुमको सीधे रास्ते नहीं भेज सकती, कोई-न-कोई तरकीब सोचनी पड़ती है।''

''किसी के आशीर्वादों का महत्त्व क्या होता है यह आप उस समय नहीं समझ पाते हैं, जब आप उनमें आनंदित हो रहे होते हैं'', क्लोविस ने कहा, ''लोगों को लिख न पाने की दशा में बहाने गढ़ने के लिए अब मुझे बहुत चतुराई से काम लेना पड़ता है।''

''यह कोई मज़ाक का विषय नहीं है।'' बर्टी ने नाराज़गी जताते हुए कहा, ''अगर आपकी माँ आपके सारे ख़त खोलती होती, तब आपको यह ठिठोली नहीं सूझती।''

''मेरे लिए हँसी की बात यह है कि तुम उसे ऐसा करने देते हो।''

''मैं नहीं रोक सकता। मैं इसके बारे में बहस कर चुका हूँ।''

''मुझे लगता है तुमने सही ढंग की दलील का इस्तेमाल नहीं किया है। अब अगर किसी भी समय तुम्हें पता चले कि तुम्हारा कोई ख़त खोला गया है, तुम डिनर के दौरान खाने की मेज पर पीठ के सहारे लेट जाओ और दौरा पड़ने का नाटक करो या आधी रात में पूरे परिवार को जगाकर ब्लैक की 'पोइम्स ऑफ इलोसेंस' में से कोई कविता सुनाना शुरू कर दो, फिर तुम देखोगे कि अगली बार तुम्हारी आपत्तियों पर पहले से अधिक ध्यान दिया जा रहा है। लोग भोजन के समय किसी गड़बड़ी या रात के आराम में ख़लल पड़ने पर जितना सोच-विचार करते हैं, उतनी चिंता से किसी टूटे दिल के बारे में कभी नहीं करते हैं।''

''अरे सूखे।'' बर्टी ने पानी में गोता लेने के बाद क्लोविस पर ऊपर से नीचे तक पानी उछालते हुए, उसकी बात काटने के लिहाज़ से कहा।

तरण-ताल में स्नान के दौरान हुई इस बातचीत के एक या दो दिन बाद बर्टी हीसन्ट को संबोधित एक पत्र, यानी ख़त उसके घर के बाहर लगे लेटर बॉक्स में डाल दिया गया और फिर वह उसकी माँ के हाथों में पहुँच गया। श्रीमती हीसन्ट उन खाली दिमाग लोगों में से थीं, जिन्हें दूसरे लोगों के मामले हमेशा दिलचस्प लगते हैं। ऐसे मामले जितने ज़्यादा वैयक्तिक अथवा निजी होते हैं, वे उतनी ही अधिक गहरी दिलचस्पी जगाते हैं। इस ख़त को भी उन्होंने हर हालत में खोल लिया होता, अगर उस पर 'प्राइवेट' न लिखा होता; किंतु उसमें से आ रही एक मोहक एवं तीव्र सुगंध के कारण उनसे रुका नहीं गया और कुछ भी आगे सोच-विचार किए बिना उन्होंने लिफाफा खोलकर ख़त निकाल लिया। ख़त में जो कुछ लिखा था, उनके लिए बहुत चौंकानेवाला तथा उनकी सभी कल्पनाओं के परे था।

''बर्टी, डियर।'' ख़त में लिखा था, ''मुझे संदेह है कि तुम यह कर पाओगे, इसके लिए कुछ हिम्मत भी जुटानी पड़ेगी। वे गहने मत भूल जाना। छोटी सी बात है, लेकिन छोटी-छोटी बातें मुझे रोचक लगती हैं।''

सदैव आपकी

क्लोरिल्डे।

''तुम्हारी माँ को मेरा पता नहीं चलना चाहिए। यदि पूछें तो कस उठाकर कह देना कि तुम मुझे जानते भी नहीं हो।''

श्रीमती हीसेन्ट वर्षों से बर्टी के ख़तों को बड़ी बारीकी से देखती आ रही थीं, क्योंकि उन्हें हमेशा डर बना रहता था कि कहीं वह बुरी संगत या लड़कियों के चक्कर में तो नहीं पड़ गया। और ख़त के मज़मून ने उनके संदेह को सही साबित कर दिया।

कोई लड़की 'क्लोरिल्डे' जैसे कामुक नाम से बर्टी को ख़त लिख रही थी और ख़त के अंत में अपने नाम से पहले 'सदैव' शब्द का प्रयोग गहनों का विस्मयकारी हवाला दिए बिना भी, काफी चौंकानेवाला था। श्रीमती हीसेन्ट को उन उपन्यासों एवं नाटकों की याद आ गई, जिनमें गहनों-जेवरों की बड़ी रोमांचक एवं प्रभावी भूमिका रही है, और यहाँ उनकी अपनी छत के नीचे उनकी आँखों के सामने ही उनका अपना बेटा ऐसी आशनाई कर रहा था, जिसमें गहनों का जिक्र सिर्फ एक छोटी सी बात थी। बर्टी अभी एक घंटे तक घर लौटनेवाला नहीं था, लेकिन उसकी बहनें मौजूद थीं, जिनके सामने तत्काल मन का भारी बोझ हलका किया जा सकता था।

"बर्टी किसी महत्त्वाकांक्षी लड़की के जाल में फँस गया है", वह चिल्लाई, "उसका नाम क्लोरिल्डे है," उन्होंने आगे कहा जैसे कि मान बैठी हों कि इसका अंजाम कितना बुरा होनेवाला है, उन्हें बेहतर पता होना चाहिए। जवान लड़कियों को जीवन की अधिक खेदजनक वास्तविकताओं की जानकारी से बचाए रखना कभी-कभी भलाई से ज़्यादा नुकसान कर जाता है।

जब तक बर्टी आया उसकी माँ ने उसके पापी रहस्य के बारे में हरसंभव और असंभाव्य अटकलों पर विचार-विमर्श कर लिया था; लड़कियों ने अपनी राय को इस निष्कर्ष तक सीमित रखा कि उनका भाई कमज़ोर हो सकता है, लेकिन धूर्त नहीं है।

"क्लोटिल्डे कौन है ?" यह सवाल बर्टी के मुँह पर दाग दिया गया, इससे पहले कि वह ठीक है कह पाता। ऐसे किसी भी व्यक्ति की कोई जानकारी से इनकार करने पर उसे कटाक्षपूर्ण ठहाकों का सामना करना पड़ा।

"तुमने अपना सबक कितनी अच्छी तरह सीखा है।" श्रीमती हीसेन्ट ने चिल्लाकर कहा। लेकिन यह कटाक्ष प्रचंड क्रोध में बदल गया, जब उन्होंने देखा कि बर्टी उस बारे में और कुछ बतानेवाला नहीं है।

"तुम्हें कोई डिनर नहीं मिलेगा, जब तक तुम सब कुछ कबूल नहीं कर लेते।" बर्टी की माँ ने गुस्से से कहा।

बर्टी ने जवाब में कुछ कहने के बदले जल्दी-जल्दी रसोईघर से खाने के लिए थोड़ा-बहुत सामान बटोरा और अपने शयनकक्ष में जाकर बंद हो गया। उसकी माँ बार-बार उसके बंद दरवाजे तक जाती और अपना एक ही सवाल वहाँ ठोककर चली आती, यह सोचकर कि अगर एक ही सवाल बहुत बार पूछा जाए तो अंततः जवाब अवश्य मिलेगा। बर्टी ने उस धारणा को बढ़ावा देने के लिए कुछ नहीं किया। इस एकतरफा निष्फल प्रयास में करीब एक घंटा बीत चुका था, जब बर्टी के नाम एक और ख़त लेटर बॉक्स में कोई डाल गया, जिसके ऊपर 'प्राइवेट' लिखा हुआ था।

श्रीमती ने उस ख़त पर उस बिल्ली की तरह झपट्टा मारा, जो पहला शिकार पकड़ने से चूक जाती है और अचानक दूसरा चूहा उसके सामने आ जाता है। अब अगर उसे कुछ और जानकारी मिलने की उम्मीद थी तो उसे निराश नहीं होना पड़ा।

"तो तुमने वह काम कर ही दिया!" ख़त में लिखा था बेचारा डैगमार। अब वह ख़त्म हो गई है, मुझे दया आती है उस पर। तुम वाक़ई चालाक हो, तुमने बहुत होशियारी से इस काम को अंजाम दिया, सभी नौकर-चाकर इसे खुदकुशी मानते हैं और अब कोई हंगामा नहीं होगा। गहनों को हाथ मत लगाना, जब तक कि जाँच पूरी न हो जाए। "क्लोरिल्डे"

श्रीमती हीसेन्ट पिछली सारी हड़बड़ाहट को पीछे छोड़कर तेज़ी से सीढ़ियाँ चढ़ती हुई ऊपर गईं और अपने बेटे का दरवाजा जोर-जोर से पीटने लगीं।

"अभागे लड़के तुमने डैगमार के साथ क्या किया है?"

"अब यह डैगमार है,क्यों यही बात है?" उसने तड़ाक से कहा, "अगली बार जिराल्डीन होगा।"

"हर शाम तुम्हें घर में रखने के मेरे सारे प्रयासों के बावजूद आख़िर यही होना था।" श्रीमती हीसेन्ट ने रोना-सुबकना शुरू कर दिया, मुझसे बातें छिपाने का कोई फायदा नहीं है। क्लोरिल्डे के ख़त ने सारा भेद खोल दिया है।

"कौन है जो ऐसा कहती है?" बर्टी ने पूछा, "मैं उसके बारे में इतना अधिक सुन चुका हूँ कि अब मैं उसके घरेलू जीवन के संबंध में कुछ जानना चाहता हूँ। सच में अगर आपका यही बरताव रहा तो मुझे कोई डॉक्टर बुलाना पड़ेगा, मुझे बहुत निरर्थक उपदेश दिए जा चुके हैं, लेकिन मैंने कभी किसी काल्पनिक दृश्य को चर्चा में नहीं घसीटा है।"

"क्या ये ख़त काल्पनिक हैं?" श्रीमती हीसेन्ट ने चीखकर कहा, "उन गहनों और डैगमार तथा खुदकुशी के बारे में क्या सफाई दोगे?"

शयनकक्ष के दरवाजे से इन प्रश्नों का कोई उत्तर नहीं आ रहा था, लेकिन शाम की आखिरी डाक से बर्टी के नाम एक और ख़त आया, इसमें जो कुछ लिखा था, श्रीमती हीसेन्ट की आँखें खोलने के लिए काफी था, और जिसके बारे में उनका बेटा पहले ही समझ चुका था।

"डियर बर्टी", ख़त में लिखा था। "आशा करता हूँ मैंने क्लोरिल्डे जैसे एक फर्जी नाम से तुमको झूठे ख़त भेज-भेजकर तुम्हारी बुद्धि को भटकाया नहीं है। तुमने एक दिन मुझे बताया था कि घर में नौकर-चाकर या घर का कोई व्यक्ति तुम्हारे ख़तों के साथ छेड़छाड़ करता है, इसलिए मैंने सोचा कि जो कोई भी तुम्हारे ख़तों को

खोलकर पढ़ने की बुरी हरक़त करता है, उसे कुछ मसालेदार पढ़ने के लिए दिया जाना चाहिए। कोई न समझे तो झटका देना ज़रूरी हो जाता है। इसमें उनका ही भला होगा।

तुम्हारा

''क्लोविस सान्ग्रेल''

श्रीमती हीसेन्ट को क्लोविस के बारे में थोड़ा-बहुत पता था और उससे उन्हें कुछ डर लगता था। उसके द्वारा भेजे गए चकमा देनेवाले ख़त उसकी होशियारी का जीता-जागता प्रमाण थे। होश ठिकाने आने पर उन्होंने एक बार फिर बर्टी के दरवाजे पर जोरदार दस्तक दी।

''श्रीमान सान्ग्रेल का ख़त है। झाँसा देनेवाले सारे ख़त उसने ही भेजे थे। क्यों तुम कहाँ जा रहे हो?''

बर्टी ने जब दरवाजा खोला उसने अपना हैट और ओवरकोट पहना हुआ था।

''मैं एक डॉक्टर को बुलाने जा रहा हूँ, वह आकर आपकी जाँच करेगा और बताएगा कि क्या गड़बड़ी है। बेशक यह सब एक झूठ था, लेकिन सही समझ-बूझ रखनेवाला कोई भी व्यक्ति हत्या और खुदकुशी तथा गहनों-जेवरों की कहानी पर भरोसा नहीं करता। पिछले एक-दो घंटे से आपने शोर मचा-मचाकर घर को सिर पर उठा रखा है।''

''लेकिन मैं उन ख़तों के बारे में क्या सोचती?'' श्रीमती हीसेन्ट ने भिनभिनाते हुए कहा।

''मुझे बताना चाहिए था कि उनके बारे में क्या सोचना है?'' बर्टी ने कहा, ''अगर दूसरे लोगों के ख़तों को पढ़कर आप खुद अपने आपको क्षुब्ध करना चाहती हैं तो यह आपका दोष है। ख़ैर मैं डॉक्टर को लेने जा रहा हूँ।''

बर्टी के लिए यह बड़ा मौका था और उसे पता था। उसकी माँ समझ गई थी कि सारा किस्सा बाहर आ गया तो नाहक उसकी खिल्ली उड़ेगी। वह उसकी जेब भरने के लिए राजी थी, ताकि उसका मुँह बंद रहे।

''मैं तुम्हारे ख़त फिर कभी नहीं खोलूँगी।'' उन्होंने वादा किया।

और क्लोविस के पास अब बर्टी हीसेन्ट से अधिक वफादार गुलाम कोई दूसरा नहीं है।

□

गपोड़िए

लंदन में यह पतझड़ का मौसम था, सर्दी की निष्ठुरता और गरमी की कुटिलताओं के बीच का आनंददायक मौसम; विश्वास एवं भरोसे का मौसम, जब लोग कंद खरीदते हैं और वोट के लिए अपना पंजीकरण कराते हैं। इस मान्यता के साथ कि वसंत हमेशा रहनेवाला है और सरकार बदलने वाली है।

मॉर्टन क्रॉस्बी हाइड पार्क के एक सूने कोने में पड़ी एक बेंच पर बैठा आराम से एक सिगरेट पी रहा था और हिम-हंस के एक जोड़े को धीरे-धीरे घास चरते एवं विचरण करते हुए देख रहा था; नर हंस गेरुए रंग की हंसिनी के वर्णहीन संस्करण जैसा अधिक प्रतीत हो रहा था। अपनी आँख की कनखी से क्रॉस्बी ने कुछ दिलचस्पी के साथ यह भी देखा कि कोई व्यक्ति तनिक संकोच के साथ उसकी सीट के पास से एक-दो बार इधर से उधर आया-गया है, जैसे कोई कौआ खाने की कोई वस्तु का टुकड़ा पड़ा देखकर उसके आस-पास उतरने की कोशिश करता है। अंततः वह व्यक्ति बेंच पर उतनी दूरी रखकर बैठ गया कि वहाँ पहले से बैठे व्यक्ति के साथ बातचीत कर सके। इस नवागंतुक की बेपरवाह पोशाक आक्रामक धूसर दाढ़ी और छलपूर्ण, कुटिल दृष्टि उसे एक पेशेवर भिखमंगा बता रही थी। एक ऐसा आदमी जो घंटों तक अपमान और फटकार तो बरदाश्त कर सकता है, लेकिन आधा दिन अच्छी मेहनत करके नहीं खा सकता।

वह नवागंतुक कुछ देर अपनी व्यग्र विचारशून्य आँखों से उसके सामने टकटकी लगाए देखता रहा, फिर जब उसने मुँह खोला और कुछ कहा तो उसकी बोली में साफ झलक रहा था कि उसके पास सुनाने के लिए कोई कहानी है जिसे वह बेचना चाहता है, बशर्ते कि कोई निकम्मा सुनने को तैयार हो।

''यह एक विचित्र संसार है।'' उसने कहा।

मुँह से निकली बात का कोई उत्तर न मिलते देख उसने वही बात एक प्रश्न के रूप में कह डाली।

''मैं दावे से कह सकता हूँ आपने इसे एक विचित्र संसार पाया होगा, श्रीमान ?''

"जहाँ तक मेरा संबंध है", क्रॉस्बी ने कहा, "छत्तीस साल के दौरान वह विचित्रता घिस चुकी है।"

"आह!" सफेद दाढ़ी बोली, "मैं आपको ऐसी-ऐसी बातें बता सकता हूँ जिन्हें सुनकर आप विश्वास नहीं करेंगे। अद्‌भुत बातें जो वास्तव में मेरे साथ हो चुकी हैं।"

"आजकल ऐसी अद्‌भुत बातों की कोई माँग नहीं है जो वास्तव में हो चुकी है।" क्रॉस्बी ने निरुत्साह व्यक्त करते हुए कहा, "मनगढ़ंत कहानी-किस्सों के पेशेवर लेखक इन अद्‌भुत घटनाओं का वर्णन बहुत अच्छे ढंग से करना जानते हैं। मिसाल के तौर पर मेरे पड़ोसी मुझे बहुत सी अद्‌भुत अविश्वसनीय बातें सुनाते रहते हैं जो उनके अबरदीनी, चीनी और रूसी शिकारी कुत्तों द्वारा किए गए करतबों से संबंध रखती हैं, मैं उन्हें कभी नहीं सुनता हूँ। दूसरी तरफ मैंने 'दि हाउंड्स ऑफ बास्करविले,' तीन बार पढ़ा हुआ है।"

सफेद दाढ़ीवाला बेचैनी से अपनी कुसरी में कुलबुलाया, फिर उसने नया विषय छेड़ दिया।

"मैं समझता हूँ कि आप एक ईसाई-धर्म प्रचारक हैं।" उसने अपनी राय प्रकट की।

"मैं पूर्वी फारस के मुसलमान समुदाय का एक प्रतिष्ठित और प्रभावशाली सदस्य हूँ।" क्रॉस्बी ने कथा साहित्य के क्षेत्र में खुद एक कदम रखते हुए कहा।

परिचयात्मक वार्त्तालाप की इस नई शह पर सफेद दाढ़ी का विकल होना स्वाभाविक था, लेकिन यह हार केवल पलभर की थी।

"फारस मैंने तुमको कभी फारसी नहीं समझा होता।" उसने कुछ खिन्न होकर टिप्पणी की।

"मैं फारसी नहीं हूँ", क्रॉस्बी ने कहा, "मेरे पिता अफगानी थे।"

"अफगानी!" सफेद दाढ़ी वाला एक पल के लिए चकरा गया और उससे कुछ बोलते नहीं बना। फिर सँभला और हमला करने के लिए पुनः तैयार हो गया।

"अफगानिस्तान, वाह! उस देश के साथ हमने कुछ युद्ध लड़े हैं, अच्छा होता अगर हमने लड़ने की बजाय उससे कुछ सीखा होता। मेरे विचार से बड़ा समृद्ध देश है। सच कोई गरीबी नहीं है वहाँ।"

'गरीबी,' शब्द का उच्चारण उसने ऊँची आवाज़ में किया जो एक तीव्र अनुभूति का संकेत था। क्रॉस्बी ने आरंभिक प्रतिक्रिया देखकर कुछ न कहना ही ठीक समझा।

"इसके बावजूद वहाँ बहुत सी प्रतिभाशाली और चतुर भिखारियों की एक बड़ी संख्या है", उसने कहा, "अगर मैंने वास्तव में घटित अद्‌भुत घटनाओं के बारे में तिरस्कार की भावनाएँ नहीं बोला होता, तो मैं इब्राहिम और ब्लाटिंग पेपर से लदे ग्यारह ऊँटों की कहानी तुम्हें सुनाता। मैं यह भी भूल गया हूँ कि कहानी का अंत कैसे होता है?"

"मेरे अपने जीवन की कहानी कुछ कम विचित्र नहीं है।" उस अजनबी ने इब्राहिम की कहानी सुनने की सारी उत्सुकता को प्रत्यक्षतः दबाते हुए कहा, "मैं हमेशा ऐसा नहीं था जैसा आप मुझे देख रहे हैं।"

"माना जाता है कि हर सात साल की अवधि में हम पूरी तरह बदल जाते हैं।" क्रॉस्बी ने पूर्वोक्त घोषणा के एक स्पष्टीकरण के रूप में कहा।

"मेरा मतलब है कि मैं कभी इतनी परेशानी की स्थिति में नहीं था जितनी परेशानी से मैं आज गुजर रहा हूँ।" अजनबी ने रूखेपन से कहा।

"वह बात कुछ हद तक भद्दी लगती है।" क्रॉस्बी ने सख़्ती से कहा, "यह देखते हुए कि तुम अभी उस इनसान से बात कर रहे हो जिसे अफगान सीमा का एक अत्यधिक प्रतिष्ठित एवं प्रतिभाशाली वार्त्ताकार माना जाता है।"

"मेरा वह मतलब हरगिज़ नहीं है," सफेद दाढ़ीवाले ने झट से कहा, "आपकी बातचीत में मुझे बहुत मजा आ रहा है। मैं सिर्फ अपनी दुखद वित्तीय स्थिति का जिक्र कर रहा था। हो सकता है आपको अभी विश्वास न हों लेकिन इस पल मेरे पास एक फूटी कौड़ी भी नहीं है। अगले कुछ दिनों तक कुछ पैसा मिलने की संभावना भी नज़र नहीं आ रही है। मैं नहीं समझता कि आपने खुद को कभी ऐसी स्थिति में पाया होगा।" उसने जोड़ा।

" योम शहर में" क्रॉस्बी ने कहा, "जो दक्षिणी अफगानिस्तान में हैं और जो मेरा जन्मस्थान भी है एक चीनी दार्शनिक था, जो कहा करता था कि मनुष्य के तीन सर्वप्रमुख वरदानों में से एक है पूर्णतया निर्धन होना। शेष दो वरदान क्या हैं मैं भूल रहा हूँ।"

"वाह, मैं यह कहने का जोखिम उठा सकता हूँ।" अजनबी ने ऐसे सुर में कहा जिसमें उस दर्शनिक की स्मृति के लिए कोई उत्साह नहीं था, "और क्या उसकी कथनी एवं करनी में कोई फर्क नहीं था? वही कसौटी है।"

"धन या साधनों के नितांत अभाव में भी वह बहुत खुशी से रहता था।" क्रॉस्बी ने कहा।

"तब मैं कह सकता हूँ कि उसके कुछ दोस्त रहे होंगे जो उसे कष्ट में देखकर उदारतापूर्वक उसकी मदद करते रहते होंगे; फिलहाल मैं भी उसी स्थिति में हूँ।"

"योम् में", क्रॉस्बी ने कहा, "मदद हासिल करने के लिए दोस्तों का होना ज़रूरी नहीं है। वास्तव में कोई भी नागरिक किसी अजनबी की मदद कर सकता है।"

सफेद दाढ़ीवाले की अब वास्तविक रुचि जाग गई। बातचीत अंततः एक अनुकूल मोड़ लेने लगी थी।

"उदाहरण के लिए मान लो मेरे जैसा कोई व्यक्ति अगर कभी अप्रत्याशित मुसीबत

में फँस जाए और आपके बताए शहर के किसी नागरिक से कुछ दिनों के लिए एक बहुत छोटी रकम पाँच शिलिंग या शायद थोड़ी बड़ी राशि मदद के तौर पर उधार माँगे तो क्या वह उसे वास्तव में दे देगा ?''

''उसके पहले कुछ औपचारिकता का निर्वाह होगा।'' क्रॉस्बी ने कहा, ''कोई उसे शराब की दुकान पर ले जाएगा और उसे शराब का सेवन कराएगा और फिर कुछ बहुत ऊँची-ऊँची बातचीत के बाद वह व्यक्ति इच्छित रकम उसके हाथ में रख देगा और यह कामना करते हुए कि उसका दिन अच्छा बीते, उससे विदा लेगा। एक साधारण लेन-देन की प्रक्रिया को पूरा करने का यह एक पेचदार तरीका है।''

''लेकिन पूर्व (ईस्ट) में सभी रास्ते पेचदार अथवा घुमाव-फिराव वाले हैं।''

सुननेवाले की आँखें चमक उठीं।

''आह'', वह चीख पड़ा उसकी बोली में कुछ व्यंग्य का पुट साफ पता चल रहा था, ''मैं समझता हूँ वह शहर छोड़ने के बाद आपने उन सब उदार प्रथाओं को त्याग दिया है। मेरे कहने का मतलब कि अब उन पर अमल नहीं करते।''

''कोई भी व्यक्ति जो योम में रह चुका है।'' क्रॉस्बी ने जोश के साथ कहा, ''और वहाँ की अखरोट एवं बादाम के वृक्षों से ढकी हरित पहाड़ियों और ऊपरी क्षेत्र की बर्फ से नीचे की ओर धरती की छाती से लगकर लकड़ी के बने छोटे-छोटे पुलों के नीचे से तेजी से बहते ठंडे पानी को याद करता है, कोई भी व्यक्ति जो इन चीजों को भूला नहीं है और उनकी याद सँभालकर रखता है वह कभी भी उस शहर के अलिखित कानूनों और रीति-रिवाज़ों को त्यागने का पाप नहीं करेगा। मेरे लिए वे उतने ही अनिवार्य हैं; जैसे कि मैं आज भी अपनी किशोरावस्था के उस पुनीत घर में बसता हूँ।

''फिर अगर मैं आपसे एक छोटा कर्ज माँगूँ।'' सफेद दाढ़ी ने लरियाते सीट के नज़दीक खिसकते हुए और तत्परता से यह अंदाज लगाते हुए कि वह अपनी फरियाद को कितने विनम्र तरीके से पेश करने में कामयाब हो सकता है, कहना शुरू किया, ''अगर मैं आपसे माँग करूँ मान लो—''

''किसी और समय निश्चित रूप से।'' क्रॉस्बी ने कहा।

''किंतु हमारे समाज में इस बात की पूरी मनाही है कि नवंबर-दिसंबर के महीनों में कोई कर्ज़ या उपहार न तो दिया जाए और न लिया जाए; दरअसल कोई उनके बारे में बात भी नहीं करता है। ऐसा करना अशुभ माना जाता है। अत: इस चर्चा को हम यही समाप्त कर देंगे।''

''लेकिन अभी तो अक्तूबर चल रहा है!'' उस दुस्साहसी ने एक व्यग्र, रोषपूर्ण खिन्नता के साथ कहा, जैसे ही क्रॉस्बी ने अपनी सीट से उठने का प्रक्रम किया, ''महीना ख़त्म होने में तो आठ दिन बाकी हैं।''

''अफगान नवंबर कल ही शुरू हुआ है।'' क्रॉस्बी ने तीक्ष्ण शब्दों में कहा और अगले ही क्षण वह लंबे डग भरते हुए पार्क के बीच से जा रहा था अपने उस नए साथी को गुस्से में गुर्राते और बुड़बुड़ाते हुए छोड़कर।

''मुझे उसकी कहानी के एक शब्द पर भी यक़ीन नहीं है।'' उसने अपने आपसे कहा। ''शुरू से आख़िर तक झूठ-ही-झूठ। काश, मैंने उसके मुँह पर ही कह दिया होता! खुद को एक अफगान बताता है।''

अगले पंद्रह मिनट वह इसी तरह गुर्राता और फुनफुनाता रहा, लेकिन जानेवाला तो जा चुका था। पर इससे उस पुरानी कहावत की सच्चाई और मजबूत हो गई कि एक ही पेशे के दो लोग कभी सहमत नहीं होते।

□

धमकी

सर ललवर्थ क्वेन अपनी पसंद के रेस्तराँ, गैलस बैंकीवा के विश्राम-कक्ष में बैठे हुए अपने भतीजे के साथ संसार की कमजोरियों पर चर्चा कर रहे थे। उनका भतीजा मेक्सिको के जंगलों में बहुत उत्साहवर्धक लंबे प्रवास के बाद हाल ही में वापस आया था। वर्ष का यह सबसे सुहाना मौसम था जब शतावर खूब उपजती है और टिटिहरी के अंडे ज़मीन पर दूर-दूर तक फैले होते हैं, ऊदबिलाव अभी तक अपने ग्रीष्मकालीन वास-स्थान में वापस नहीं गया होता है और सर ललवर्थ तथा उनका भतीजा रात्रि-भोज के उपरांत ज्ञान बघारने के उस मिज़ाज़ में थे जब राजनीति को उसके सही परिप्रेक्ष्य में देखा जाता है, भले ही मैक्सिको की राजनीति हो।

''इस देश में आजकल जितनी भी क्रांतियाँ होती हैं उनमें से अधिकतर क्रांतियाँ'', सर ललवर्थ ने कहा, ''वैधानिक संत्रास संबंधी क्षणों की उपज होती हैं। उदाहरण के लिए, उस सुधार को ही लो जिसे कानून का रूप देने के लिए इस पीढ़ी के जीवनकाल में बड़े ही नाटकीय ढंग से संसद् में पारित किया गया है। अगर मेरी याद्दाश्त धूमिल नहीं हुई है, तो यह कोयला हड़ताल के कुछ ही समय बाद की बात है। तुम्हारे लिए ये बातें कम महत्त्व की हो सकती हैं, क्योंकि तुम जैसे लोग एक बहुत ही जटिल एवं बेढंगे वर्णन की घटनाओं में गरदन तक डूबे हुए हैं, लेकिन आखिरकार हमें उनके बीच ही रहना था।''

सर ललवर्थ ने जिस देसी ब्रैंडी का स्वाद अभी-अभी चखा था उसकी तारीफ में कुछ कहने के लिए वह थोड़ा रुके, और फिर उन्होंने आगे कहना शुरू किया।

''चाहे कोई महिला मताधिकार संबंधी आंदोलन के साथ सहानुभूति रखे अथवा नहीं, फिर भी इस सच्चाई से इनकार नहीं किया जा सकता कि इसके प्रवर्तकों ने अपने उद्देश्यों की पूर्ति हेतु नई पद्धतियों को तैयार करने और उनको कार्यान्वित करने में अथक परिश्रम और काफी उद्यमशीलता का परिचय दिया है। सामान्यत: वे उपद्रवी और उत्तेजित करनेवाले थे, किंतु कई अवसरों पर आंदोलन का स्वरूप मनोरम भी लगता था।

एक अवसर जिसकी बहुत चर्चा हुई, ऐसा भी था जब संसद् के सत्र का उद्घाटन करने के लिए निकले शाही जुलूस पर उन्होंने हजारों तोते छोड़ दिए, जिन्हें 'महिलाओं को मताधिकार' का नारा लगाने के लिए विशेष रूप से सिखाया गया था; हरे, भूरे और लाल रंग के इन तोतों ने, शोर मचाते हुए, महामहिम की शाही बग्घी के चारों ओर उड़ते-उड़ते एक घेरा सा बना लिया था। कौतुकपूर्ण प्रदर्शन की दृष्टि से यह वास्तव में कुछ हद तक एक चित्ताकर्षक दृश्य था; किंतु, इसकी कल्पना करनेवालों का दुर्भाग्य था कि उनके इरादों की गोपनीयता को सुरक्षित नहीं रखा गया, और उनके विरोधियों ने उसी समय विरोधी तोतों का विशाल झुंड छोड़ दिया, जो 'मैं नहीं समझता' तथा अन्य प्रकार के प्रतिरोधी नारों का चीत्कार कर रहा था, जिसका नतीजा यह हुआ कि उनके प्रदर्शन की एकता में दरार पड़ गई; अगर ऐसा नहीं होता, तो उनका प्रदर्शन राजनीतिक दृष्टि से बहुत प्रभावशाली कहा जा सकता था। दुबारा पकड़ने की प्रक्रिया में पक्षियों ने एक अतिरिक्त भाषा सीख ली जो महिला मताधिकार संबंधी आंदोलन में आगे सेवा प्रदान करने हेतु उनके लायक नहीं थी; कुछ हरे तोतों को स्वराज्य के कट्टर प्रचारकों ने ग्रहण कर लिया और उन्हें सर एडवर्ड काटसन के जीवन में आने वाली मंज़िल के बारे में निराशावादी दोषारोपण द्वारा भगवा सभाओं की शांति में विघ्न डालने के लिए प्रशिक्षित किया। वास्तव में, राजनीति में हर समय बोलनेवाले तोतों का होना एक आवश्यक तत्त्व बन गया प्रतीत होता है, जो अब रहनेवाला है; अभी हाल में ही, एक पूजा-स्थान में मद्धिम रोशनी में आयोजित एक राजनीतिक सभा में उपस्थित लोगों ने करीब दस मिनट तक एक चोर-काक को वॉपिंग से सम्मानपूर्वक सुना, इस अहसास के तहत कि वे वित्त मंत्री को सुन रहे हैं, जिसे पहुँचने में देर हो गई थी।''

''लेकिन महिला-मताधिकार के लिए आंदोलन छेड़नेवाली महिलाओं ने आगे क्या किया?'' भतीजे ने बीच में टोका।

''तोता प्रदर्शन विफल हो जाने के बाद सर'', ललवर्थ ने कहा, ''लड़ाकू वर्ग ने अधिक आक्रामकस्वरूप एक प्रदर्शन किया; रॉयल अकादमी प्रदर्शनी के उद्घाटन दिवस पर वे बड़ी तादाद में जमा हुए और उन्होंने लगभग तीन या चार सौ चित्रों को नष्ट कर दिया। यह उपद्रव तोता-चीत्कार प्रदर्शन की विफलता से भी अधिक खराब साबित हुआ; सब लोग सहमत थे कि अकादमी प्रदर्शनी में जरूरत से ज्यादा तसवीरें थीं और चुन-चुनकर दो-चार सौ चित्रों का विनाश किया जाना एक सकारात्मक सुधार माना गया। इसके अलावा, कलाकारों के दृष्टिकोण से यह महसूस किया गया कि यह दंगा, यह विनाश एक तरह से उन लोगों के लिये एक मुआवजा था जिनके बनाए चित्रों को लगातार 'बहुत ऊँचाई पर प्रदर्शित' किया जाता रहा है, क्योंकि देख न पाने का मतलब पहुँच के बाहर होना भी होता है। कुल मिलाकर, यह कहा जा सकता है कि अकादमी

द्वारा बहुत वर्षों से आयोजित की जाती रही प्रदर्शनियों में से यह सबसे अधिक सफल और जनप्रिय प्रदर्शनी थी। फिर निष्पक्ष आंदोलनकारियों ने अपने कुछ पुराने हथकंडे अपना लिये; उन्होंने शब्दों में चासनी घोलकर यह साबित करने के लिए तर्कयुक्त नाटक लिखे कि उन्हें मताधिकार मिलना चाहिए, यह दिखाने के लिए उन्होंने खिड़कियों के शीशे तोड़ डाले कि उन्हें मताधिकार मिलना चाहिए और उन्होंने कैबिनेट मंत्रियों को ठोकरें लगाईं यह प्रदर्शित करने के लिए कि उन्हें मताधिकार प्रदान किया जाना चाहिए और फिर भी उदासीनतापूर्वक तर्कयुक्त या तर्कहीन सोच-विचार के बाद जवाब यही मिला कि उन्हें मताधिकार न देना ही बेहतर होगा। उनकी दशा का वास्तविक वर्णन गिलबर्ट की पंक्तियों के इस बिगड़े रूप में देखा जा सकता है—

"हम दो करोड़ हैं मताधिकार से वंचित,
रखा गया वंचित हमें हमारी इच्छा के विरुद्ध,
आज से बीस साल बाद भी रहेंगे हम,
मताधिकार से वंचित दो के दो करोड़।"

और सच में उनकी रणनीति के लिए उत्तम चित्रकारी का महान् विचार एक पुरुषोत्तम स्रोत लेना दुबारी की ओर से आया जो उनके चिंतनशील विभाग की महा-कप्तान थी, जिसकी भेंट एक दोपहर वाल्डो ऑर्पिंगटन से मॉल में हुई, ठीक उस समय जब उद्देश्य का भवितव्य अत्यधिक संकट में पड़ा हुआ था। वाल्डो ऑर्पिंगटन एक बहुत ही छिछोरा बेवकूफ है, जो ड्राइंग रूम संगीत-सभाओं में चीं-चिरप कर लेता है और कार्यक्रम का हवाला दिए बिना भिन्न-भिन्न संगीतकारों की धुनों को कुछ-कुछ पहचान सकता है, लेकिन फिर भी यह नहीं कहा जा सकता कि यदा-कदा उसके पास अपने विचार नहीं होते हैं। उद्देश्य के बारे में उसे दो कौड़ी के बराबर भी परवाह नहीं थी, फिर भी उसको राजनीतिक मामले में हाथ डालने का चस्का कुछ ज़्यादा ही भा गया। यह भी संभव है कि वह लेना दुबारी का प्रशंसक रहा हो, हालाँकि मुझे इसकी संभावना बिल्कुल भी नहीं है जैसा भी हो लेना ने महिला मताधिकार जगत् में मौजूदा हालात का कुछ ज़्यादा ही असंतोषजनक विवरण दिया। वाल्डो न केवल सहानुभूति रखता था, बल्कि उसके पास एक व्यावहारिक सुझाव भी था। मॉल के साथ-साथ पश्चिम की ओर डूबते सूरज और बकिंघम पैलेस की दिशा में अपनी दृष्टि घुमाते हुए कुछ क्षण वह खामोश रहा और फिर उसने सारगर्भित शब्दों में कहा, "आपने अपनी ऊर्जा और उद्यमशीलता विनाश के उपायों पर खर्च की है; कभी आपको इससे भी अधिक भीषण प्रयास करने की बात क्यों नहीं सूझी?"

"आपके कहने का आशय क्या है?" उसने उत्सुकता के साथ उससे पूछा।

"पैदा करो।"

''तुम्हारा मतलब है उपद्रव पैदा करो? हम महीनों से यही तो कर रहे हैं।'' उसने कहा।

वाल्डो ने अपना सिर हिलाया और मॉल के सहारे पश्चिम की ओर देखता रहा। वह एक नौसिखिए की तरह नाटक अच्छा कर लेता है। लेना भी उधर ही देखने लगी जिधर वह देख रहा था और फिर आँखों में अनबूझ पहेली लिए उसने मुड़कर वाल्डो की तरफ देखा।

''बिल्कुल वही।'' वाल्डो ने कहा।

''लेकिन हम उपद्रव कैसे उत्पन्न कर सकते हैं?'' उसने पूछा, ''पहले ही किया जा चुका है।''

''फिर करो'', वाल्डो ने कहा, ''और दुबारा करो और फिर करो।''

इससे पहले कि वह अपनी बात पूरी कर पाता लेना ने उसे चूम लिया और उसने घोषित किया कि वह पहली औरत है जिसने मॉल में कभी उसका चुंबन लिया है। इस प्रकार दोनों ने एक तरह का रिकॉर्ड कायम कर दिया।

''अगले एक-दो दिनों के अंदर ही महिला मताधिकार आंदोलनकारियों के दाँव-पेच में अंतर नज़र आने लगा। उन्होंने मंत्रियों तथा संसद् की चिंता करना छोड़ दिया और धन इकट्ठा करने के लिए, वे अपने हमदर्द एवं समर्थकों की चिंता करने लगे। दान संग्रह पेटी की भक्ति में मत पेटी को कुछ समय के लिए भुला दिया गया। बड़ी जोकों की पुत्रियाँ अधिक जिद्दी थीं, अपनी माँगों को लेकर; लड़खड़ाते प्राचीन शासन के वित्त प्रबंधक धन-संग्रहण के अपने प्रयासों में इस समय सभी वर्गों के मताधिकारवादी कार्यकर्ताओं से अधिक हताश नहीं थे और किसी-न-किसी प्रकार उचित एवं सामान्य ढंग से वे सब मिलकर एक उपयोगी रकम जुटाने में सफल हो गए। इस रकम का वे क्या करनेवाले थे, किसी को कुछ पता नहीं था। उनको भी नहीं जिन्होंने धन-जुटाने के अभियान में सबसे बढ़-चढ़कर काम किया था। इस भेद को कड़ी सुरक्षा में रखा गया था। कतिपय लेन-देन के बारे में यदि कभी कोई बात बाहर निकलकर आ भी जाती तो उससे स्थिति का रहस्य और भी गहरा जाता।

''क्या तुम जानता नहीं चाहोगे कि हम अपनी जमा की गई कुल रकम का क्या करने जा रहे हैं?'' लेना ने एक दिन प्रधानमंत्री से पूछा जब वह चीनी दूतावास में ताश के एक खेल में उनकी बगल में बैठी हुई थी।

''मैं उम्मीद कर रहा था कि तुम मुझे कुछ वैयक्तिक घूस देने की कोशिश में हो'', प्रधानमंत्री ने मज़ाक के लहज़े में जवाब दिया, लेकिन उनकी इस चुहलबाजी के पीछे वास्तव में कुछ चिंता एवं उत्सुकता अवश्य थी; बेशक मैं जानता हूँ। उन्होंने आगे कहा, ''कि तुम महानगर के आस-पास बहुमूल्य स्थानों पर भवन निर्माण के लिए जमीनें

खरीदने में लगी हुई हो। दो या तीन भूखंड मुझे बताया गया है, जो ब्रॉइटन के रास्ते में हैं और एक एस्कॉट के निकट। तुम्हारा इरादा वहाँ किला बनाने का तो नहीं, क्या ऐसा है?''

''कुछ उससे भी अधिक मायावी।'' उसने कहा।

''आप हमें किले बनाने से तो रोक सकते हैं; उनमें से प्रत्येक स्थल पर हूबहू विक्टोरिया मेमोरियल जैसी इमारत खड़ी करने से आप हमें नहीं रोक सकते। वह सारी निजी संपत्ति है, जिस पर कोई निर्माण संबंधी प्रतिबंध लागू नहीं होते हैं।''

''कौन सा मेमोरियल?'' उन्होंने पूछा, ''वह तो नहीं जो बकिंघम पैलेस के सामने है? वह नहीं हो सकता?''

''वही।'' उसने कहा।

''माइ डियर लेडी।'' वह चिल्लाए, ''तुम्हारा दिमाग तो नहीं बिगड़ गया। वह एक सुंदर एवं प्रभावशाली कलाकृति है, बहरहाल लोग उसके अभ्यस्त हो चले हैं और अगर ऐसा भी है कि किसी व्यक्ति को वह इमारत पसंद नहीं तो वह कभी भी अपनी नज़र किसी दूसरी दिशा में घुमा सकता है। लेकिन सोचो, जिंदगी क्या रह जाएगी अगर कोई देखेगा कि जहाँ से वह रोज़ गुज़रता है। उस इमारत के सामने दूसरी इमारत खड़ी हो गई है। उन थके-मांदे, परेशान लोगों पर क्या असर पड़ेगा जो ब्रॉइटन जाते हुए तीन बार उसे देखते हैं और तीन बार वापस आते समय। कल्पना करो, क्या होगा जब वह इमारत ऐस्कॉट के भूदृश्य की छाती पर खड़ी हो जाएगी और आपकी आँखें गोल्फ-लिंक को तलाशती रह जाएँगी। आपके देशवासियों ने ऐसा क्या किया है जिसके लिए उन्हें ऐसी सजा मिलनी चाहिए?''

''उन्होंने हमें मताधिकार देने से इनकार किया है।'' लेना ने तीखे स्वर में कहा।

''प्रधानमंत्री ने अपने बारे में घोषणा कर रखी थी कि वह आतंकित करनेवाले किसी भी कानून की हमेशा खिलाफत करेंगे, लेकिन इसके बावजूद उन्होंने तुरंत संसद् में एक बिल पेश किया और दोनों सदनों से अपील की कि इस बिल को एक सप्ताह के अंदर हर स्तर पर पास कर दिया जाए। और इस तरह हमें इस सदी का एक सर्वाधिक गौरवपूर्ण कानून प्राप्त हुआ।''

''महिलाओं को मताधिकार प्रदान करनेवाला कानून?'' भतीजे ने पूछा।

''अरे, डियर नहीं।'' एक ऐसा कानून जिसके तहत व्यवस्था थी कि किसी भी सार्वजनिक राजमार्ग के तीन मील के अंदर कहीं भी स्मारक प्रतिमाएँ खड़ी करना एक दंडनीय अपराध होगा।

□

वास्तविकता का आभास

"मैं आशा करती हूँ कि आप क्रिसमस के लिए अनेक सुझाव लेकर आए हैं।" लेडी ब्लाँज़ ने अभी-अभी आए अपने मेहमान से कहा, "पुराने ढर्रे का क्रिसमस और अद्यतन क्रिसमस पर्व दोनों बहुत घिस-पिट चुके हैं। इस वर्ष मैं चाहती हूँ कि कुछ नया और मौलिक होना चाहिए।"

"पिछले माह मैं मैथिसन्स के यहाँ ठहरी हुई थी", ब्लांश बॅवील ने कहा, "और हमें एक बहुत ही बढ़िया बात सूझी। गृह-गोष्ठी में हर एक को एक किरदार निभाना था और सारे समय उस किरदार जैसा ही व्यवहार करना था और ठहरने की अवधि समाप्त होने पर एक-एक को यह अनुमान लगाना था कि किसने, किसका किरदार अदा किया। जिस किसी को भी अमुक स्त्री या पुरुष का किरदार सबसे अच्छा निभाने का वोट मिलेगा, उसे इनाम मिलेगा।"

"यह तो बड़ा मजेदार सुझाव है।" लेडी ब्लाँज़ ने कहा।

ब्लांश ने आगे बताया, "मैं असीसी की सेंट फ्रांसिस बनी थी। हमें स्त्री-पुरुष भेद को छिपाकर रखना था। मैं खाने के बीच-बीच में उठ जाती थी और पक्षियों को कुछ-कुछ फेंक देती थी, क्योंकि शायद आपको पता हो सेंट फ्रांसिस के बारे में मुख्य रूप से उल्लेखनीय बात यह है कि उन्हें पक्षियों से बहुत लगाव था। सब बड़े मूर्ख निकले, उन्हें इस संबंध में कुछ भी मालूम नहीं था और वे सोचने लगे कि मैं वह बूढ़ा आदमी हूँ जो तूलरी उद्यान में गौरैया को दाने खिलाता है। फिर कर्नल पेन्टले ने डी के तट पर जॉली मिलर का किरदार अदा किया।"

"हे भगवान् कैसे किया उसने यह करिश्मा?" बर्टी वैन ताह्न ने पूछा।

"वह सुबह से शाम तक हँसता और गाता रहा।" ब्लांश ने स्पष्ट किया।

"तुम सबके लिए यह बरदाश्त करना बहुत मुश्किल रहा होगा।" बर्टी ने कहा, "और जो भी हो वह डी के तट पर नहीं था।"

"उसकी सिर्फ कल्पना करनी थी।" बर्टी ने कहा।

''अगर तुम्हारी कल्पना में यह सब आ सकता था तो तुम तट पर थोड़ा और आगे गाय-बैल आदि मवेशी भी देख सकते थे और उन्हें घर लौटने की पुकार लगा सकते थे, डी के रेतीले तट पर मेरी की तरह इधर से उधर दौड़कर मस्ती कर सकते थे या तुम नदी को बदलकर यारो कर सकते थे और कल्पना कर सकते थे कि नदी तुम्हारे सिर के ऊपर है और कह सकते थे कि तुम पिली हो या वह जो भी था यारो में डूब गया।''

''बेशक इस बात की हँसी उड़ाना आसान है।'' ब्लांश ने तीखे स्वर में कहा। लेकिन यह अत्यंत रोचक एवं मनोरंजक था। किंतु इनाम कुछ ज़्यादा ही हास्यास्पद था, आप जानते हैं, मिली मैथीसन ने कहा, ''मुझे लेडी बाउन्टीफुल का किरदार अदा करना था और चूँकि वह हमारी मेज़बान थी, हम सबको उसके पक्ष में वोट करना पड़ा, यह सोचकर कि उसने अपना किरदार किसी भी अन्य की अपेक्षा बेहतर ढंग से निभाया है। अन्यथा मुझे इनाम मिला होता।''

''क्रिसमस पार्टी के लिए यह एक अच्छा उदाहरण है।'' लेडी ब्लांश ने कहा, ''हमें यहाँ कुछ ऐसा ही अवश्य करना चहिए।''

सर निकोलस इतने उत्साहित नहीं थे। ''क्या आपको पूरा विश्वास है कि ऐसा करना आपकी समझदारी होगी?'' उन्होंने अपनी पत्नी से कहा जब वे दोनों एकांत में थे।

''मैथीसन परिवार में यह चल सकता है। उस घर में बुजुर्ग लोग हैं। प्रीति-भोज के अवसर पर भी खामोशी सी छाई रहती है, लेकिन यहाँ की बात अलग है। मिसाल के तौर पर वहाँ संकोची बाला डरमॉट है, जो किसी भी हद तक जा सकती है और वैन ताह्न के बारे में तो आप जानते ही हैं कि वह किस तरह का है। फिर सिरिल स्केटरली है जिसके परिवार में एक तरफ पागलपन है और दूसरी तरफ एक हंगेरियन दादी है।''

''मैं नहीं समझती कि इससे कोई फर्क़ पड़नेवाला है कि उन्होंने क्या किया या उन्हें क्या करना चाहिए था।'' लेडी ब्लाँज़ ने कहा।

''जिसे जानते नहीं उससे ही डरना पड़ता है।'' सर निकोलस ने कहा, ''अगर स्केटरली ने ठान लिया कि बैशन का बैल बनेगा तो ठीक है मेरा यहाँ न रहना ही बेहतर होगा।''

''निस्संदेह हम बाइबिल के किसी पात्र को अपनाने की इज़ाज़त नहीं देंगे। इसके अलावा मुझे यह भी नहीं पता कि बैशन के बैलों ने वास्तव में ऐसा क्या किया था जो अत्यंत भीषण था; जहाँ तक मुझे याद है, वे सिर्फ घूमते हुए आए और मुँह फाड़े देखते रहे।''

''माइ डियर, तुम्हें नहीं पता कि स्केटरली की हंगेरियन समझबूझ उस किरदार के अंदर कहाँ तक नहीं जा सकती; उसे बाद में यह कहने का कोई लाभ नहीं होगा; तुमने इस किरदार को जिस तरह निभाया है, बैशन का कोई बैल वैसा नहीं कर पाता।''

"ओह, आप तो हमेशा डरानेवाली बात करते हैं!" लेडी ब्लाँज़ ने कहा, "मैंने इस सुझाव पर अमल करने में विशेष रुचि ज़ाहिर की है। मुझे पक्का विश्वास है इसकी बहुत चर्चा होगी।"

"इसकी संभावना वाकई बहुत अधिक है।" सर निकोलस ने कहा।

उस शाम रात्रि-भोज में विशेषत: कोई उल्लास नहीं था; अपने ऊपर स्वयं थोपे गए किसी चरित्र की नकल करने का तनावपूर्ण प्रयास या दूसरे लोगों के आचरण से पहचान के संकेतों को बटोरने की पेशकश से मिलजुलकर उत्सव मनाने की स्वाभाविक चहल-पहल पर अंकुश लग गया था। उपस्थित लोगों ने उस समय आमतौर पर कृतज्ञता एवं मौन सहमति व्यक्त की जब रात्रि-भोज के बाद कुछ देर पियानो सुनते समय नेक स्वभाव के रचेल क्लैर्मस्टाइन ने प्रस्ताव रखा कि 'भूमिका निभाने' के खेल से एक या दो घंटे की फुरसत मिलनी चाहिए। पियानो-संगीत के प्रति रचेल का लगाव सिर्फ दिखावटी नहीं था, बल्कि उसकी पसंद की मुख्य धुनें वही होती थीं जो उसके बहुत प्यारे बच्चे मोरिट्ज और ऑगस्ट बजाते थे और वाकई उन धुनों के साथ उन्होंने बहुत न्याय किया।

क्लैर्मस्टाइन परिवार को क्रिसमस पर्व के जश्न में मेहमान के रूप में बुलाना गर्व की बात मानी जाती थी; क्रिसमस दिवस और नए साल पर वे ढेरों कीमती उपहार लेकर आते थे और श्रीमती क्लैर्मस्टाइन ने पहले ही इशारा कर दिया था कि वह खेल प्रतियोगिता में उस पात्र को इनाम देनेवाली हैं जिसकी अदाकारी सबसे अच्छी होगी। यह जानकर हर किसी का मन खुशी से फूल उठा था। अगर इनाम देने का दायित्व लेडी ब्लॉज़ के सिर आया होता, तो उसकी दृष्टि से बीस या पच्चीस शिलिंग मूल्य की कोई छोटी-मोटी भेंट पर्याप्त समझी जाती, जबकि क्लैर्मस्टाइन की तरफ से मिलनेवाली भेंट निश्चित रूप से बेशकीमती होने की पूरी संभावना थी।

अभिनय अर्थात् अदाकारी का खेल अंतत: उसी समय समाप्त हुआ जब मोरिट्ज और ऑगस्ट ने पियानो बजाना बंद किया। कमरा बहुत ही अस्त-व्यस्त हालत में छोड़कर ब्लांश बॅवील जल्दी सोने चली गई, इस आशा के साथ कि लोग उसे पावलोव की संतोषजनक नकल समझ सकते हैं। सोलह वर्ष की झेंपू लड़की, वेरा डरमॅट ने अपनी पक्की राय व्यक्त की कि अदाकारी का अभिप्राय मार्क ट्वेन के प्रसिद्ध झंपन मेढक (कूदनेवाले मेढक) का प्रतिनिधित्व करना था और उसकी राय को आम सहमति प्राप्त हुई। एक और मेहमान, जिसने सोने के लिए जल्दी जाने का उदाहरण पेश किया, वाल्डो प्लूब्ले था। उसने अपनी जिंदगी में नियमित समय-सारणी और स्वास्थ्य-संबंधी हिदायतों का हर पल पालन करना सीखा था। वाल्डो सत्ताइस साल का एक मोटा-ताजा, आलसी जवान लड़का था, जिसकी माँ ने उसके आरंभिक जीवन में ही उसके लिए तय कर लिया था कि वह एक बहुत ही नाजुक बच्चा है और उन्होंने बड़े लाड़-प्यार

से उसे पालने तथा घर को व्यवस्थित रखने में जी-जान लगाकर उसे शारीरिक रूप से कोमल तथा मानसिक रूप से चिड़चिड़ा बनाने में सफलता पाई थी। वाल्डो ने नौ घंटे भी निर्विघ्न नींद लेने से पहले साँस लेने और स्वास्थ्य को ठीक रखने की कवायद करने के साथ-साथ अन्य अनिवार्य एवं अनगिनत नियमों का पालन करने की जिम्मेदारी भी अपने ऊपर ली, जिन्हें उसने उन लोगों से सीखा था जो उसकी ज़रूरतों के लिए हर समय सेवा में रहने के लिए बाध्य थे; उसकी सुबह-सुबह की चाय के लिए एक विशेष चायदानी किसी भी घर के उस शयनकक्ष के कर्मचारियों को हमेशा प्रतिज्ञापूर्वक थमाई जाती थी जिसमें वह ठहरा होता था। इस असाधारण चायदानी की क्रियाविधि के बारे में किसी को भी पूरा ज्ञान नहीं हो पाया था, लेकिन बर्टी कैन ताह्न की मनगढ़ंत कहानी के अनुसार, इसकी टोंटी का मुँह चाय उड़ेलने के दौरान उत्तर की तरफ रखा जाता है।

इस रात्रि विशेष में नौ घंटे की अटूट निद्रा में उस समय भयंकर विघ्न पड़ गया जब सिर्फ पायजामा पहने, शोर मचाता कोई व्यक्ति अचानक मध्यरात्रि और सुबह के बीच की अवधि में वाल्डो के कमरे में घुस आया।

''क्या बात है ? क्या खोज रहे हो तुम यहाँ ?'' अचानक नींद से जागे और अचंभित वाल्डो ने वैन ताह्न से पूछा, जिसे पहचानने में उसे कुछ समय लगना स्वाभाविक था।

''भेड़ ढूँढ़ रहा हूँ।'' जवाब आया।

''भेड़ ?'' वाल्डो चीख पड़ा।

''हाँ, भेड़।'' ''तुम क्या समझते हो, मैं कोई जिराफ की खोज में आया हूँ।''

''मैं नहीं समझता कि दोनों में से कोई भी तुमको मेरे कमरे में क्यों मिलनेवाला है।'' वाल्डो ने गुस्से में पलटकर जवाब दिया।

''रात के इस समय, मैं इस विषय पर बहस नहीं कर सकता।'' बर्टी ने कहा और वह जल्दी-जल्दी मेज की दराजों में हाथ डालकर खोजने लगा। कमीजें और कच्छे उड़-उड़कर फर्श पर गिरने लगे।

''यहाँ कोई भेड़ नहीं है, मैं तुमसे कहता हूँ।'' वाल्डो चिल्लाया।

''मैंने तुमको सिर्फ कहते सुना है।'' बर्टी ने बिस्तर के अधिकतर कपड़े ज़मीन पर फेंकते हुए कहा, ''अगर तुम कुछ छिपा नहीं रहे होते तो तुम इतने उत्तेजित नहीं होते।''

इस समय तक वाल्डो समझ चुका था कि वैन ताह्न पागलों जैसा बरताव कर रहा है और फिर वह उससे ठिठोली करने लगा।

''एक अच्छे बच्चे की तरह सोने चले जाओ'', उसने कहा, ''और तुम्हारी भेड़ें सुबह होते ही सही-सलामत लौट आएँगी।''

''मैं दावे से कह सकता हूँ।'' बर्टी ने खिन्न होकर कहा।

''अपनी पूँछों के बगैर। क्लिष्ट मूर्ख, मैं बहुत सारी मैंक्स भेड़ों के साथ दिखूँगा।''

और उस संभावना पर अपनी खिन्नता की प्रचंडता प्रकट करने के उद्‌देश्य से उसने वाल्डो के तकिए अलमारी के ऊपर फेंक दिए।

''लेकिन पूँछों के बिना क्यों?'' वाल्डो ने पूछा, जिसके दाँत भय और क्रोध तथा उतरे ज्वर के कारण किटकिटा रहे थे।

''मेरे प्यारे लल्लू, क्या तुमने लिटल बो-पीप का बैलॉड कभी नहीं सुना?'' बर्टी ने हँसी में कहा। खेल में मेरा यह किरदार है। ''अगर मैं मेरी खोई हुई भेड़ों की खोज में न जाऊँ तो कोई भी अनुमान नहीं लगा पाएगा कि मैं कौन हूँ; और अब एक अच्छे बच्चे की तरह सोने जाओ, वरना तेरी जगह मैं जाकर सो जाऊँगा।''

''आप ही सोचिए।'' वाल्डो ने अपनी माँ को संबोधित एक लंबे पत्र में लिखा, ''उस रात मैं कितनी नींद पूरी कर पाया और आपको यह भी पता है कि मेरे स्वास्थ्य के लिए नौ घंटे की निर्विघ्न नींद कितनी आवश्यक है।''

दूसरी ओर वह जागे रहकर कुछ समय तक बर्टी वैन ताह्न के खिलाफ अपनी भड़ास निकालता रहा।

ब्लांज़्कोर्ट में नाश्ता 'जब मरजी हो आएँ' के सिद्धांत पर छिट-पुट चीजों का था, लेकिन लंच पर सब लोगों को इकट्ठा होना था। किंतु 'खेल' के बाद वाले दिन कुछ लोग विशेष रूप से गैर हाज़िर थे। उदाहरण के लिए, वाल्डो प्लूब्ले सिरदर्द लिए पड़ा था। बड़ा सारा नाश्ता और उसके साथ और भी बहुत कुछ उसके कमरे में पहुँचाया गया, लेकिन उसने अपनी सूरत नहीं दिखाई।

''मैं समझती हूँ, वह किसी पात्र की भूमिका निभा रहा है।'' वेरा डरमॅट ने कहा, ''मोलियर की कोई एक कृति है न 'ली मैलॅड इमेजीनेअॅर' (Le Malade Imaginaire)? मुझे लगता है वह उसी का अभिनय कर रहा है।''

आठ या नौ सूचियाँ निकलकर आईं, और उन पर पेंसिल से निशान लगाए गए।

''और क्लैमर्स्टाइन परिवार कहाँ है?'' लेडी ब्लाँज़ ने पूछा, ''वे हमेशा समय पर मौजूद रहते हैं।''

''एक और चरित्र का अभिनय, शायद'', बर्टी वैन ताहन ने कहा, ''दि लॉस्ट टेन ट्राइब्स।''

''लेकिन उनमें से केवल तीन यहाँ हैं। इसके अलावा वे अपना लंच भी लेना चाहेंगे।'' ''क्या किसी ने उनको नहीं देखा?''

''क्या आप उन्हें अपनी कार में बाहर नहीं ले गई थीं?'' ब्लांश बॅवील ने सिरिल स्कैटरली की ओर मुखातिब होते हुए पूछा।

''हाँ, नाश्ते के बाद ही उन्हें स्लॉगरी मूर ले गए थे। मिस ड्रमॅट भी साथ में थी।''

''मैंने तुम्हें और वेरा को वापस आते देखा था'', लेडी ब्लाँज़ ने कहा, ''लेकिन

मैंने क्लैमर्स्टाइन परिवार को नहीं देखा।''

''क्या तुमने उन्हें गाँव में छोड़ दिया?''

''नहीं।'' स्कैटरली ने जल्दी से कहा।

''लेकिन वे हैं कहाँ? तुमने उन्हें कहाँ छोड़ा?''

''हमने उन्हें स्लॉगरी मूर में छोड़ा।'' वेरा ने शांतभाव से कहा।

''स्लॉगरी मूर में? क्यों, वह जगह तो यहाँ से तीस मील से भी अधिक दूर है! वे लोग वापस कैसे पहुँचेंगे?''

''हम यह सोचने के लिए तो रुके ही नहीं।'' स्कैटरली ने कहा, ''हमने उन्हें एक क्षण के लिए बाहर आने को कहा था, यह कहकर कि कार अटक गई है, और फिर हम पूरी रफ्तार से चल दिए, और उन्हें वहीं छोड़ दिया।''

''लेकिन तुमने ऐसा करने की हिम्मत कैसे की?''

''यह तो अत्यंत अमानवीय कार्य है! क्यों, पिछले एक घंटे से बर्फ गिर रही है।''

''मैं समझती हूँ, उन्हें एक या दो मील चलने पर कोई कुटिया या फॉर्महाउस ज़रूर मिल जाएगा।''

''लेकिन तुमने ऐसा किया ही क्यों?''

यह सवाल सभी के मुँह से एक साथ निकला, आश्चर्यभरे रोष सहित।

''इससे पता चलता है कि हमारे किरदार कितने प्रभावी हैं और हमारी उम्मीदों पर कितने खरे उतरे हैं।'' वेरा ने कहा।

''क्या तुमको मैंने ख़बरदार नहीं किया?'' सर निकोलस ने खेदपूर्वक अपनी पत्नी से कहा।

''इसका संबंध कुछ स्पेन के इतिहास के साथ लगता है; वह सुराग हम आपको दे सकते हैं'', स्कैटरली ने खुशी से सलाद खाते हुए कहा और फिर बर्टी वैन ताह्न की हँसी फूट पड़ी।

''मैं समझ गया! फर्डीनेंड और ईसाबेला ने यहूदियों को देश से बाहर कर दिया। शाबाश, बहुत खूब! उन दोनों ने निश्चित रूप से इनाम जीत लिया है; इससे बड़ी जीत और कोई नहीं हो सकती!''

लेडी ब्लाँज़ की क्रिसमस पार्टी की बहुत चर्चा हुई और उसके बारे में इतना अधिक लिखा गया जिसकी कल्पना उसने अपने परम महत्त्वाकांक्षी पलों में भी नहीं की थी। वाल्डो की माँ से प्राप्त पत्रों ने ही इसे स्मरणीय बना दिया होता।

□

सात क्रीम जग

"मैं समझती हूँ, विल्फ्रिड पिजियन्कोट को अब हम अपने यहाँ अभी नहीं देख पाएँगे क्योंकि वह बैरोनेट पद और बहुत सारी धन-दौलत का उत्तराधिकारी जो बन गया है।" श्रीमती पीटर पिजियन्कोट ने अफसोस के साथ अपने पति से कहा।

"तुम ठीक कहती हो, अब वह शायद ही इधर का रुख करे।" उन्होंने जवाब दिया, "इस बात को ध्यान में रखते हुए कि जब उसका भविष्य कुछ भी नहीं था हमने उसे यहाँ आने से रोकने का हरसंभव प्रयास किया। मुझे नहीं लगता कि जब वह बारह साल का लड़का था, उसके बाद मैंने कभी उसे देखा है।"

"उससे मेल-मुलाकात एवं निकटता बढ़ाने को बढ़ावा न देने के पीछे एक कारण था", श्रीमती पीटर ने कहा, "असफलता की जैसी बदनामी उसके साथ जुड़ी हुई थी उसके चलते कोई भी उसे अपने घर में नहीं आने देता।"

"ठीक वह कमज़ोरी तो अभी भी मौजूद है नहीं है, क्या?" उनके पति ने कहा, "अथवा तुम क्या यह सोचती हो कि संपत्ति आ जाने से चरित्र सुधर जाता है।"

"ओह, बेशक वह कमी अभी भी है", पत्नी ने कबूल किया, "लेकिन परिवार के मुखिया के साथ मेल-मिलाप बढ़ाना तो कोई भी चाहेगा, उत्सुकता शांत करने के उद्देश्य से ही सही। इसके अलावा एक बात यह भी है कि जब कोई दौलतमंद बन जाता है तो लोग बुराई की बात भूलकर उसकी कमज़ोरी को नए नज़रिए से देखने लगते हैं। आदमी जब सिर्फ खुशहाल ही नहीं, बल्कि अपार धन-संपत्ति का मालिक बन जाता है तो घृणित स्वार्थ के सभी संदेह स्वाभाविक रूप से लुप्त हो जाते हैं, स्थिति सिर्फ एक तकलीफदेह बीमारी बनकर रह जाती है।"

विल्फ्रिड पिजियन्कोट अपने चचेरे भाई मेजर विल्फ्रिड पिजियन्कोट की मृत्यु के उपरांत अकस्मात् अपने चाचा सर विल्फ्रिड पिजियन्कोट का उत्तराधिकारी बन गया था। मेजर विल्फ्रिड की मौत पोलो खेलते समय एक दुर्घटना के कारण हुई

थी। (एक विल्फ्रिड पिजियन्कोट ने मालबरो अभियानों के दौरान विल्फ्रिड नामक खिताब ख़ुद अपने नाम के साथ जोड़ लिया था और उसी समय से परिवार में किसी के भी नामकरण के साथ विल्फ्रिड लगाने की परंपरा चली आ रही थी) परिवार के गौरव और धन-संपत्ति का नया उत्तराधिकारी पच्चीस वर्ष का एक युवक था, जिसे चचेरे-ममेरे भाई-बहनों और सगोत्र बंधु-बांधवों के वृहत दायरे में उसकी नेकनामी की वज़ह से अधिक जाना जाता था। और उसकी वह नेकनामी अथवा प्रतिष्ठा विरक्तिजनक थी। परिवार में अनगिनत अन्य विल्फ्रिड थे जिनकी अलग-अलग पहचान मुख्यत: उनके निवास स्थान या व्यवसाय के नाम से होती थी जैसे कि हबलडाउन का विल्फ्रिड और युवा विल्फ्रिड तोपची, लेकिन इस वंशज विशेष की ख्याति पर 'विल्फ्रिड दि स्नैचर' का अधम एवं अर्थपूर्ण ठप्पा लगा था। स्कूल की पढ़ाई लगभग ख़त्म होने के दिनों से ही उसे चोरी करने की बुरी लत लग चुकी थी, उसकी अर्जनशील प्रवृत्ति को इस बात से कोई सरोकार नहीं था कि किसके यहाँ से क्या चीज़ चुरानी है? कोई भी छोटी-मोटी वस्तु जो आसानी से ले जाने योग्य हो और जिसकी कीमत नौ पेंस से अधिक हो, उसे मोहित करने के लिए काफी थी, बशर्ते कि वह वस्तु किसी और की हो। ग्राम्य-गृह में आयोजित प्रीति-भोज के किसी अवसर पर उसे न्योता देना मेजबान के लिए यदि अनिवार्य हो जाता तो उसके प्रस्थान की पूर्व संध्या पर एक दोस्ताना अंदाज़ में उसके सामान की तलाशी लेकर यह तसल्ली कर लेना आवश्यक था कि उसने 'गलती से' दूसरे की कोई चीज़ तो नहीं उठा ली। इस तलाशी में अकसर बहुत सारी चीज़ें निकलती थीं।

"अजीब बात है", पीटर पिजियन्कोट ने आपस में बातचीत के करीब आधा घंटा बाद अपनी पत्नी से कहा, "यहाँ विल्फ्रिड से एक तार आया हुआ है, लिखा है कि वह अपनी गाड़ी से इधर से गुज़र रहा है और यहाँ रुककर हमें प्रणाम करना चाहेगा। अगर हमें असुविधा न हो तो रात यहाँ बिता सकता है। दस्तख़त 'विल्फ्रिड पिजियन्कोट' यह वही झपटमार अर्थात् 'स्नैचर' होगा; किसी और के पास गाड़ी नहीं है। मैं समझता हूँ हमारे विवाह की रजत-जयंती के उपलक्ष्य में वह हमारे लिए भेंट ला रहा है।"

"धन्य हो!" श्रीमती पीटर ने विस्मयपूर्वक कहा, जैसे ही उनके मन में यह बात आई, "उसकी कमज़ोरी को जानते-बूझते इस समय उस जैसे व्यक्ति को घर में ठहरने देना उचित नहीं होगा। चाँदी के वे सारे उपहार जो आ चुके हैं और जो प्रत्येक डाक के साथ आ रहे हैं, ड्राइंग-रूम में रखे हैं; मुझे तो यह भी नहीं पता कि क्या-क्या आ चुका है और क्या अभी आना बाकी है। हम उन सबको ताला तो नहीं लगा सकते, वह ज़रूर उन उपहारों को देखना चाहेगा।"

"हमें पूरी तरह चौकस रहना होगा, बस इतना ही", पीटर ने फिर से विश्वास दिलाते हुए कहा।

"लेकिन चोरी की लत जिसे लग जाती है वे लोग बड़े चतुर होते हैं।" उसकी पत्नी ने शंका जताते हुए कहा, "और अगर उसे पता चल गया कि हम उस पर नज़र रखे हुए हैं तो बहुत बुरा लगेगा।"

उस शाम पूरा माहौल वास्तव में फूहड़ता से भरा था, जब उधर से जानेवाले यात्री का स्वागत-सत्कार किया जा रहा था। घबराहट और जल्दबाजी में जो भी बातचीत हो रही थी उसमें कोई तारतम्य नहीं था। मेहमान के व्यवहार में छल-कपट का कोई संकेत नहीं था और न उसके विनीत भाव में दिखावटीपन था जिसकी उन्हें प्रत्याशा थी। वह विनम्र पूर्णतया, असंदिग्ध और संभवत: कुछ-कुछ 'पक्ष समर्थन' करने की प्रवृत्ति का था। दूसरी ओर उसका आतिथ्य-सत्कार करनेवाले असहज महसूस कर रहे थे, क्योंकि उन्हें उसके व्यवहार में प्रदर्शनपूर्ण दुष्प्रवृत्ति की गंध आ रही थी। डिनर के बाद ड्राइंग-रूम में उनकी घबराहट एवं फूहड़ता और भी बढ़ गई।

"ओह, हमने आपको विवाह की रजत-जयंती के उपहार तो दिखाए ही नहीं।" श्रीमती पीटर ने अकस्मात् कहा, मानो उसके मन में मेहमान का मन बहलाव करने का उत्तम विचार एकदम कौंध गया हो, "सारे-के-सारे उपहार यहाँ हैं। इतने सुंदर उपयोगी उपहार। बेशक एक-दो डुप्लीकेट ज़रूर है।"

"सात क्रीम जग।" पीटर ने कहा।

"हाँ, क्या यह खिझानेवाली बात नहीं है।" श्रीमती पीटर ने आगे कहा, "एक-दो नहीं पूरे सात। हमें ऐसा लगता है कि हमें बाकी सारी जिंदगी क्रीम पर गुजारनी होगी। निस्संदेह उनमें से कुछ बदले जा सकते हैं।"

विल्फ्रिड स्वयं मुख्यत: ऐसे उपहारों को देखने में व्यस्त हो गया जो प्राचीन शैली के थे, उनमें से एक-दो उपहारों को लेकर वह लैंप के नजदीक हो गया, ताकि रोशनी में उनके परिचय-चिह्नों को जाँच कर सके। इन क्षणों में उसके मेजबानों की चिंता में उस बिल्ली की बेचैनी झलक रही थी जिसके नवजात बच्चे जब किसी दूसरे को देखने के लिए थमाए जाते हैं, उस समय बिल्ली के चेहरे पर होती है।

"मुझे देखने दे।" "क्या आपने मेंहदी रंग का वह पात्र मुझे वापस दिया? इसकी जगह यहाँ हैं।" श्रीमती पीटर ने बोली में शहद घोलते हुए कहा।

"सॉरी!" "मैंने इसे लाल जग की बगल में रख दिया।" विल्फ्रिड ने कहा, दूसरी वस्तु को हाथ में लेकर देखते हुए।

"जरा वह चीनी छानने की चलनी मुझे फिर पकड़ाना।" श्रीमती पीटर ने कहा, "मैं इस पर लेबल लगा दूँ वरना मैं भूल जाऊँगी कि यह किसने दिया है।"

सतर्कता को फिर भी पूरी विजय नहीं मिली। अपने मेहमान को 'शुभ-रात्रि' कहने के बाद श्रीमती पीटर ने अपनी पक्की आशंका जताई कि उसने कुछ तो ज़रूर उठाया है।

"उसके हाव-भाव से मुझे भी लगता है कि उसके मन में कुछ चल रहा था।" पतिदेव ने पत्नी की शंका की पुष्टि करते हुए कहा, "क्या तुम्हें कोई चीज़ मिल नहीं रही?"

श्रीमती पीटर ने जल्दी से गिनती की।

"मेरी गिनती में ये केवल चौंतीस हैं, जबकि मेरे हिसाब से ये पैंतीस होने चाहिए।" उन्होंने ऐलान किया।

"मुझे याद नहीं कि पैंतीस की संख्या में आर्चडीकन की वह लटकनी भी शामिल है या नहीं, जो अभी तक आई नहीं है।"

"हमें कैसे पता होगा?" पीटर ने कहा, "यह कमीना, सूअर हमारे लिए कोई भेंट नहीं लाया है और मैं फाँसी लगा लूँगा, अगर वह यहाँ से एक भी चीज़ ले गया तो।"

"कल जब वह नहाने गया होगा।" श्रीमती पीटर ने जोश में कहा।

"वह अपनी चाबियाँ कहीं-न-कहीं ज़रूर छोड़ेगा और तब हम उसका चमड़े का थैला खँगाल सकते हैं। यही किया जा सकता है।"

दूसरे दिन षड्यंत्रकर्ताओं द्वारा आधे बंद दरवाजों से चौकस निगरानी रखी गई और जब विल्फ्रिड एक भड़कीला गाउन पहने स्नान-गृह की ओर गया दोनों जोशीले व्यक्ति चुपके से मुख्य अतिथि-कक्ष की तरफ दौड़ गए। श्रीमती पीटर संतरी बनकर बाहर खड़ी रहीं, जबकि उनके पति महोदय जल्दी से चाबियों की खोज में लग गए और इस खोज में कामयाबी मिलने के बाद वह एक अनुभवी ईमानदार सीमाशुल्क पदाधिकारी की भाँति उसके थैले की तलाशी लेने लगा; चाँदी का एक क्रीम जग जरसी की तह में लिपटा हुआ उस थैले की तलहटी में पड़ा था।

"धूर्त जानवर।" श्रीमती पीटर ने कहा, "उसने एक क्रीम जग इसलिए चुराया क्योंकि ऐसे कई जग थे, उसने सोचा होगा कि एक गायब हो जाने का कुछ पता नहीं चलेगा। जल्दी करो तुरंत नीचे जाओ और इसे वापस अन्य उपहारों के बीच रख दो।"

विल्फ्रिड को नाश्ते पर आने में कुछ देर हो गई और उसके रंग-ढंग से साफ पता चल रहा था कि कुछ गड़बड़ है।

"यह कहना कुछ ठीक तो नहीं लग रहा है।" उसने एकदम मुँह खोला, "लेकिन मुझे शक है कि आपके नौकरों के बीच कोई चोर घुसा हुआ है। मेरे पोर्टमैंटो (चमड़े के बैग) में से कोई चीज़ निकाली गई है। वह वस्तु मेरी माँ और

मेरी तरफ से आपके विवाह की रजत-जयंती के लिए एक छोटा सा उपहार था। मैंने कल रात डिनर के बाद ही वह उपहार आपको दे दिया होता, अगर वह भी एक क्रीम जग न होता; एक ही प्रकार के कई सारे जग उपहार में पाकर आप लोग पहले ही कुछ-कुछ चिड़चिड़े हो रहे थे इसीलिए मैंने एक और वैसा ही जग देना उचित नहीं समझा। मैं उसे बदलकर कुछ दूसरी भेंट लेने की सोच रहा था, लेकिन इससे पहले ही किसी ने उसे चुरा लिया।''

''क्या आपने कहा कि यह आपकी माँ एवं आपकी तरफ से था?'' श्रीमती और श्री पीटर ने एक साथ पूछा। वह चोट्टा (विल्फ्रिड दि स्नैचर) तो इन बहुत वर्षों से बिल्कुल अकेला रह रहा था।

''जी हाँ, मेरी माँ अभी काइरो में है और मैं ड्रिस्डेन में था जब उसने मुझे लिखा कि मैं प्राचीन शैली की चाँदी की बनी कोई सुंदर वस्तु खरीदकर लेता जाऊँ और मुझे वह क्रीम जग पसंद आ गया।''

पिजियन्कोट दंपती का चेहरा एकदम फीका पड़ गया। ड्रिस्डेन का ज़िक्र आने से स्थिति बिल्कुल पलट गई। यह विल्फ्रिड अताशे था, एक बहुत ही श्रेष्ठ एवं योग्य व्यक्ति, जो उनके सामाजिक दायरे में विरले ही आता था और जिसे वे अनजाने में विल्फ्रिड चोट्टा समझने की भूल कर रहे थे। लेडी अर्नेस्टाइन पिजियन्कोट उसकी माँ जिन लोगों में उठती-बैठती थी वह दायरा उन लोगों की सोच एवं पहुँच के एकदम बाहर था और बेटे का किसी दिन राजदूत बनना निश्चित था। और उन्होंने यह क्या कर डाला। उसके बैग की तलाशी ले डाली। पति और पत्नी एक-दूसरे का मुँह ताकते रह गए। फिर पहले श्रीमती पीटर को आन बचाने की कोई बात सूझी।

''घर में चोर होने की बात सोचकर ही दिल दहल जाता है!'' रात में ड्राइंग-रूम को बेशक हम ताला लगाकर रखते हैं, किंतु उस समय कुछ भी उठाकर ले जाया जा सकता है, जब हम नाश्ता कर रहे होते हैं।''

वह उठकर बड़ी फुरती से बाहर गई, जैसे कि खुद को आश्वस्त करना चाहती हो कि ड्राइंग-रूम से चाँदी के बरतन कहीं गायब तो नहीं हो गए, और कुछ ही देर में वापस आ गई, हाथों में एक क्रीम जग पकड़े हुए।

''वहाँ सात के बजाय अब आठ क्रीम जग हैं।'' वह चिल्लाई।

''यह जग पहले वहाँ नहीं था। याद्दाश्त की कितनी अद्भुत मिसाल है यह विल्फ्रिड महोदय। पिछली रात आप इसे लेकर नीचे आए होंगे और ड्राइंग-रूम बंद किए जाने से पहले आपने इसे वहाँ रख दिया होगा, और सुबह तक इसके बारे में आप सब कुछ भूल गए होंगे।''

''कभी-कभी आदमी का दिमाग इस तरह की तुच्छ चाल चल जता है।'' श्री

पीटर ने बेधड़क निष्कपटता से कहा।

''दो-चार दिन पहले की बात है, मैं एक बिल का भुगतान करने शहर गया और उसके अगले दिन फिर चला गया, मैं भूल ही गया था कि मैं···।''

''यही जग है जो मैं आप लोगों को भेंट में देने के लिए लाया था।'' विल्फ्रिड ने उसे निकट से देखकर कहा, ''यह मेरे चमड़े के बैग में था जब मैंने नहाने के लिए जाने से पहले अपने कपड़े उसमें से निकाले थे, और नहाकर वापस आने पर जब मैंने बैग खोला, तो यह गायब था। किसी ने इसे निकाल लिया, जिस दौरान मैं कमरे में नहीं था।''

पिजियन्कोट पति-पत्नी का चेहरा और भी अधिक फक्क पड़ गया। श्रीमती पीटर को फिर एक अंतिम तरकीब सूझी।

''प्रिय, जरा मेरी सुँघनी ला देना।'' श्रीमती पीटर ने अपने पति से कहा, ''मेरे खयाल से सुँघनी की शीशी ड्रेसिंग-रूम में रखी है।''

पीटर राहत की साँस लेते हुए कमरे से बाहर निकल गया, पिछले कुछ पलों के दौरान वह इतना लंबा जीवन जी चुका था जैसे शादी की स्वर्ण जयंती बस एक हाथ की दूरी पर हो।

श्रीमती पीटर ने गोपनीय लज्जाशीलता के साथ अपने अतिथि की ओर रुख़ किया।

''आप जैसा योग्य कूटनीतिज्ञ ही इस मामले को ऐसा रंग देना जानता है जैसे कुछ हुआ ही नहीं। पीटर की क्षुद्र कमज़ोरी परिवार की रगों में दौड़ती है।''

''हे भगवान्!'' ''क्या तुम कहना चाहती हो कि उसे चोरी करने की लत है अपने चचेरे भाई उस चोट्टे की तरह।''

''अरे, ठीक वैसा नहीं जैसा आप समझ रहे हैं।'' श्रीमती पीटर ने कहा, ''जो अपने पति की प्रस्तुत की गई छवि को थोड़ा और मलिन करने को उत्सुक थी। वह इधर-उधर पड़ी चीजों को कभी छुएँगे भी नहीं, लेकिन उन वस्तुओं पर धावा बोलने से खुद को रोक नहीं सकते जो ताले में रहती हैं। डॉक्टर इस बीमारी को किसी विशेष नाम से पुकारते हैं। जैसे ही आप नहाने के लिए गए वह आपके पोर्टमैंटो पर झपट पड़ा होगा और जो पहली चीज़ दिखाई दी, वही उसने निकाल ली। सच में, एक क्रीम जंग लेने का उसका कोई इरादा नहीं था, हमारे पास, जैसा कि आप जानते हैं सात जग पहले ही हैं, किंतु आप ऐसा बिल्कुल न समझें कि आपने और आपकी माँ ने जो उपहार हमें दिया है हमारे लिए महत्त्व नहीं रखता है।''

''चुप, पीटर यहाँ आ रहा है।''

श्रीमती पीटर ने कुछ भ्रम दूर कर दिया और हॉल में वह अपने पति से मिलने के लिए दौड़ पड़ी।

''सब ठीक है।'' श्रीमती पीटर ने फुसफुसाकर अपने पति से कहा, ''मैंने सारी बात साफ कर दी है। अब इस बारे में कुछ और मत कहना।''

''शाबाश, मेरी भोली-भाली बहादुर बेगम!'' पीटर ने सुकून की एक साँस लेते हुए कहा, ''मैं ऐसा कभी नहीं कर पाता।''

कूटनीतिज्ञ संयम का पारिवारिक मामलों में लागू होना आवश्यक नहीं होता है। पीटर पिजियन्कोट कभी यह नहीं समझ सका कि श्रीमती कॉन्सुएलो वैन बुल्लॉन, जो वसंत के मौसम में उनके यहाँ ठहरी थीं, आभूषणों के दो खूबसूरत डिब्बे स्नानागार में अपने साथ क्यों ले जाती थीं और अगर गलियारे में कोई टकरा जाता तो कहती थीं कि उनका 'मैनिक्युअॅर' और 'फेस-मैसाज' सेट है।

□

प्रतिशोध की दावत

"अच्छी बात है कि सेंट वेलेंटाइन डे अब चलन से बाहर हो गया है," श्रीमती थैकन्बरी ने कहा, "जन्मदिवसों की तो बात ही जाने दो, क्रिसमस और नया साल तथा ईस्टर के अलावा भी इस प्रकार के अनेक स्मरण-दिवस हैं। क्रिसमस पर मैंने अपनी सभी सखी-सहेलियों को फूल भेजकर स्वयं को व्यर्थ के कष्ट से बचाने का प्रयास किया, लेकिन प्रयास निष्फल रहा; गरट्रूड के पास ग्यारह काँचघर (हाट-हाउस) तथा करीब तीस माली हैं, इसलिए उसे फूल भेजना बड़ा हास्यास्पद होता और मिली ने अभी-अभी फूल बेचने की एक दुकान का शुभारंभ किया है, अत: उसको भी फूल भेजने का कोई सवाल नहीं था। गरट्रूड और मिली को क्या उपहार भेजा जाए, इसका निर्णय करने की हड़बड़ी का तनाव इतना ज़्यादा था कि सोचते-सोचते मैं सब कुछ भूल ही गई, जिसके कारण क्रिसमस मनाने का मेरा सारा जोश ठंडा पड़ गया और ऊपर से धन्यवाद देने के पत्र लिखने की औपचारिकता निभाने का भारी बोझ सुंदर पुष्प भेजने के लिए आपका बहुत-बहुत शुक्रिया। मन प्रसन्न हुआ यह जानकर कि आपने मुझे याद किया। बेशक अधिकतर मामलों में मैंने पानेवालों के बारे में सोचा भी नहीं था, उनके नाम मेरी सूची में 'उन लोगों के बहुत नीचे थे जिन्हें छोड़ा नहीं जा सकता था।' अगर मैं उनको याद करने का विश्वास करती तो भूल जाने का कुछ घोर अपराध हो जाता।"

"समस्या यह है।" क्लोविस ने अपनी आंट से कहा।

"ये जितने भी स्मरण-दिवस हैं मानव प्रकृति के एक ही पहलू को बार-बार उजागर करते हैं और दूसरे पहलू को पूर्णतया अनदेखा कर देते हैं, यही कारण है कि वे इतने रिवाजी, औपचारिक एवं दिखावटी हो जाते हैं। क्रिसमस और नववर्ष के अवसर पर परंपरा का निर्वाह करने के प्रयोजन से बड़े उत्साहित होकर आशावादी सद्भावना एवं चाटुकारितापूर्ण अनुराग के अति मुखर एवं भावुक संदेश उन लोगों को भी भेजने के लिए आप आतुर हो जाते हैं जिन्हें हम कभी लंच पर आने के लिए भी नहीं कहेंगे, जब तक कि अंतिम क्षणों में कोई दूसरा पीछे न हट जाए। यदि आप नववर्ष की पूर्व

संध्या पर किसी रेस्तराँ में चाय पी रहे हैं तो आपको अनुमति होती है और आपसे यह अपेक्षा भी रहती है कि आप वहाँ मौजूद लोगों से मिलें। उन अजनबी लोगों से भी हाथ मिलाएँ और मिलकर गाएँ 'फॉर ऑल्ड लैंड सिने' जिन्हें हमने कभी देखा नहीं है और न कभी देखना चाहेंगे। लेकिन उलटी दिशा में देखने का कोई अधिकार नहीं है।''

''उलटी दिशा, कैसी उलटी दिशा?'' श्रीमती थैकन्बरी ने पूछा।

''उन लोगों के प्रति अपनी भावनाएँ प्रकट करने का कोई उपाय नहीं है जिन्हें आप सिर्फ नापसंद करते हैं। हमारी आधुनिक सभ्यता की यह वास्तव में बड़ी ज़रूरत है। जरा सोचो कितना अच्छा होगा अगर एक दिन पुराने झगड़ों एवं बैरभाव को चुकता करने के लिए भी निर्धारित किया जाए, कोई एक दिन, जब हम अपनी प्रतिशोध की भावना के साथ दिल खोलकर 'उन लोगों के पास जा सकते जिनको कभी-न-कभी सबक सिखाने की कसम हम दिल में लिए बैठे रहते हैं।' मुझे याद है जब मैं एक प्राइवेट स्कूल में था, हमें एक दिन मिलता था शायद शिक्षण सत्रावधि का अंतिम सोमवार हुआ करता था और वह दिन आपसी झगड़ों एवं मन-मुटाव को दूर करने के लिए पुनीत माना जाता था, निस्संदेह हमारी दृष्टि में उसका महत्त्व उतना नहीं था, जितना कि होना चाहिए था, क्योंकि उस प्रयोजन के लिए आख़िरकार सत्रावधि का कोई भी दिन उपयुक्त हो सकता था। फिर भी यदि किसी ने पहले अपने से छोटे किसी लड़के को अक्खड़पन के लिए मारा-पीटा हो तो उस दिन दुबारा उसकी धुनाई करके पहले वाली घटना उसे याद दिलाई जा सकती है। फ्रांस के लोग इसे अपराध का पुनर्निर्माण करना कहते हैं।''

''मैं इसे दंड का पुनर्निर्माण कहना चाहूँगी।'' श्रीमती थैकन्बरी ने कहा, ''और किसी भी प्रकार, मैं नहीं समझती कि स्कूल के दिनों का झगड़ा निपटाने की किसी पुरानी प्रथा को आप सभ्य वयस्क जीवन में कैसे आरंभ कर सकते हैं। ठीक है कि हम इतने भी बड़े नहीं हुए हैं कि हमारे शौक, हमारे तीव्रोत्साह पीछे छूट गए हों, लेकिन हमें अब तक इतनी समझ तो आ ही जानी चाहिए कि हम उन्हें सर्वथा उचित सीमाओं के अंदर रख सकें।''

''निस्संदेह यह काम चोरी-छिपे और नम्रतापूर्वक करना होगा।'' क्लोविस ने कहा, ''इसकी शोभा यह होगी कि यह कभी भी दूसरी प्रथाओं की तरह औपचारिक नहीं होगा। अब मिसाल के लिए जैसे आप खुद से कहें क्रिसमस पर वेब्ले दंपती के साथ मैं भी वैसा ही कुछ करूँगी जैसा उन्होंने बोर्नमाउथ में प्रिय बर्टी के साथ किया था। आप उन्हें एक कलेंडर भेजती हैं और क्रिसमस के बाद छह दिन तक वेब्ले महोदय श्रीमती वेब्ले से पूछते हैं कि क्या उन्हें याद है कि कलेंडर भेजने के लिए उन्हें तुम्हारा शुक्रिया अदा करना है। ठीक, अब इस विचार को तुम अपनी प्रकृति के दूसरे तथा अधिक मानवीय पक्ष पर रोपित कर दो और अपने आप से कहो—

'अगला गुरुवार प्रतिशोध-दिवस है; बगल के मकान में रहनेवाले कुत्सित लोगों को सबक सिखाने के लिए मैं क्या कर सकती हूँ, जिन्होंने उस समय बहुत बतंगड़ बनाया था जब प्रिंग यांग ने उनके सबसे छोटे बच्चे को टक्कर मारी थी?' फिर उस नियत दिन आप सुबह बहुत जल्दी उठते हैं और दीवार फाँदकर उनके उद्यान में पहुँच जाते हैं तथा बागवानी का एक अच्छा सा दो फाँकवाला औज़ार लेकर उनके टेनिस-कोर्ट में खुंभी के लिए ज़मीन खोदते हैं, खासतौर पर टेनिस-कोर्ट के उस भाग में खुदाई करते हैं जिसे जयपत्र की झाड़ियों से ढक दिया गया है। आपको वहाँ खुंभियाँ तो नहीं मिलती हैं, लेकिन आपके मन को बड़ी शांति ज़रूर मिलेगी, ऐसा सुकून मिलेगा जो किसी भी बड़े-से-बड़े उपहार देने से नहीं मिल सकता था।''

''मैं नहीं करूँगी।'' श्रीमती थैकन्बरी ने कहा, हालाँकि उनके प्रतिवाद में कुछ अस्वाभाविकता अधिक थी, ''ऐसा करते हुए मुझे लगेगा जैसे मैं ज़मीन का कोई कीड़ा हूँ।''

''सीमित समय में कोई कीड़ा जो उथल-पुथल मचा सकता है, आप उसकी शक्ति को बढ़ा-चढ़ाकर पेश कर रही हैं'', क्लोविस ने कहा, ''अगर आप वास्तव में एक उपयोगी काँटे (दो फलवाले औज़ार) का इस्तेमाल दस मिनट तक पूरी ताकत से करें, तो आपके कार्य का परिणाम स्पष्ट बताएगा कि यह असाधारण रूप से चतुर किसी छछूँदर या बिज्जू द्वारा जल्दबाजी में किया गया काम है।''

''उन्हें अंदाजा हो सकता है कि मैंने किया है।'' श्रीमती थैकन्बरी ने कहा।

''बेशक, वे यही अनुमान लगाएँगे।'' क्लोविस ने कहा।

''वह उस प्रतिशोध की आधी संतुष्टि होगी, ठीक उसी तरह जैसे आप क्रिसमस पर लोगों को बताना या जताना चाहती हैं कि किस प्रकार के उपहार या कार्ड आपने उन्हें भेजे हैं। स्थिति को सँभालना, बेशक, तब बहुत आसान हो जाएगा जब आप बाहर-बाहर से उस व्यक्ति के प्रति मैत्रीपूर्ण व्यवहार का ढोंग करते हैं जिससे आप घृणा करते हैं। उदाहरण के लिए, वह लालची छोटी बच्ची एगनीस ब्लेक, जो अपने खाने के सिवा और कुछ नहीं सोचती है, बड़ी आसानी से आपके साथ चल देगी अगर आप उसे किसी निर्जन वनस्थली में पिकनिक के बहाने ले जाएँ और लंच परोसे जाने से पहले उसे जंगल में भटकने के लिए अकेला छोड़ दें; जब आप उसे दुबारा खोज निकालेंगे, तब तक खाने का एक लुकमा भी नहीं बचा होगा।''

''लंच एकदम निकट हो, उस समय एगनीस ब्लेक को खोने के लिए किसी साधारण मानवीय युक्ति से काम नहीं चलनेवाला, दरअसल मैं नहीं मानती कि यह किया जा सकता है।''

''फिर ऐसा करो कि सभी दूसरे मेहमानों, उन लोगों को साथ ले लो जिन्हें तुम

पसंद नहीं करते हो और लंच भूल जाओ। दुर्भाग्य से लंच रास्ता भटक जाता है और किसी गलत दिशा में चला जाता है।''

''यह तो एक बड़ी भीषण पिकनिक होगी।'' श्रीमती थैकन्बरी ने कहा।

''उनके लिए, तुम्हारे लिए नहीं।'' क्लोविस ने कहा।

''आप चलने से पहले ही भरपेट खा चुके होंगे और खाने से वंचित लोगों को आप रस ले-लेकर विस्तार से बता रहे होंगे कि लंच में क्या-क्या है—न्यूबर्ग की झींगा मछली और अंडायुक्त शानदार सलाद और अंगीठी पर पकी गरमा-गरम कढ़ी। जब तक आप तरह-तरह की शराबों का नाम लेंगे, उससे पहले ही ऐगनीस ब्लेक, लंच का इंतज़ार करते-करते आपे से बाहर हो जाएगी और जब वे लंच आने की उम्मीद बिल्कुल छोड़ चुके होंगे, आप उन्हें बेकार के खेल खेलने के लिए उकसा सकते हैं, जैसे कि 'लॉर्ड मेयर की डिनर पार्टी' का बेवकूफाना खेल, जिसमें हर व्यक्ति को कोई एक डिश (विशेष स्वादिष्ट भोजन) चुननी होती है और उसे मँगाए जाने तक कुछ निरर्थक करके दिखाना होता है। इस मामले में उनकी आँखों से शायद आँसू बह निकलेंगे जब उनकी बताई डिश का नाम पुकारा जाएगा। यह एक उत्कृष्ट पिकनिक होगी।''

श्रीमती थैकन्बरी एक क्षण के लिए खामोश रहीं, वे शायद मन-ही-मन उन लोगों के नामों की सूची बना रही थीं जिन्हें उनका ड्यूक हम्फ़े पिकनिक में बुलाने का इरादा था। फिर तड़ाक से उन्होंने पूछा, ''और उस घृणित युवक, वाल्डो प्लूव्ले का क्या करना है, जो हमेशा नखरे करता रहता है—क्या आपने इस बारे में कुछ सोचा है कि उसके साथ कैसे पेश आया जा सकता है।'' स्पष्टतः श्रीमती थैकन्बरी को उस अवसर में प्रतिशोध-दिवस की सँभावनाएँ नज़र आने लगी थीं।

''यदि उत्सव का आयोजन पूर्ण स्वीकृति से किया जाना हो।'' क्लोविस ने कहा, ''तो वाल्डो की इतनी माँग होगी कि आपको उसे कई सप्ताह पहले से बोलना होगा और फिर भी यदि कोई पुरवइया हवा चल जाए या आसमान में एक-दो बादल घिर आएँ, तो हो सकता है कि वह अपने बहुमूल्य शरीर को बाहर आने का कष्ट न देना चाहे। बहुत खुशी की बात होगी यदि आप उसे लुभाकर बगीचे में उस झूले तक ले जाएँ, जिसके पास हर गरमी के मौसम में बर्र का एक छत्ता होता है। किसी गरम दुपहरी में एक आरामदायक झूले में अलसाना उस आलसी जीव को बहुत अच्छा लगेगा, और फिर, जब उसे झपकी आने लगे, माचिस की एक जली तीली छत्ते में फेंक देने से सारी कुपित बर्रें एक साथ बाहर आ जाएँगी और वाल्टो की स्थूल काया उनके लिए 'दूसरा बसेरा' बन जाएगी। झूले से जल्दी निकल भागने के लिए कुछ हाथ-पाँव तो चलाने ही पड़ेंगे।''

''डंक मार-मार कर वे उसकी जान भी तो ले सकती हैं।'' श्रीमती थैकन्बरी ने प्रतिवाद किया।

"वाल्डो उन लोगों में से है जो मृत्यु से बहुत सुधर जाएँगे।" क्लोविस ने कहा, "लेकिन अगर आप उस हद तक जाने का इरादा नहीं रखती हैं, तो आप यह कर सकती हैं कि जिस समय जली हुई तीली बर्र के छत्ते में फेंकी जाए, उसी क्षण आप कुछ गीला भूसा झूले के नीचे रखकर जला दें; उससे निकला धुआँ अत्यंत लड़ाकू बर्रों को डंक-प्रहार रेखा के बाहर रखेगा और जब तक वाल्डो धुएँ के रक्षा-कवच के अंदर रहेगा, उसकी जान बची रहेगी और अंततः उसे उसकी माँ के पास सही-सलामत पहुँचाया जा सकेगा; अधिक-से-अधिक इतना ही होगा कि उसके शरीर पर जगह-जगह चकत्ते पड़े होंगे और सूजन होगी, लेकिन इतनी खराब हालत नहीं होगी कि उसे पहचाना न जा सके।"

"उसकी माँ जिंदगीभर के लिए मेरी दुश्मन हो जाएगी।" श्रीमती थैकन्बरी ने कहा।

"मतलब है कि क्रिसमस पर आपको एक ग्रीटिंग कम भेजना पड़ेगा।" क्लोविस का जवाब था।

□

लूइस

"चाय बहुत ठंडी होगी, थोड़ी और लाने के लिए कह दें।" धनवती विधवा लेडी बीनफोर्ड ने कहा।

सूसन लेडी बीनफोर्ड एक साहसी वृद्ध महिला थी जिसने जिंदगी का अधिकतर समय काल्पनिक अस्वस्थता का नख़रा दिखाने में व्यतीत किया था; क्लोविस सान्ग्रेल ने अश्रद्धापूर्वक सूचित किया कि महारानी विक्टोरिया की ताजपोशी के अवसर पर उन्हें सर्दी लग गई थी जिसे उन्होंने फिर कभी जाने नहीं दिया। उनसे कुछ वर्ष छोटी उनकी बहन मिल जेन थॉपलस्टान्स को मिडॅलसेक्स में सर्वाधिक भुलक्कड़ महिला होने का ख़िताब प्राप्त था।

"इस दोपहर मैंने वास्तव में असाधारण चुस्ती-फुरती दिखलाई है, उसने बहुत खुशी से कहा, जब उसने चाय लाने के लिए घंटी बजाई। जिस-जिस से मुझे मिलना था, उन सबसे मैं मिल चुकी हूँ और मैंने वह सारी खरीदारी कर ली है, जिस खरीदारी के लिए मैं निकली थी। मुझे याद था और मैंने हैरोड्स में तुम्हारे लिए उस रेशमी कपड़े को तलाशने तथा मिलाने का प्रयास भी किया, लेकिन मैं उसका नमूना अपने साथ ले जाना भूल गई थी, इसलिए लेने का कोई फायदा नहीं था। मैं समझती हूँ कि एकमात्र वही एक आवश्यक काम था जिसे मैं पूरी दोपहरी भूली रही। मेरे लिए बहुत प्रशंसा की बात है, नहीं है क्या?"

"लूइस के साथ तुमने क्या किया है?" उसकी बहन ने पूछा, "क्या तुम उसे अपने संग नहीं ले गई थी? तुमने कहा कि तुम उसके पास जा रही हो।"

"हे भगवान्।" जेन चिल्लाई, "मैंने लूइस का क्या किया, मैंने उसे कहीं छोड़ दिया होगा।"

"लेकिन कहाँ?"

"वही तो बात है। कहाँ छोड़ दिया मैंने उसे? मुझे याद नहीं कि कैरीवुड दंपती घर पर थे या मैंने सिर्फ कार्ड छोड़े। अगर वे घर पर थे, मैंने लुइस को ब्रिज खेलने

वहाँ छोड़ दिया होगा। मैं जाती हूँ और लॉर्ड कैरीवुड को फोन करके पता लगाती हूँ।''

''क्या आप हैं, लॉर्ड कैरीवुड?'' उसने टेलीफोन पर पूछा, ''इधर मैं हूँ, जेन थॉपलटान्स। मैं जानना चाहती हूँ कि क्या आपने लूइस को देखा है?''

''लूइस।'' उधर से जवाब आया, देखने के मुझे संयोग से तीन अवसर मिले हैं। पहली बार तो, मैं कबूल करता हूँ, मैं ज़्यादा प्रभावित नहीं हुआ लेकिन कुछ देर बाद संगीत में कुछ जान आने लगती है। फिर भी ''मुझे नहीं लगता कि फिलहाल मैं इसे दुबारा देखना चाहूँगा। क्या तुम अपने बॉक्स में मुझे सीट देना चाह रही हो?''

''मैं आपेरा 'लुइस' की नहीं, अपनी भतीजी लूइस थॉबलस्टान्स की बात कर रही हूँ। मैंने सोचा कि कहीं मैं उसे आपके घर तो नहीं छोड़ आई।''

''मैं समझता हूँ, इस दोपहर तुम हमारे यहाँ ताश छोड़ गई हो, लेकिन किसी भतीजी को छोड़ गई हो, यह तो मुझे पता नहीं। अगर तुमने उसे यहाँ छोड़ा होता, तो नौकर ने उसके बारे में अवश्य बताया होता। क्या अब ताश के साथ-साथ भतीजियों को भी लोगों पर छोड़कर जाने का रिवाज़ चल पड़ा है? मुझे तो ऐसा नहीं लगता; बर्कले स्क्वेयर में स्थित कुछ घरों में वैसे किसी काम के लिए वास्तव में कोई जगह नहीं है।''

''वह कैरीवुड के घर पर नहीं है'', जेन ने वापस आकर चाय पीते हुए बताया, ''अब मुझे कुछ-कुछ ध्यान आ रहा है, शायद मैंने उसे सेलफ्रिज में सिल्क काउंटर के पास छोड़ा था। मैंने उसे वहाँ एक मिनट रुकने के लिए कहा होगा जब मैं सिल्क का कपड़ा ज्यादा रोशनी में देखने के लिए गई थी और मैं उसके बारे में बिल्कुल भूल गई जब मैंने जाना कि तुम्हारा सिल्क का नमूना मेरे पास नहीं है। ऐसा हुआ है तो वह अभी तक वहीं बैठी होगी। वह हटेगी नहीं जब तक उसे कहा न जाए; लूइस में अपनी तरफ से कुछ करने की बुद्धि नहीं है।''

''तुमने कहा कि हैरोड्स में तुमने सिल्क का मिलान करने की कोशिश की?'' धनाढ्य विधवा ने टोका।

''क्या मैंने ऐसा कहा?'' शायद हैरोड्स ही था। मुझे ठीक से याद नहीं। यह उनमें से कोई एक जगह थी जहाँ हर व्यक्ति इतना दयालु, सहानुभूतिपूर्ण और समर्पित है कि ऐसे सुंदर एवं सुखद परिवेश से धागे की एक रील भी कोई ले जाना नहीं चाहेगा।''

''मैं समझती हूँ तुमने लूइस को वहाँ नहीं छोड़ा होगा। अजनबी लोगों की भीड़ में उसके रह जाने की बात मुझे जमी नहीं। मान लो, कोई बुरी नीयतवाला आदमी उसे बातों में उलझा ले तो।''

''असंभव।'' लूइस बात कर ही नहीं सकती। किसी भी एक विषय पर मैंने उसे···क्या आप ऐसा सोचते हैं? बहुत संभव है आप सच हों, से ज़्यादा कहते कभी नहीं सुना। मैं सोचती हूँ कि रिबॉट शासन के पतन के बारे में उसकी चुप्पी हास्यास्पद

थी, अगर इस बात पर गौर करें कि उसकी माँ कितनी बार पेरिस जाती रहती थी। यह ब्रेड और बटर बहुत बारीक कटा है; मुँह तक ले जाने से पहले ही यह टूटकर गिर सकता है। खाने की वस्तु को हवा में लपकना कितना बुरा लगता है, जैसे कोई ट्रॉउट मछली पाँखी पर झपटती है।

''मुझे बड़ा आश्चर्य होता है, धनी विधवा ने कहा, ''कि तुम वहाँ बैठकर आराम से चाय-पान कर सकती हो जबकि तुमने अभी-अभी अपनी एक प्यारी भतीजी को खो दिया है।''

''आप तो ऐसे बात कर रही हैं जैसे मैंने उसे थोड़ी देर के लिए भूल जाने के बजाय किसी चर्च के अहाते में छोड़ दिया हो। अभी मुझे याद आ जाएगा कि मैंने उसे कहाँ छोड़ा।''

''तुम किसी श्रद्धा-स्थल के दर्शन करने तो नहीं गई थी, गई थी क्या? अगर तुमने उसे वेस्टनिस्टर ऐबे या सेंट पीटर के समाधि-स्थल, ईटन स्क्वेयर में अकारण गुमसुम घूमने के लिए छोड़ दिया हो तो उसे कैट ऐंड माउस ऐक्ट के तहत पकड़ लिया जाएगा और रेजिनाल्ड मेकेना भेज दिया जाएगा।''

''वह तो बहुत बुरा होगा'', जेन ने बीच में ब्रेड और बटर का एक बड़ा सा टुकड़ा उठाते हुए कहा। मेकेना परिवार को तो हम जानते तक नहीं और किसी असहिष्णु निजी सचिव को टेलीफोन करना, लूइस के बारे में उसे विस्तार से बताना तथा डिनर के समय लूइस को वापस भिजवाने के लिए कहना, बड़ा थकानेवाला काम होगा। भाग्यवश मैं किसी श्रद्धा-स्थल का दर्शन करने नहीं गई, हालाँकि मैं मुक्ति सेना के एक जुलूस में ज़रूर फँस गई थी। उनको निकट से देखकर उनके साथ-साथ चलकर वास्तव में बहुत खुशी महसूस हुई, वे अब बिल्कुल पहले जैसे नहीं हैं जब मैंने पहली बार उनको अस्सी के दशक में देखा था। तब वे बेढंगे और मैले-कुचैले कपड़ों में निकला करते थे, लोग उन पर हँसते थे और अब वे कितने सजे-धजे, हँसमुख और भड़कीले हो गए हैं। धार्मिक आस्था जगानेवाले लाल फूलों की क्यारी जैसे। लौरा कैटलवे ने एक दिन डोवर स्ट्रीट ट्यूब की लिफ़्ट में जाते हुए उनके बारे में बताया था कि वे बहुत नेक काम कर रहे हैं और अगर वे नहीं होते तो संसार का कितना बड़ा नुकसान होता? ''अगर वे कभी नहीं होते'' मैंने कहा, 'ग्रैनविल बार्कर ने निश्चित रूप से कुछ ऐसा खोज लिया होता जो हूबहू उनके जैसा लगता।' अगर तुम ट्यूब की लिफ़्ट में जोर-जोर से इस तरह बातें करते हो तो वे हमेशा चुटकुलों—जैसी लगती हैं।''

''मैं समझती हूँ तुम्हें लूइस के बारे में कुछ करना चाहिए।'' धनी विधवा ने कहा।

''मैं सोचने का प्रयत्न कर रही हूँ कि क्या वह मेरे साथ थी जब मैं ऐड स्पेलवेक्सिट से मिलने गई थी। ऐड हमेशा की तरह उस कुत्सित कोरियाटॉपस्की औरत को मेरे गले

के नीचे उतारने की कोशिश कर रहे थे, बखूबी यह जानते हुए कि मैं उसे पसंद नहीं करती हूँ और एक असुरक्षित क्षण में उसने कहा, ''वह अपना मौजूदा घर छोड़ रही है और लोअर सीमूर स्ट्रीट जा रही है। मैं दावे से कहती हूँ वह चली जाएगी अगर वह ज़्यादा देर वहाँ रुकी'', मैंने कहा। ऐड ने तीन मिनट तक उसकी तरफ नहीं देखा और फिर वह सच में अभद्रता पर उतर आई, ''नहीं मुझे पक्का यक़ीन है कि मैंने लूइस को वहाँ नहीं छोड़ा।''

''अगर तुम याद कर सको कि तुमने उसे कहाँ छोड़ा, तो वह बात इन नकारात्मक आश्वासनों से अधिक सार्थक होगी'', लेडी बीनफोर्ड ने कहा, ''अब तक हमने यही जाना है कि वह कैरीवुड दंपती के यहाँ नहीं है या ऐड स्पेलवेक्सिट के घर या वेस्टमिन्स्टर ऐबे में नहीं है।''

''इससे खोज का दायरा कुछ छोटा हो जाता है,'' जेन ने उम्मीद के साथ कहा, ''मुझे कुछ-कुछ ऐसा ध्यान आता है कि वह मेरे साथ थी जब मैं मॉरने से भेंट करने गई। मॉरने से मिलने मैं इसलिए गई; क्योंकि मुझे याद है कि वहाँ मेरी मुलाकात मैल्कम से हुई थी। वहाँ उसका नाम क्या है तुम समझ रहे हो, मैं किसके बारे में कह रही हूँ। जिन लोगों का पहला नाम अनोखा होता है उस नाम का बड़ा फायदा रहता है, क्योंकि आपको उनके नाम याद करने की कोशिश नहीं करनी पड़ती है। बेशक मैं एक या दो और मैल्कम को जानती हूँ, लेकिन उनमें से एक भी ऐसा नहीं जिसे आनंददायक कहा जा सके। उसने मुझे स्लोन स्क्वेयर में हैप्पी संडे ईवनिंग्स के दो टिकट दिए थे। मैंने उन्हें शायद मॉरने के यहाँ छोड़ दिया, लेकिन वे लोग बहुत भले निकले उन्होंने वे टिकट मुझे दे दिए।''

''क्या तुम सोचती हो, लूइस को तुमने वहाँ छोड़ दिया?''

''मैं उन्हें फोन करके पूछ सकती हूँ। ओह, रॉबर्ट इससे पहले कि तुम चाय के बरतन उठाओ, मैं चाहती हूँ कि तुम रीजेंट स्ट्रीट में मॉरने के घर फोन करो और पूछो कि क्या थिएटर के दो टिकट और एक भतीजी इस दोपहर उनकी दुकान में छूट गई हैं।''

''एक भतीजी मैडम?'' संतरी ने पूछा।

''हाँ, मिस लूइस मेरे साथ घर नहीं आई और मुझे बिल्कुल याद नहीं कि मैंने उसे कहाँ छोड़ा।''

''मिस लूइस तो इस दोपहर पूरे समय ऊपर की मंजिल पर मौजूद रही है मैडम। वह रसोई की दूसरी नौकरानी को पढ़कर सुना रही थी, जिसे नाड़ी का दर्द है। मैडम लगभग पौने पाँच बजे मैं मिस लूइस को चाय देने ऊपर गया था।''

''सचमुच मैं भी कितनी पागल हूँ। अब मुझे याद आया मैंने ही उसे बेचारी ऐमा को 'फेयरी क्वीन' पढ़कर सुनाने और उसे नींद दिलाने की कोशिश करने के लिए

कहा था। मुझे भी जब तंत्रिका-शूल के कारण नींद नहीं आ रही होती है तो मैं हमेशा किसी-न-किसी को 'फेयरी क्वीन' पढ़कर सुनाने के लिए कहती हूँ और मुझे नींद आ जाती है। लगता है लूइस को कामयाबी नहीं मिली, लेकिन कोई यह नहीं कह सकता कि उसने कोशिश नहीं की। मैं सोचकर बैठी रही, पहले घंटे के बाद रसोई में काम करनेवाली नौकरानी को उसके नाड़ी-शूल के साथ अकेला छोड़ दिया जाना चाहिए था, लेकिन लूइस ऐसा करनेवाली नहीं है जब तक कि उससे कहा न जाए। ख़ैर अब जैसे भी हो रॉबर्ट तुम मॉरने के यहाँ फोन करो और पूछो कि क्या मेरे दो टिकट वहाँ छूट गए हैं। और सूसन तुम्हारे रेशमी कपड़े के अलावा वही दो चीज़ें हैं, जो मैं इस दोपहर भूली हूँ। कितनी शाबाशी का काम किया न मैंने।''

□

असावधानी

"बड़ा गड़बड़झाला है यह तो; बिल्कुल किसी चीनी पहेली जैसा", लेडी प्रॉशे ने अपने लेखन-कार्य की मेज पर तीन-चार कागजों तक फैली नामों की लंबी सूची पर नज़र डालते हुए कुछ-कुछ गुस्से में कहा। अधिकतर नामों पर पेंसिल की एक लकीर खिंची हुई थी।

"चीनी पहेली जैसा क्या है ?" लीना लर्डलफोर्ड ने फुरती से पूछा, जिसे इस बात का कुछ ज्यादा ही घमंड था कि जीवन की छोटी-मोटी समस्याओं से निपटना उससे बेहतर कोई नहीं जानता है।

"लोगों की एक साथ उचित छँटनी करना। सर रिचर्ड चाहते हैं कि मैं इस वर्ष एक गृह-गोष्ठी (हाउस-पार्टी) का आयोजन करूँ, और उनकी तरफ से मुझे पूरी छूट है कि मैं जिसे चाहूँ न्योता दे सकती हूँ। वे केवल इतना चाहते हैं कि पार्टी शांतिमय होनी चाहिए, किसी प्रकार की कलह या अप्रियता नहीं होनी चाहिए।"

"बात बहुत ठीक लगती है।" लीना ने कहा।

"बहुत ठीक ही नहीं, बल्कि आवश्यक भी है। सर रिचर्ड को अपने साहित्यिक कार्य के बारे में सोचने से ही फुरसत नहीं मिलती है; जिस व्यक्ति की अपनी छत के नीचे सामाजिक झगड़ों की आग लगी हो, उससे आप मध्य एशिया के स्वजातीय कबीलों के आपसी विवादों पर ध्यान केंद्रित करने की अपेक्षा नहीं कर सकते।"

"लेकिन उनमें आग क्यों लगेगी?" एक घरेलू दावत के दायरे में कलह या वैमनस्य का क्या काम ?"

"बिल्कुल सही; झगड़े क्यों भड़कने चाहिए या झगड़े होने ही क्यों चाहिए?" लेडी प्रॉशे ने सहमति जताई। "कहना बहुत आसान है, लेकिन सच यही है कि झगड़े हमेशा होते हैं। हम बदकिस्मत रहे हैं; एक बार नहीं, अनेक बार, अब मैं पीछे मुड़कर देखने और समझने लगी हूँ। हमारे यहाँ हमेशा प्रचंड रूप से परस्पर विरोधी विचारों के लोग इकट्ठा होते रहे हैं और नतीजा अप्रियता तक ही सीमित नहीं रहा, विस्फोट तक जा पहुँचा है।"

''क्या तुम्हारा मतलब उन लोगों से है जो राजनीतिक मत और धार्मिक विचारों संबंधी विषयों पर मतभेद रखते हैं?'' लीना ने पूछा।

''नहीं, वह बात नहीं है।'' राजनीतिक या धार्मिक मतभेद से संबंधित सामान्य तर्क-वितर्क से कोई अंतर नहीं पड़ता है। आप चर्च ऑफ इंग्लैंड तथा एकेश्वरवाद में आस्था रखनेवालों और बौद्धों को किसी बड़ी अनहोनी की आशंका के बिना एक ही छत के नीचे ला सकते हैं; अपने यहाँ मैंने अब तक एक ही बौद्धधर्मी ऐसा देखा है जो सबसे लड़ पड़ा, लेकिन इसका उसके धर्म से कोई सरोकार नहीं था; वह स्वभाव से ही लड़ाकू था और मैंने देखा है कि लोग राजनीति को लेकर बात-बात पर झगड़ पड़ते हैं, किंतु नाश्ते पर एकदम मित्रवत् एवं सद्भावपूर्ण हो जाते हैं। अब मिस, लार्बर जोन्स को लो, जो पिछले साल यहाँ ठहरने आई थी। किसी पंखविहीन देवदूत के रूप में लॉयड जॉर्ज की पूजा करती है, जबकि श्रीमती वाल्टर्स, जो उसी दौरान यहाँ मौजूद थीं, अकेले में उसे एक हिरन मानती हैं—एक हिरन।''

''हिरन?''

''ओह, हूबहू हिरन तो नहीं, लेकिन कुछ-कुछ उस जैसा ही'', जिसके सींग होते हैं, खुर होते हैं और पूँछ होती है।''

''हाँ, मैं समझ रही हूँ।''

''इसके बावजूद टेनिस कोर्ट पर और बिलियर्ड रूम में दोनों की दोस्ती देखते ही बनती थी। अंततः उनके बीच झगड़ा हुआ और वह भी ताश की एक बाजी में चालाकी दिखाने के कारण, किंतु वह बात ही ऐसी थी जिसे झगड़े में बदलने से कोई रोक नहीं सकता था। श्रीमती वाल्टर्स के हाथ में बादशाह, गुलाम, दहला और चिड़ी का सत्ता था।''

''आप कह रही थीं कि कुछ अन्य मतभेद भी थे जिनके कारण बखेड़ा खड़ा हुआ।'' लीना ने बीच में टोका।

''हाँ, वही।'' ''छोटे-छोटे मतभेदों और इधर-उधर के मसलों के कारण ही ज़्यादा बखेड़ा खड़ा होता है।'' लेडी प्रॉशे ने कहा, ''पिछले साल महिला मताधिकार के सवाल पर जो बवाल मचा, उसे मैं मरते दम तक नहीं भूल पाऊँगी। लौरा हेनीसीड उस दिन निर्वाक आक्रोश की स्थिति में घर से चली गई, लेकिन उस स्थिति में पहुँचने से पहले उसने जिस भाषा का प्रयोग किया था उस भाषा को आस्ट्रिया की विधान-परिषद् में कभी बरदाश्त नहीं किया जाता। सर रिचर्ड्स ने सारे मामले को गहन कोलाहलपूर्ण दृश्य का नाम दिया था और मैं नहीं समझती कि उन्होंने अतिशयोक्ति की थी।''

''सच में, महिला मताधिकार का विषय एक ज्वलंत प्रश्न है, और इसकी चर्चा अत्यधिक भयावह दुर्भावना को हवा देती है। लीना ने कहा, ''लेकिन उसके बारे में लोगों के विचारों को सामान्यतः पहले से जाना जा सकता है।''

"माइ डियर, उस वर्ष से पहले हालत और भी खराब थी। तब क्रिश्चियन साइंस की चर्चा गरम थी। सेलिना कूबी उस उपासना-पद्धति की एक प्रकार से बहुत ऊँची पुजारिन बनी हुई थी और उसने सारे विरोध को सख़्ती से दबा दिया। फिर, एक शाम डिनर के बाद, क्लोविस सान्ग्रेल ने यह देखने के लिए उसके पीछे एक बर्र डाल दी कि क्या किसी आपात् स्थिति में पीड़ा के अनस्तित्त्व के बारे में उसके सिद्धांत पर भरोसा किया जा सकता है। बर्र छोटी थी, परंतु बहुत कुशल थी और पूरी दुपहरी कागज के एक पिंजरे में बंद रखकर उसके गुस्से को आग-बबूला कर दिया गया था।"

बर्रों को कैद में रहने की आदत नहीं होती है, और इस बर्र को तो बिल्कुल भी नहीं थी। मैं नहीं समझती कि उस क्षण तक मुझे इस बात का एहसास भी था कि 'भर्त्सना' शब्द का मतलब क्या हो सकता है। कभी-कभी मैं रात में जाग जाती हूँ और सोचती हूँ कि क्लोविस के आचरण और सामान्य चरित्र के बारे में सेलिना की टिप्पणियाँ अभी तक मुझे सुनाई दे रही हैं। यह उसी वर्ष की बात है जब सर रिचर्ड 'डोमेस्टिक लाइफ इन तार्‌तरी' पर पुस्तक लिख रहे थे। समीक्षकों के अनुसार, 'उस पुस्तक के लेखन में एकाग्रता का अभाव स्पष्ट था।'

"इस वर्ष वह एक अत्यंत महत्त्वपूर्ण कार्य करने में व्यस्त हैं, नहीं हैं क्या?" लीना ने पूछा।

"Land Lenure in Turkestan" लेडी प्रॉशे ने कहा, "वह अब अंतिम अध्यायों पर काम कर रहे हैं और इसीलिए उन्हें उन पर पूरा ध्यान देने की जरूरत है। अत: मैं नहीं चाहती कि इस वर्ष ऐसी कोई घटना हो जिसका उनकी एकाग्रता पर बुरा असर पड़े। मैं इस बात का भी खयाल रख रही हूँ कि जिन लोगों को एक साथ बुलाया जाए, वे बे-झगड़ालू और मधुर संभाषी होने चाहिए। सिर्फ दो लोग ऐसे हैं जिन्हें बुलाकर मैं सहज अनुभव नहीं करती हूँ, वे हैं ऐटकिन्सन और मार्कस पॅफम। वे दोनों यहाँ सबसे अधिक समय तक साथ रहनेवाले हैं और अगर किसी ज्वलंत विषय के बारे में उन दोनों के बीच झगड़ा हो गया, तो माहौल और भी अधिक अशांतिपूर्ण हो जाएगा।"

"क्या तुम उनके बारे में कुछ पता नहीं कर सकती हो? उनके विचारों, धारणाओं के बारे में?"

"कुछ भी?" माइ डियर लीना, ऐसा कुछ नहीं बचा है जो मैंने उनके बारे में जान न लिया हो। वे दोनों औसत दरजे के उदारवादी, ईसाईमत के अनुयायी हैं, कुछ हद तक महिला-मताधिकार विरोधी हैं और फाल्कॅनर रिपोर्ट तथा क्रैगनूट के संबंध में स्टीवार्ड के निर्णय का वे समर्थन करते हैं। भगवान् का शुक्र है कि इस देश में हम वैगनर और ब्रह्मस आदि को लेकर प्रचंड आवेश से नहीं भर उठते हैं। केवल एक कंटीला विषय रह गया है जिसके बारे में मैं कुछ निश्चित नहीं कर पाई हूँ, जिसे मैंने उलट-पुलटकर

नहीं देखा है। क्या वे एक राय से जीवच्छेदक विरोधी हैं अथवा क्या वे दोनों वैज्ञानिक प्रयोग की आवश्यकता का समर्थन करते हैं? हमारे स्थानीय समाचार-पत्रों में इस विषय पर हाल ही में बहुत कुछ लिखा गया है और पादरी इस बारे में एक धर्मोपदेश अवश्य देंगे; ये पादरी कभी-कभी बहुत भड़क जाते हैं। अब, अगर आप मेरे वास्ते यह पता कर सको कि क्या ये दोनों व्यक्ति विषम रूप से···के पक्षधर हैं या विरोधी हैं।

"मैं!" लेना ने विस्मय प्रकट किया, "मैं किस तरह पता कर सकती हूँ? बात करने के लिए मैं उन दोनों में से किसी को भी नहीं जानती हूँ।"

"फिर भी, घुमा-फिराकर किसी तरह तुम पता लगा सकती हो। किसी छद्मनाम से उन्हें लिखो, निस्संदेह किसी-न-किसी उद्देश्य के लिए चंदे की माँग करते हुए या फिर बेहतर होगा कि टाइप किया हुआ और टिकट लगा एक जवाबी पोस्टकार्ड भेज दो, इस अनुरोध के साथ कि क्या वे जीवच्छेदन के समर्थक हैं या उसके विरोध में हैं। चंदा देने के लिए वचनबद्ध होने से कतराने वाले लोग पहले से टिकट लगे पोस्टकार्ड पर खुशी से हाँ या ना लिख देंगे। अगर तुम इस तरह यह काम सँभाल सको, तो प्रयत्न करो और किसी अन्य व्यक्ति के घर पर उनसे भेंट करो तथा उक्त विषय पर उनसे बहस करो। मैं समझती हूँ, मिली उन दोनों में से किसी एक को कभी-कभी अपने घर बुलाया करती है; हो सकता है, भाग्यवश वे दोनों उसी शाम आपको वहाँ मिल जाएँ। जैसे भी हो यह काम जल्दी होना चाहिए।"

"मेरी ओर से निमंत्रण-पत्र बुधवार तक या ज्यादा-से-ज्यादा गुरुवार तक अवश्य भेज दिए जाएँगे और आज शुक्रवार है।"

"मिली की गृह-गोष्ठियाँ, साधारणतः बहुत रोचक नहीं होती हैं", लीना ने कहा और वहाँ किसी भी व्यक्ति को किसी के साथ दो-चार मिनट बेरोक-टोक बात करने का अवसर कभी नहीं मिलता है; मिली उन व्यग्र-बेचैन आतिथ्य-सत्कार करनेवालों में से है जो हमेशा यह जानने की चेष्टा करते हैं कि कमरे के भिन्न-भिन्न भागों में, नए-नए गुटों के प्रभाव में आप कैसे दिखते हैं? अगर मुझे पॅफम या ऐटकिन्सन से बात करने का अवसर मिल भी जाए, तब भी मैं जीवच्छेदन जैसे किसी विषय पर एकदम कोई चर्चा नहीं छेड़ सकती। नहीं, मैं समझती हूँ कि पोस्टकार्ड भेजने का कार्यक्रम अधिक आशाजनक एवं निश्चित रूप से कम कष्टसाध्य होगा। उन्हें प्रभावित करने के लिए अच्छे से अच्छा क्या लिखना होगा?

"ओह, कुछ-कुछ इस तरह—क्या आप वैज्ञानिक अनुसंधान के उद्देश्य से जीवित पशुओं पर प्रयोग के पक्ष में हैं, हाँ या ना?" यह काफी सरल और सुस्पष्ट है। अगर वे उत्तर नहीं देते हैं तब भी यह संकेत तो मिल ही जाएगा कि वे इस विषय के बारे में तटस्थ अर्थात् निरेपक्ष हैं और मैं यही जानना चाहती हूँ।

"ठीक है।" लीना ने कहा, "मैं अपने देवर से कहूँ कि वह उन्हें अपने ऑफिस का पता दे दे और जनमत-संग्रह का परिणाम वह टेलीफोन पर आपको सीधे ही सूचित कर सकता है।"

"तुम्हारा बहुत-बहुत शुक्रिया", लेडी प्रॉशे ने कृतज्ञतापूर्वक कहा, "और जहाँ तक संभव हो कार्ड जल्दी-से-जल्दी भेज देना।"

अगले मंगलवार को किसी आफिस क्लर्क ने टेलीफोन द्वारा लेडी प्रॉशे को सूचित किया, पोस्ट-कार्ड के जरिए किया गया जनमत-संग्रह जीवित जानवरों पर प्रयोगों के लिए सर्वथा विरुद्ध है।

लेडी प्रॉशे ने ऑफिस क्लर्क को धन्यवाद दिया और एक अधिक ऊँची एवं उत्तप्त आवाज़ में उसने ईश्वर के प्रति आभार व्यक्त किया। दो निमंत्रण-पत्र जो पहले ही लिखकर रखे हुए थे, तत्काल भेज दिए गए, यथासमय दोनों स्वीकार कर लिये गए। शांतिमय समय की गृह-गोष्ठी (भावी सत्कारिणी ने उसे यही नाम दिया) के आयोजन का शुभ-मुहूर्त आरंभ हो गया।

लीना लॅडलफोर्ड का नाम मेहमानों की सूची में नहीं था, क्योंकि वह पहले ही कोई और निमंत्रण स्वीकार कर चुकी थी। तथापि किसी क्रिकेट उत्सव के उद्घाटन वाले दिन वह दौड़कर लेडी प्रॉशे के पास आई जो दूसरी तरफ से वहाँ पहुँची थी। उसके चेहरे के भाव से लग रहा था जैसे उसे क्रिकेट में कोई दिलचस्पी नहीं है और विशेषकर जीवन में भी कोई रुचि नहीं रह गई है। लेडी प्रॉशे ने बड़े ढीलेपन से लीना से हाथ मिलाया और कहा, "यह बड़ा ही बुरा दिन है।"

"वह पार्टी कैसी रही?" लीना ने तुरंत पूछा।

"उसकी बात मत करो!" दुखभरा जवाब मिला, "हमेशा मेरी किस्मत ही इतनी खराब क्यों निकलती है?"

"लेकिन हुआ क्या है?"

"बहुत बुरा अनुभव रहा। ऐसा वहशीपन शायद भेड़िए भी नहीं करते होंगे। सर रिचर्ड ने ऐसा कहा और वह उन देशों का भ्रमण कर चुके हैं जहाँ भेड़िए रहते हैं, अतः उनको अवश्य जानकारी होगी। वास्तव में वे एक-दूसरे से बुरी तरह भिड़ गए और घूँसेबाजी पर उतर आए।"

"घूँसेबाजी?"

"घूँसेबाजी और गाली-गलौज। वाकई यह होगार्थ की किसी फिल्म का दृश्य रहा होगा। अपने जीवन में कभी मैंने इतना अपमानित महसूस नहीं किया। नौकर-चाकर क्या सोच रहे होंगे।"

"लेकिन वे अपराधी थे कौन?"

"अरे, वही दोनों जिनको बुलाने के लिए हमने इतना कष्ट उठाया।"

"मैं समझती थी कि वे हर उस विषय पर एक राय रखते हैं जिस पर लोग प्रचंड रूप से असहमति प्रकट करते हैं—धर्म, राजनीति, जीवच्छेदन, डरबी निर्णय, फाल्कनर रिपोर्ट, झगड़ने के लिए बाकी क्या रह गया था?"

"माइ डियर हम इतने मूर्ख हैं कि उस तरफ हमारा ध्यान ही नहीं गया। उनमें से एक ग्रीक-समर्थक था और दूसरा बुल्गारिया का हिमायती।"

□

शांति यज्ञ

"मैं चाहती हूँ कि तुम किसी प्रकार का एक नाटकीय मनोरंजन प्रस्तुत करने में मेरी मदद करो।" बैरन की पत्नी ने क्लोविस से कहा। "तुम्हें पता है एक चुनाव याचिका पड़ी हुई है और एक सदस्य को सदस्यता से वंचित कर दिया गया है और कटुता एवं दुर्भावना का अंत नहीं हो रहा है। काउंटी अपने ही विरुद्ध सामाजिक रूप से विभाजित है। मैंने सोचा कि किसी नाटक के माध्यम से लोगों को दुबारा एक साथ एक-दूसरे के निकट लाने और उन्हें कष्टसाध्य राजनीतिक झंझटों से हटकर कुछ सोचने-विचारने का बहुत बढ़िया अवसर प्राप्त होगा।

बैरनिस को वास्तव में अपनी छत के नीचे शांति स्थापित करने के उन प्रयासों को पुनः प्रस्तुत करने की महत्त्वाकांक्षा थी जिनका श्रेय परंपरानुसार प्रख्यात रील ऑफ ट्यूलॉचगोरम को दिया जाता रहा है।

"हम ग्रीक त्रासदी की तर्ज़ पर कुछ कर सकते हैं।" क्लोविस ने उचित सोच-विचार के बाद कहा, "मिसाल के लिए ऐगमेमनॉन की वापसी।"

बैरनिस की त्यौरी चढ़ गई।

"वह वस्तुतः किसी चुनावी परिणाम की याद दिलाता है क्या ऐसा नहीं है?"

"उस तरह की वापसी नहीं थी वह", क्लोविस ने स्पष्ट किया, "यह एक घर वापसी जैसा था।"

"मैं समझी तुमने कहा था कि यह एक दुखांत नाटक है।"

"हाँ, वह एक त्रासदी थी। उसकी हत्या बाथरूम में हुई थी, जानती हो तुम।"

"ओह, बेशक अब मुझे वह कहानी याद आ गई। क्या तुम चाहते हो कि मैं शार्लट कॉर्डो की भूमिका निभाऊँ?"

"वह एक अलग कहानी है और एक भिन्न शताब्दी।" क्लोविस ने कहा, "नाटकीय एकलन इस बात की आज्ञा नहीं देते कि कोई एक दृश्य एक से अधिक शताब्दी में रखा जाए। इस नाटक में हत्या क्लिटेमनेस्त्रा द्वारा की जानी है।"

''बड़ा सुंदर नाम है, वह किरदार मैं अदा करूँगी, तुम शायद आगा बनना चाहोगे क्या नाम है उसका ?''

''नहीं डियर।'' ऐगमेमनॉन बड़े-बड़े बच्चों का पिता था और वह शायद एक दाढ़ी रखता था तथा समय से पहले बूढ़ा लगने लगा था। ''मैं उसके सारथी या स्नानागार-परिचारक या उसी प्रकार के किसी सजावटी पात्र की भूमिका निभाना चाहूँगा। हमें सब कुछ समुरन ढंग से करना चाहिए, समझे आप।''

''मैं नहीं जानती।'' बैरनिस ने कहा, ''कृपया मेरे ज्ञान में वृद्धि करें और बताएँ कि समुरन ढंग से कहने का आपका क्या तात्पर्य है ?''

क्लोविस ने उपकृत किया, ''विलक्षण संगीत और विजातीय उछलन तथा उड़ान भरती छलाँगें और ढेरों पदले तथा निर्वस्त्रता। विशेषकर निर्वस्त्रता।''

''मैंने शायद तुमको बताया था कि काउंटी निवासी आ रहे हैं। काउंटी के लोग ग्रीक नाटक देखना बिल्कुल भी पसंद नहीं करेंगे।''

''आप किसी भी आपत्ति को हाइजीन या अंगच्छेद संस्कृति या ऐसा ही कुछ कहकर निपटा सकते हैं। आखिरकार जब हर व्यक्ति आजकल अपने भीतरी स्वरूप को आम लोगों के सामने उघाड़कर सहानुभूति पाना चाहता है तो बाहरी स्वरूप क्यों नहीं ?''

''मेरे प्यारे बच्चे मैं काउंटी निवासियों को कोई ग्रीक नाटक या कोई वेश-नाटक देखने के लिए तो कह सकती हूँ लेकिन कोई ग्रीक कॉस्टयूम प्ले अर्थात् यूनानी वेश-नाटक देखने के लिए कभी नहीं। नाटकीय प्रवृत्ति को बहुत दूर तक ले जाने का कोई लाभ नहीं होता है। व्यक्ति जिस वातावरण में रहता है उसका ध्यान उसे अवश्य रखना चाहिए। जब कोई शिकारी कुत्तों के बीच रहता हो तो उसे किसी खरगोश की खाल पहनकर सामने आने से बचना चाहिए अन्यथा सिर उतरवाने के लिए तैयार रहो। याद रखना यह स्थान मैंने सात वर्ष के पट्टे पर लिया है। और फिर बैरॅनिस ने कहना जारी रखा, जहाँ तक फुदकने तथा उड़ती छलाँगों का सवाल है मुझे ऐमिली डशफोर्ड से कोई भूमिका लेने के लिए कहना होगा। वह बहुत अच्छी है और उसे जो भी करने के लिए कहा जाए अवश्य करेगी या करने का प्रयत्न ज़रूर करेगी, लेकिन क्या तुम सोच सकते हो कि किसी भी परिस्थिति में वह उड़ती छलाँग के लिए तैयार होगी ?''

''वह कैसन्द्रा बन सकती है और उसे केवल भविष्य में उड़ती छलाँग लेनी होगी, लाक्षणिक अर्थ में।''

''कैसन्द्रा; बहुत सुंदर नाम है।'' ''किस प्रकार का चरित्र है वह ?''

''वह घोर विपत्तियाँ लानेवाली अग्रिम गुमाश्ता थी। उसे जानने का मतलब था बुरे-से-बुरे को जानना। भाग्यवश चमक-धमक के जिस युग में वह रहती थी कोई उसे गंभीरता से नहीं लेता था। फिर भी हर विपत्ति के बाद उसका यह जताने के लिए

लौटकर आना बहुत कष्टदायक रहा होगा कि शायद अगली बार तुम समझ जाओगे मैं जो कहती हूँ।''

''मुझे उसको जान से मार देना चाहिए था।''

''मैं मानता हूँ कि क्लिटेमनेस्त्रा के रूप में तुम उस स्वाभाविक इच्छा को तृप्त करने की चाह रखती हो।''

''तब एक दुखांत नाटक होने के बावजूद इसका अंत क्या सुखांत होगा ?''

''ठीक, पर ऐसा है नहीं।'' क्लोविस ने कहा, ''आप समझने की कोशिश करें कैसन्द्रा का ज़बरदस्ती ख़ात्मा करने का मतलब यह निकाला जाता कि उसने पहले ही बता दिया था कि उसके साथ क्या होने वाला है। वह शायद बहुत ही खीझ दिलानेवाली एक मुसकान अपने होंठों पर लिये मरती है, जो ऐसा कहती प्रतीत होती है कि मैंने आपको क्या कहा था। निस्संदेह मारने का पूरा काम समुरन तरीके से किया जाएगा।''

''कृपया दुबारा बताएँ।'' बैरॅनिस ने एक नोटबुक और एक पेंसिल निकालते हुए कहा।

''एक ही तगड़े वार से मारने के बजाय छोटे-छोटे और अनेक बार प्रहार करके मारना। आप समझिए आप अपने घर पर हैं इसलिए हत्या करने के काम को अंजाम देने की कोई हड़बड़ी नहीं है, मानो यह कोई नागवार मगर ज़रूरी काम हो।''

''और किस प्रकार का अंत मुझे मिलनेवाला है ? मेरा मतलब कौन सा परदा मेरे लिए होगा ?''

''मैं समझता हूँ कि तुम दौड़कर अपने प्रेमी की बाँहों में समा जाती हो। उसी दृश्य में एक उड़ान भरनेवाली छलाँग आएगी।''

एक सीमित क्षेत्र में सजना-सँवरना और नाटक का अभ्यास करना उतना ही दिल दाहक एवं दुर्भावना को जन्म देनेवाला कार्य था जितना कि चुनावी याचिका से दिल में आग लगती थी। नाटय रूपांतरकार और मंच प्रबंधक के रूप में क्लोविस ने अपनी पूरी योग्यता के अनुसार नाटक में अपनी सारथी की भूमिका को अत्यंत महत्त्वपूर्ण बनाने पर जोर दिया और उसका चीते की खाल जैसा चोगा बहुत मुश्किल एवं चर्चा का विषय बन गया और क्लिटेमनेस्त्रा के एक के बाद एक आने वाले आकस्मिक प्रेमियों ने भी रिहर्सल के दौरान बार-बार थक-हारकर बैठ जाने से तैयारी में रुकावट डालने में कोई कसर नहीं छोड़ी। क्लोविस और बैरॅनिस दोनों ने समुरन पद्धति का कुछ ज़्यादा ही अभ्यास कर लिया, जबकि शेष लोगों ने अभ्यास करने की चेष्टा तक नहीं की। जहाँ तक कैसन्द्रा का संबंध है उसे अपनी भविष्यवाणियाँ सुनाने में सुधार करना था, लेकिन वह भविष्यकाल में उड़ती छलाँग का प्रदर्शन करने में एकदम असमर्थ साबित हुई और मंच के आर-पार गंभीरतापूर्वक पैदल चलकर ही दिखा सकी।

"हाय! ट्रोजन्स धिक्कार है ट्रॉए को!" जितने भी आत वाक्य एवं उद्धरण उपलब्ध थे, उन सबका कई घंटों तक बड़े ध्यान से अध्ययन करने के बाद उसके मुँह से निकली सर्वाधिक उत्तेजक टिप्पणी यही थी।

"ट्रॉए के पतन की यह भविष्यवाणी व्यर्थ है।" क्लोविस ने विरोध प्रकट किया, "क्योंकि नाटक का घटनाक्रम शुरू होने के पहले ट्रॉए का पतन हो चुका है और तुम्हें अपने आसन्न विनाश के बारे में भी बहुत नहीं बोलना चाहिए, क्योंकि ऐसा करने से बहुत सी बातें श्रोताओं की समझ के बाहर चली जाएँगी।"

कई मिनट तक कष्टपूर्ण दिमागी खोज के बाद कैसन्ड्रा की मुसकान ने पुन: विश्वास जगाने का संकेत दिया।

"मैं जानती हूँ।" जॉर्ज पंचम के लिए मैं एक दीर्घकालिक एवं सुखमय शासन की भविष्यवाणी करूँगी।

"मेरी प्यारी बच्ची।" क्लोविस ने विरोध किया, "क्या तुमने विचार किया है कि कैसन्ड्रा सिर्फ घोर मुसीबतों की भविष्यवाणी कर सकती है।"

एक और लंबी चुप्पी और एक और कामयाबी का एहसास।

"मैं समझ रही हूँ। लोमड़ियों का शिकार करनेवाले कुत्तों के लिए बहुत खराब समय की भविष्यवाणी करनी है।"

"किसी हालत में नहीं, क्लोविस ने नम्र-निवेदन किया, इतना अवश्य याद रखो कि कैसन्ड्रा की सभी भविष्यवाणियाँ सच साबित होती हैं। एम.एफ.एच. और हंट सैकरेट्री दोनों बहुत ही अंधविश्वासी हैं और वे दोनों यहाँ मौजूद होंगे।"

कैसन्ड्रा जल्दी से अपने शयनकक्ष में चली गई, ताकि चाय पर आने से पहले अपनी आँखें पानी से धो सके।

बैरॅनिस और क्लोविस के बीच बातचीत अब तक करीब-करीब बंद हो चुकी थी। प्रत्येक पूरी निष्ठा से यह कामना कर रहा था कि उसकी भूमिका इतनी महत्त्वपूर्ण होनी चाहिए कि सारा घटनाक्रम उसके इर्द-गिर्द घूमे और दोनों में से प्रत्येक ने अपनी दिली कामना को आगे बढ़ाने में कोई कोर-कसर नहीं छोड़ी। क्लोविस ने सारथी के लिए कुछ प्रभावी दृश्यों एवं संवादों की कल्पना की और उसने ऐसे अनेक दृश्य पेश किए। लेकिन बैरॅनिस ने बेरहमी से उन्हें काट दिया या अकसर उन्हें अपनी भूमिका के साथ जोड़ दिया और जब-जब संभव हुआ क्लोविस ने उसी ढंग से जवाब दिया। पराकाष्ठा तो तब हुई जब क्लिटेमनेस्त्रा ने कुछ ऐसी अत्यंत प्रशंसात्मक पंक्तियों को साथ में जोड़ लिया और उन्हें अपने प्रेमी के मुँह में रख दिया, जिनका संबोधन खूबसूरत ग्रीक कुमारियों की मंडली द्वारा सारथी के प्रति किया जाना था। क्लोविस उस समय प्रत्यक्षत: बेपरवाह खड़ा रहा जब...।

"ओह, कांतिमय ऊषाकाल जैसे प्यारे बालक।" संवाद को?।

"ओह, ऊषाकाल के समान कांतिमय क्लिटेमनेस्त्रा" में बदल दिया गया, लेकिन उसकी दृष्टि में एक ख़तरनाक चमक थी जिससे बैरॅनिस को चेतावनी मिल गई होगी। उसने छंद की रचना अपने विषय से प्रेरित एवं पूरी तरह अभिभूत होकर स्वयं की थी, इसीलिए यह देखकर उसे दोहरी पीड़ा हुई कि उसकी श्रद्धांजलि अपने पूर्वनिश्चित लक्ष्य से भटक रही है और उसके शब्द मुड़-तुड़कर बैरॅनिक की व्यक्तिगत सुंदरता का बढ़-चढ़कर गुणगान करनेवाले गीत में बदल गए हैं। इसी क्षण से वह कैसन्द्रा को एकांत में प्रशिक्षण देने में विनम्र हो गया तथा अधिक मेहनत करने लगा।"

काउंटी ने अपने मतभेद भुलाकर बहुचर्चित प्रस्तुति को देखने के लिए पूरी हिम्मत जुटाई। छोटे-छोटे बच्चों और नाटयाभिनय के शौकीन लोगों की देखभाल करनेवाले संरक्षक विधाता ने अपने परंपरागत वचन को दोहराया कि उस रात सब कुछ ठीक रहना चाहिए। बैरॅनिस और क्लोविस ने, लगता था अपने आपसी मतभेद भुला दिए हैं और उनके बीच वह दृश्य प्रमुख हो गया था जो अन्य सभी पात्रों को आंशिक रूप से निस्तेज कर दे। ये सारे पात्र वैसे भी अँधेरे में रहने से काफी संतुष्ट थे। यहाँ तक कि ऐगमेमनॅन भी, जिसे ट्रॉए के इधर-उधर दस वर्ष का कठोर जीवन बिताने का अनुभव प्राप्त था। अपने भड़कीले सारथी की तुलना में एक संकोची व्यक्तित्त्व प्रतीत होता था। लेकिन कैसन्द्रा (जिसे रिहर्सल के दौरान किसी भी बहुत सुस्पष्ट भावोद्‌गार से छुटकारा दे दिया गया था।) के लिए वह क्षण आ पहुँचा जब उसे विचाराधीन विपत्ति के सोच-समझकर चुने गए कुछेक पूर्वकथनों की घोषणा करके अपनी भूमिका को सिद्ध करना था। संगीतज्ञों ने विषादमय विलापों एवं जोर-जोर की भापों के माध्यम से उसका पूरा साथ निभाया और बैरॅनिस को इस दौरान जल्दी से अपने ड्रेसिंग-रूम में जाकर अपने श्रृंगार में कुछ कमियों को सुधारने का मौका मिल गया। कुछ-कुछ घबराई, किंतु दृढ़प्रतिज्ञ कैसन्द्रा रंगमंच की रोशनी के बीच आई और उसने अपनी बात सीधे ही श्रोताओं पर इस तरह फेंक दी जैसे कोई व्यक्ति बहुत ध्यान से सीखे गए किसी पाठ को दोहराने के लिए आया हो :

"यदि सारे के सारे भ्रष्ट, स्वार्थी, बेईमान, चरित्रहीन, राजनीतिज्ञ (यहाँ उसने राज्य में दो प्रतिद्वंद्वी पार्टियों में से एक का नाम लिया) हमारी स्थानीय परिषदों में घुसकर ज़हर घोलते रहे और हमारे संसदीय प्रतिनिधित्व की जड़ें खोदने में लगे रहे, यदि वे घृणित एवं लज्जाजनक तरीकों से वोट छीनते रहे तो मैं उस भले देश के ऊपर आनेवाली घोर विपत्ति को स्पष्ट देख रही हूँ।"

पूरे हॉल में एक जबरदस्त मरमराहट उठी जैसे किसी ने मधुमक्खी के छत्ते में पलीता दे दिया हो और हैरान-परेशान एवं हक्की-बक्की तथा लज्जा से क्रोधित मुधमक्खियों ने छत्ते से निकलकर भारी भिनभिनाहट का युद्ध छेड़ दिया हो। उसके आगे

के शब्द इस कोलाहल में डूब गए और संगीतज्ञों की नीरस गुँजन ने दम तोड़ दिया। बैरॅनिस को जहाँ इस बात की उम्मीद थी कि स्टेज पर लौटने के बाद उसका—'ओह क्लिटमनेस्त्रा तुम ऊषाकाल के समान कांतिमय हो, जैसे शब्दों से कर्णप्रिय अभिवादन किया जाएगा इसके विपरीत उसने लेडी थिसलडेल की गुस्सैल आवाज़ सुनी जो अपनी गाड़ी लाने का हुक्म दे रही थी और कमरे के पीछे खुल्लमखुल्ला कलह का तूफान उठा हुआ था।

काउंटी में सामाजिक तौर पर विभक्त गुटों ने अपने तरीके से अपने-अपने घावों की मरहमपट्टी कर ली, दोनों पार्टियों को एक स्वर में बैरॅनिस की अत्यंत घृणित पसंद और अकुशलता की जमकर भर्त्सना करने का सामान्य आधार मिल गया।

वह इस दृष्टि से भाग्यशाली रही है कि उसने सात साल के पट्टे पर ली गई जगह अधिकांश अवधि के लिए भाड़े पर दे दी है।

□

अतिथि

“हमारी खिड़कियों से बाहर का प्राकृतिक दृश्य वास्तव में अत्यंत सुंदर दिखाई देता है।” अनाबेल ने कहा, “वे चेरी के बाग और हरी-हरी घास के मैदान, घाटी के साथ टेढ़े-मेढ़े रास्तों से होकर बहती नदी और एल्म वृक्षों के बीच से झाँकती चर्च की मीनार, सब मिलकर एक बहुत ही चित्ताकर्षक दृश्य प्रस्तुत करते हैं। हालाँकि यह भी सच है कि इस तरह का वातावरण कुछ अधिक ही शांत एवं नीरव लगता है। इसमें रहते एक अजीब-सा उनींदापन और अकर्मण्यता छाई रहती है और समय एक ही जगह ठहर गया प्रतीत होता है। यहाँ कभी कुछ नहीं होता है, बीज बोने और फसल काटने का समय, यदा-कदा खसरे का प्रकोप या कोई हलका सा विनाशकारी तूफान और करीब पाँच साल में एक बार चुनावों को लेकर उमड़ा कुछ जोश हमारे वजूद की नीरसता में थोड़ा-बहुत हेर-फेर करने के लिए पर्याप्त होता है। कुल मिलाकर देखो तो ऐसा जीवन बिताना कुछ अधिक ही भयावह हो जाता है कि नहीं?

“इसके विपरीत” माटिल्डा ने कहा, “मुझे यह सुखद एवं आरामदायक लगता है, लेकिन फिर तुम जानती हो मैं उन देशों में रह चुकी हूँ जहाँ कुछ-न-कुछ होता ही रहता है। एक ही समय अनेक घटनाएँ हो जाती हैं, अनायास कुछ ऐसी बातें हो जाती हैं, जिनके लिए आप तैयार नहीं होते हैं।”

“उससे सच में फ़र्क पड़ता है।” अनाबेल ने कहा।

“मैं वह अवसर कभी नहीं भूल सकती”, माटिल्डा ने कहा।

“जब बिक्वार के बिशप का अचानक हमारे यहाँ आना हुआ, वह किसी मिशन भवन का शिलान्यास करने या कुछ वैसे ही काम से जा रहे थे।” “मैंने सोचा कि तुम अप्रत्याशित रूप से चले आए अतिथियों की आवभगत के लिए सदैव तैयार रहती हो।” अनाबेल ने कहा।

“मैं आधा दर्जन बिशपों के स्वागत के लिए बिल्कुल तैयार थी”, माटिल्डा ने कहा, “लेकिन थोड़ी सी बातचीत के बाद यह जानकारी बहुत विचलित करनेवाली थी

कि यह बिशप मेरा दूर के रिश्ते का भाई था, जिसका नाता उस परिवार की एक शाखा से था, जिसने एक क्राउन डर्बी व्यंजन वितरण सेवा के संबंध में हमारी शाखा के साथ बहुत बुरी तरह से झगड़ा किया था, उन्हें वह प्रसाद वितरण सेवा का ठेका मिल गया, जबकि हमें मिलना चाहिए था किसी विरासत के फलस्वरूप या किसी अन्य कारण से, हमें वह सेवा प्राप्त हुई थी और उन्होंने समझा कि उनका हक़ बनता है। मुझे याद नहीं कि वे क्या कहना चाहते थे, जो भी हो मुझे इतना पता है कि उनका व्यवहार बहुत ग़लत था। उन्हीं में से एक अब भद्रता का वेश धारण किए हमारे सामने था और पूर्व का परंपरागत आतिथ्य-सत्कार पाने की अपेक्षा कर रहा था।''

''यह सचमुच बहुत कष्टसाध्य रहा होगा, लेकिन उनकी आवभगत एवं मेहमाननवाज़ी का अधिकतर काम तुमको अपने पतिदेव पर छोड़ देना चाहिए था।''

''मेरे पति यहाँ से करीब पचास मील दूर देहात में गए हुए थे, गाँव के लोगों का हाल-चाल पता करने और उनको ज्ञान की बातें बताने के लिए। वे लोग समझते हैं कि उनका एक प्रमुख व्यक्ति मानवरूपी बाघ है।''

''कौन सा बाघ?''

''एक मानवरूपी बाघ, तुमने मानवरूपी भेड़िए के बारे में तो सुना होगा, नहीं सुना क्या जो भेड़िया और मनुष्य का एक मिश्रण होता है और दानव कहलाता है? खैर उन इलाकों में मानवरूपी बाघ होते हैं या वे ऐसा मानते हैं और मैं कहना चाहूँगी कि इस मामले में जहाँ तक पक्के और निर्विरोध साक्ष्य का संबंध है ऐसा मानने के लिए उनके पास पर्याप्त कारण हैं। फिर भी चूँकि हमने जादू-टोना करने या झाड़ा देकर उपचार करने का धंधा करीब तीन सौ वर्ष पहले त्याग दिया था, हम नहीं चाहते कि दूसरे लोग हमारे द्वारा त्यागी गई प्रथाओं को चलाते रहें। हमारी मानसिक और नैतिक स्थिति के लिए यह अच्छा नहीं है।''

''उम्मीद करती हूँ तुमने बिशप के साथ रूखा व्यवहार नहीं किया।'' अनाबेल ने कहा।

''ठीक निस्संदेह वह हमारा मेहमान था, इसीलिए बाहर से उसके प्रति मुझे नम्रता का ढोंग करना ज़रूरी हो गया, लेकिन वह इतना होशियार और शऊरदार नहीं था कि पुराने झगड़े की घटनाओं को कुरेदने और वह सब बताने-कहने की कोशिश कर सके जो उसके पास उसके परिवार की तरफ से किए गए व्यवहार के बारे में कहने के लिए बाकी था, अगर कुछ था भी, जो मैं एक पल के लिए भी मानने को तैयार नहीं हूँ, तब भी मेरा घर वह जगह नहीं है, जहाँ मैं उसे कुछ कहने देती। मैंने उस विषय में कोई बहस नहीं छेड़ी, लेकिन मैंने अपने रसोइए को एक दिन की छुट्टी पर भेज दिया, ताकि वह करीब नब्बे मील दूर अपने बूढ़े माँ-बाप को देखने जा सके। बहुत ज़रूरी होने पर

जिस कुक को मैं वक़्त-बेवक़्त बुला लेती थी वह सालन बनाने में सिद्धहस्त नहीं था, दरअसल किसी भी प्रकार का अच्छा खाना पकाना उसे नहीं आता था। मैं समझती हूँ वह हमारे घर एक माली के वेश में आया था, लेकिन हमारे पास ऐसा कुछ नहीं था जिसे बगीचा कहा जा सके इसलिए हमने उसका इस्तेमाल एक सहायक गड़ेरिया के रूप में किया और मैं कह सकती हूँ कि उस लिहाज़ से उसका काम बहुत संतोषजनक था। जब बिशप को पता चला कि मैंने रसोइए को किसी अनावश्यक एवं विशेष छुट्टी पर भेज दिया है, वह उस प्रयास की अंदरूनी मंशा को समझ गया और उसी पल से हमारे बीच बातचीत का नाता टूट गया। अगर कभी आपके घर में कोई ऐसा व्यक्ति आकर ठहरे जिससे बात करना भी आपको अच्छा न लगे, तभी आप समझ सकते हैं कि वह स्थिति क्या होती है।''

अनाबेल ने स्वीकार किया कि उसे अपने जीवन में कभी ऐसे कष्टकर अनुभव से नहीं गुज़रना पड़ा है।

''फिर'' माटिल्डा ने कहना जारी रखा, ''हालात तब और खराब हो गए जब ग्वाडलीपिची नदी अपने किनारों के बाहर बहने लगी, बहुत देर तक बारिश होने से अकसर ऐसा हो जाता था और बहाव इतना बढ़ गया कि घर का निचला हिस्सा तथा सभी उपग्रह जलमग्न हो गए। हमने समय रहते खच्चरों को खोल दिया और सईस ने उनके पूरे झुंड को पानी से निकालकर ऊँची जगह पर पहुँचा दिया। एक या दो बकरियाँ मुख्य गड़रिया, मुख्य गड़रिया की पत्नी और उनके कई बच्चे बरामदे में शरण लेने के लिए आ गए। बाकी सारी जगह पानी में भीगी हैरान परेशान मुरगियों और उनके चूजों ने घेर ली। किसके पास कितनी मुरिगयाँ हैं तब तक पता नहीं चलता है जब तक कि नौकरों के घरों में पानी न भर जाए और मुरगियाँ निकलकर बाहर न आ जाएँ। ऐसा नहीं है कि घरों में पानी भर जाने से पैदा हुई स्थिति का मेरा यह पहला अनुभव हो, लेकिन ऐसा कभी नहीं हुआ कि मेरा पूरा घर बकरियों और बच्चों तथा पानी में डूबकर आई मुरगियों से भर गया हो और ऊपर एक बिशप भी ठहरा हुआ हो, जिसके साथ मेरी बोलचाल नहीं है।''

''वास्तव में बड़ी विकट स्थिति रही होगी।'' अनाबेल ने कहा।

''इतना ही नहीं और भी परेशानियाँ आनेवाली थीं। मैं उस क्राउन डर्बी प्रसाद वितरण सेवा की स्मृति को एक साधारण बाढ़ से मिट जाने नहीं दे सकती थी और मैंने बिशप को ख़बर कर दी कि इस पूरे परिसर में उसे अपने आपको उस बड़े से शयनकक्ष में ही सिमटकर रहना होगा जिसमें एक लिखने की मेज है, एक छोटा सा बाथरूम है और ठंडे पानी से भरे हुए जार रखे हैं और यह भी कि मौजूदा हालात में जगह कम पड़ रही है। फिर भी दुपहरी में करीब तीन बजे जब वह अपनी नींद से जागा, वह अकस्मात्

उस कमरे में चला आया जो आमतौर पर हमारा बैठकखाना था, लेकिन आजकल भोजन कक्ष, भंडार-घर, बैठने का कमरा और बहुत कुछ कामों के लिए अस्थायी स्थान बना हुआ है। मेरे मेहमान की पोशाक की दशा देखकर उसने शायद सोच लिया कि यह जगह उसके लिए ड्रेसिंग-रूम का भी काम दे सकती है।''

''मुझे खेद है कि यहाँ तुम्हारे बैठने के लिए को, जगह नहीं बची है'', मैंने बेरुखी से कहा, ''दालान सारा बकरियों से भर गया है।''

''एक बकरी मेरे कमरे में है।'' उसने उतने ही ठंडेपन से और उससे भी अधिक एक व्यंग्यपूर्ण भर्त्सना के भाव से कहा।

''सच में'', मैंने कहा, ''एक और बचा रह गया। मैंने सोचा कि दूसरी सारी बकरियाँ मार डाली गई हैं।''

''जिस बकरी की मैं बात कर रहा हूँ वह ज़रूर मरने जा रही है'', उसने कहा, ''इस समय एक तेंदुआ उसे खा रहा है। इसीलिए मैं कमरे से चला आया, कुछ जानवरों को अच्छा नहीं लगता कि जब वे भोजन कर रहे हों, कोई उन्हें देखे।''

तेंदुआ सच में बकरियों को रखने के सायबान के आसपास मँडराता देखा गया था, जब वहाँ बाढ़ आई और ऐसा लगता है कि किसी मेमने को मुँह में दबोचकर वह बाहर की सीढ़ियाँ चढ़ गया, जो बिशप के बाथरूम तक जाती थीं। बाथरूम बहुत सीलनभरा था, जहाँ उसे अपने शिकार को खाने का जरा भी मज़ा नहीं आ रहा था, अत: वह अपनी दावत का सामान लेकर उस समय शयनकक्ष में घुस गया जब बिशप सोया हुआ था।

''कितनी भयानक स्थिति!'' अनाबेल ने विस्मय प्रकट किया।

''सोचो तो घर में भूखा भेड़िया घुसा है और तुम चारों तरफ से पानी से घिरे हुए हो।''

''भूखे होने का तो सवाल ही नहीं उठता।'' माटिल्डा ने कहा, ''भूख मिटाने के लिए पूरा मेमना था उसके पास और प्यास बुझाने के लिए पानी की कोई कमी नहीं थी। मुझे लगता है इसके बाद उसकी एक ही इच्छा रही होगी कि उसकी नींद में कोई ख़लल न पड़े। फिर भी मैं समझती हूँ कोई भी इस बात से इनकार नहीं करेगा कि ऐसे में कितनी उलझनभरी विकट स्थिति पैदा हो जाती है जब एकमात्र अतिथि-कक्ष में भेड़िए ने कब्ज़ा किया हुआ हो, पूरा बरामदा बकरियों और छोटे-छोटे बच्चों तथा भीगी मुरगियों से भरा हो और एक विशप, जिसके साथ आपकी बातचीत नहीं है। आपकी एकमात्र बैठक में आकर जम जाए। मैं बता नहीं सकती किस तरह मैंने वह कई घंटों का रेंगता समय बिताया और फिर भोजन का समय सिर पर आ जाने से हालात और भी बिगड़ गए। पनीला सूप और फूहड़ चावल भेजने के लिए आपातकालीन रसोइए के पास सैकड़ों बहाने थे और न तो मुख्य गड़ेरिया, न ही उसकी पत्नी अच्छे गोताखोर थे।

इसलिए शराब-घर (सेलर) तक पहुँचना संभव नहीं था। सौभाग्य से ग्वाइलीपिची नदी जितनी जल्दी चढ़ती है, उतनी ही जल्दी उतर भी जाती है और सुबह होने से पहले ही सईस टखनों तक पानी में डूबे खच्चरों को हाँकता हुआ वापस आ गया। फिर एक अजीब सी स्थिति इस कारण उत्पन्न हो गई, क्योंकि बिशप ने तेंदुए के निकलने से भी पहले चले जाने की इच्छा जताई और चूँकि तेंदुआ बिशप के निजी सामान के बीच आराम से बैठा हुआ था, इसलिए प्रस्थान के क्रम में परिवर्तन करना वाकई एक समस्या बन गई। मैंने बिशप को बताया कि एक तेंदुए और एक ऊदबिलाव की आदतें और खाद्य संबंधी पसंद-नापसंद एक-दूसरे से बिल्कुल अलग होती हैं। तेंदुआ स्वाभाविक रूप से पानी चीरकर जाने के बजाय चलकर जाना अधिक पसंद करता है, और अगर वह एक पूरा का पूरा मेमना हज़म कर गया हो तथा ऊपर से ढेर सारा पानी पी गया हो, तो निश्चित रूप से उसे कुछ आराम की भी ज़रूरत होगी, अगर मैंने जानवर को डराने और भगाने के लिए बंदूक चलवाई होती जैसा कि बिशप ने सुझाव दिया था, उस हालत में वह शायद इतना ही करता कि बेडरूम से निकलकर पहले से ही खचाखच भरी बैठक में आ धमकता। ख़ैर, बहुत राहत मिली जब वे दोनों चले गए। अब शायद तुम अच्छी तरह समझ सकती हो कि मुझे ऐसे एक शांत, निष्क्रिय देहात में रहना क्यों पसंद है जहाँ कुछ हलचल नहीं होती है।''

□

सर्नोग्राटज के भेड़िए

"क्या इस किले से कुछ पुराने कहानी-किस्से जुड़े हुए हैं?" कॉन्राड ने अपनी बहन से पूछा। कॉन्राड एक समृद्ध हैमबर्ग व्यापारी था, लेकिन स्वभाव से वह एक बहुत ही व्यवहारकुशल परिवार का सदस्य होने के बावजूद कवियों-जैसा भावप्रवण था।

बैरन की पत्नी ग्रबेल ने अपने मांसल कंधे उचका दिए।

"इन पुराने स्थानों के बारे में हमेशा मनगढ़ंत कहानियों का बाज़ार गरम रहता है। किस्से गढ़ना कोई मुश्किल काम नहीं है और उनमें कोई कीमत भी नहीं लगती है। इस मामले में एक यह किस्सा मशहूर है कि किले में जब भी कोई मरता है गाँव में सारे कुत्तों और जंगल में खूँखार जानवर पूरी रात चीख-चिल्लाहट करते हैं। वह किस्सा सुनना अच्छा नहीं लगेगा, अच्छा लगेगा क्या?"

"यह रहस्यपूर्ण और रोमांचक होगा।" हैमबर्ग व्यापारी ने कहा।

"जो भी हो, यह सच नहीं है बैरॅनिस यानी बैरन की पत्नी ने आत्मसंतुष्टि के साथ कहा, "जब से हमने यह जगह खरीदी है, हमें सबूत मिले हैं कि ऐसा कुछ नहीं होता है। जब पिछले वसंत के मौसम में वयोवृद्ध सास की मृत्यु हुई, हम सबने सुना लेकिन जानवरों का कोई विलाप सुनाई नहीं दिया। यह सिर्फ एक कहानी है जो किसी कीमत के बग़ैर ही इस जगह को प्रतिष्ठा प्रदान करती है।"

"कहानी इस तरह नहीं है जैसे आपने सुनाई है।" सफेद बालोंवाली बूढ़ी गवर्नेस अमेली ने कहा। सब चकित होकर उसकी ओर देखने लगे। मेज पर वह चुपचाप और अपने आपमें सिमटकर बैठने की आदी थी, कभी भी मुँह नहीं खोलती थी, जब तक कि कोई उससे बात न करे और बहुत कम लोग ऐसे थे जो उससे बात करने का जोखिम उठाने को तैयार होते। आज अचानक एक वाचालता उसकी जुबान पर उतर आई थी, उसने जल्दी-जल्दी और उत्तेजित होकर एक बार बोलना क्या शुरू किया, बोलती ही चली गई, सीधे अपने सामने की ओर देखते हुए जैसे वह किसी व्यक्ति विशेष को संबोधित न कर रही हो।

''ऐसा नहीं है कि किले में जब भी कोई मरता है तभी कुत्तों और भेड़ियों का विलाप सुनाई देता है। ऐसा उस समय हुआ था जब सर्नोग्राटज़ वंश के किसी व्यक्ति की मृत्यु यहाँ हुई, तब उसकी मृत्यु का समय आने से पहले ही दूर और पास के सारे भेड़िए जंगल के किनारे इकट्ठा हो गए थे और रोने-चिल्लाने लगे थे। जंगल के इस भाग में भेड़ियों के दो-चार जोड़े ही थे, जिन्होंने अपने छिपने की जगह वहाँ बना रखी थी, लेकिन किले के रखवालों का कहना है कि ऐसे समय में वे न जाने कहाँ-कहाँ से निकलकर बड़ी तादाद में जमा हो जाते। भूत-प्रेतों के साए पर झपटते और एक साथ मिलकर चीखने-चिल्लाने लगते और इस किले, गाँव और आसपास के सभी खेतों के कुत्ते डर और भय में भेड़ियों के कोरस पर भौंकना एवं चीखना शुरू कर देते और जैसे ही मरनेवाले की आत्मा अपना शरीर छोड़कर जाती, पार्क में कोई पेड़ धड़ाम से गिर जाता। ठीक ऐसा ही हुआ था जब एक सर्नोग्राटज़ की मृत्यु अपने ख़ानदानी किले में हुई। लेकिन अगर कोई अजनबी यहाँ मरता है तो सच में कोई भेडिया विलाप नहीं करेगा और न कोई पेड़ टूटकर गिरेगा। ओह! नहीं।''

उसकी आवाज़ में ज़ोरदार विरोध लगभग तिरस्कार जैसा स्वर था जब उसने अंतिम शब्द कहे। हट्टी-कट्टी ज़रूरत से ज़्यादा सजी-धजी बैरॅनिस ने ऊलजलूल कपड़े पहनी बूढ़ी औरत की तरफ गुस्से से घूरकर देखा, जिसने अपने सामान्य और विलोपन की समुचित स्थिति से निकलकर इतनी बेअदबी से बोलने का साहस किया था।

''लगता है तुम वॉन सर्नोग्राटज़ से जुड़े किस्सों के बारे में बहुत कुछ जानती हो, फ्रॉलीन शिमिट,'' बैरॅनिस ने तीखे शब्दों में कहा, ''मुझे नहीं पता था कि तुम्हें जिन विषयों में निपुण होना चाहिए उनमें पारिवारिक इतिहास भी शामिल है।''

उसके ताने का जवाब उस भड़काऊ वाचालता से और भी अधिक अप्रत्याशित एवं अचंभित करनेवाला था।

''मैं स्वयं एक वॉन सर्नोग्राट्ज़ हूँ।'' बूढ़ी औरत ने कहा, ''यही कारण है कि मैं पारिवारिक इतिहास से वाक़िफ हूँ।''

''तुम एक वॉन सर्नोग्राट्ज़?'' ''तुम''! सबके मुँह से एक साथ निकला—अविश्वसनीय।

''जब हम गरीब हो गए, उसने स्पष्ट किया, ''और मुझे पढ़ाने के लिए बाहर निकलना पड़ा, मैंने दूसरा नाम रख लिया, मैंने सोचा कि यही उचित होगा। लेकिन मेरे दादा ने एक लड़के के रूप में इस किले में अपना बहुत समय बिताया था और मेरे पिता इसके बारे में मुझे बहुत किस्से सुनाया करते थे और सच में मुझे सभी पारिवारिक किंवदंतियों तथा कहानियों की जानकारी थी। जब व्यक्ति के पास यादों के सिवा कुछ बाकी नहीं रह जाता है, वह उन यादों को बचाकर रखने के लिए उनकी बहुत अच्छी

तरह देखभाल और रक्षा करता है। मैंने आपके यहाँ जब नौकरी ग्रहण की, मुझे नहीं पता था कि किसी दिन आपके साथ मुझे मेरे परिवार के पुराने घर में आना होगा। मेरे वश में होता तो यह घर यहाँ नहीं कहीं और हो सकता था।'' उसके बोल चुकने के बाद ख़ामोशी छा गई और फिर बैरॅनिस ने बातचीत को पारिवारिक इतिहासों की अपेक्षा कम विचलित करनेवाले विषय की तरफ मोड़ लिया। लेकिन बाद में जब बूढ़ी गवर्नेस चुपचाप उठकर अपना काम करने के लिए वहाँ से जा चुकी थी, बैठे हुए सभी लोगों की हँसी छूट गई और अविश्वास के स्वर फूट पड़े।''

''यह तो निरी धृष्टता थी'', बैरॅन ने बाहर निकली अपनी आँखों को बुरी तरह चौड़ाते हुए कहा, ''उस औरत की ढिठाई तो देखो, हमारी टेबल पर किस तरह की बातें कर रही थी। उसने इस तरह सुनाया जैसे हमारी कोई औकात ही नहीं है और मुझे उसकी बात पर रत्तीभर विश्वास नहीं हो रहा है। वह मेरी नज़र में सिर्फ शिमिट है, उससे अधिक कुछ नहीं। वह कुछ किसानों के साथ पुराने सर्नोग्राटज़ परिवार के बारे में बात करती रही है और उसने उनके अतीत से जुड़ी मनगढ़ंत बातों तथा उनके किस्सों को सुनाने के लिए इकट्ठा कर लिया है।''

''किसी-न-किसी तरह वह स्वयं को कुछ महत्त्व दिलाना चाहती है।'' बैरॅनिस ने कहा, ''उसे पता है कि उसके काम के दिन जल्दी समाप्त होनेवाले हैं और वह हमारी सहानुभूति जगाने का प्रयास कर रही है। उसका दादा निश्चय ही⋯।''

बैरॅनिस के कई दादा थे, जितने आमतौर पर होते हैं, लेकिन उनके बारे में उसने कभी डींग नहीं मारी।

''बहुत संभव है उसका दादा किले में खानसामा का एक सहायक या वैसा ही कुछ रहा हो।'' बैरॅन ने खिल्ली उड़ाई, कहानी का वह हिस्सा सच हो सकता है।

हैमबर्ग व्यापारी ने कुछ नहीं कहा, उसने बूढ़ी औरत की आँखों में आए आँसू देखे थे जब वह अपनी यादों को बचाए रखने की बात कह रही थी—या एक कल्पनाशील प्रवृत्ति का होने के कारण उसने आँसू देखने की कल्पना कर ली हो।

''नए साल के उत्सव समाप्त होते ही मैं उसे जाने का नोटिस दे दूँगी।'' बैरॅनिस ने कहा, ''तब तक मैं इतनी व्यस्त रहूँगी कि उसके बगैर मेरा काम नहीं चलेगा।''

''फिर भी बैरॅनिस को उसके बिना ही सब सँभालना पड़ा, क्योंकि क्रिसमस के बाद ठिठुरन भरी सर्दी में बूढ़ी गवर्नेस बीमार पड़ गई और अपने कमरे से बाहर नहीं निकली।

''इस बात से मुझे बहुत बौखलाहट होती है।'' बैरॅनिस ने कहा। जब उसके मेहमान समाप्त होने वाले वर्ष की किसी एक आख़िरी शाम को अग्नि-कुंड का घेरा लगाए बैठे थे, ''वह जब से हमारे साथ है, मुझे याद नहीं कि कभी वह गंभीर रूप से बीमार पड़ी हो, मेरा मतलब है, इतनी बीमार कि अपना काम न कर सके। और अब,

मेरा घर जब मेहमानों से भरा हुआ है, वह जाकर अधमरी पड़ जाती है। बेशक, उसके लिए अफसोस होता है, कितनी मुरझाई हुई और दुर्बल दिखती है वह, पर जो भी हो, यह देखकर बहुत खीझ उठती है।''

''निस्संदेह अत्यंत खीझ की बात है'', बैकर की पत्नी ने सहानुभूति जताते हुए कहा, ''ठंड बहुत ज़्यादा है, मुझे लगता है, बूढ़ें लोगों की तो जान पर बन आएगी। इस साल जैसी ठंड पड़ रही है, पहले कभी नहीं देखी।''

''दिसंबर के महीने में इतना प्रचंड पाला बहुत सालों से नहीं पड़ा।'' बैरॅन ने कहा।

''और सच में, वह बहुत बूढ़ी है।'' बैरॅनिस बोली, ''अच्छा होता अगर कुछ सप्ताह पहले ही मैंने उसे नोटिस दे दिया होता, तब वह बीमार पड़ने से बहुत पहले चली जाती। क्यों वप्पी तुम्हें क्या हुआ है ?''

नन्हा, ऊनी-जैसा लैवडॉग (छोटे आकार का कुत्ता) अचानक अपने गद्दे से उछलकर नीचे आ गया था और ठिठुरता हुआ सोफे के नीचे सरक गया। उसी समय किले के अहाते में से कुत्तों के तेज़-तेज़ भौंकने की आवाज़ आई, और वहाँ से कहीं दूर दूसरे कुत्तों की रोने-भोंकने की आवाज़ भी आती हुई सुनी जा सकती थी।

''जानवरों को कौन परेशान कर रहा है ?'' बैरॅन ने पूछा।

और फिर ध्यान लगाकर सुन रहे इनसानों ने वह आवाज़ सुनी जिसने कुत्तों को अपना भय एवं गुस्सा प्रकट करने के लिए उकसाया था; एक लंबी होंस के साथ चीखने-चिल्लाने की, उठती-गिरती आवाज़ सुनी, जो एक पल के लिए कई मील दूर से बर्फीले मैदान को पार करके आती प्रतीत होती थी और फिर महसूस होता कि किले की दीवारों के पैरों को छूती हुई आ रही है। लगता था जैसे उस विलापी क्रंदन में, बर्फीली ठंड में जकड़ी किसी दुनिया की सारी भूख, विपत्तिजन्य पीड़ा और भूखे जंगली जानवरों का रोष समा गया हो, और उसके साथ दूसरी मायूस-लाचार एवं हृदय-विदारक धुनें भी स्वर मिला बैठी हों जिन्हें कोई नाम नहीं दिया जा सकता।

''भेड़िए।'' बैरॅन चीखा।

उनका संगीत एक प्रचंड आक्रोश में फूट पड़ा, जो हर तरफ से आता सुनाई दे रहा था।

''सैकड़ों भेड़िए।'' हैमबर्ग व्यापारी ने कहा, जिसकी कल्पनाशक्ति बहुत प्रबल थी।

अचानक किसी आवेश में आकर बैरॅनिस अपने मेहमानों को छोड़कर सीधे उस संकीर्ण, उदास कमरे की ओर चल पड़ी जहाँ बूढ़ी गवर्नेस अपने पलंग पर लेटी हुई जाने वाले वर्ष को क्षण-क्षण गुज़रता हुआ देख रही थी। जाड़े की अत्यंत सर्द रात के बावजूद, कमरे की खिड़की खुली हुई थी। एक जबरदस्त खीझ के साथ, बैरॅनिस उस खिड़की को बंद करने के लिए आगे बढ़ी।

''उसे खुला रहने दो।'' बूढ़ी औरत ने ऐसी आवाज़ में कहा जिसमें सारी

कमज़ोरियों के बावजूद ऐसा अधिकारपूर्ण आदेश था जो बैरॅनिस ने पहले कभी उसकी ज़ुबान से नहीं सुना था।

"लेकिन तुम सर्दी से मर जाओगी!" उसने आपत्ति की।

"मर तो मैं वैसे भी रही हूँ।" आवाज़ ने जवाब दिया, "और मैं उनका गान सुनना चाहती हूँ। वे मेरे परिवार का मृत्यु-गीत गाने के लिए बड़ी दूर-दूर से आए हैं। बहुत अच्छा है कि वे आए हैं; मैं अंतिम वॉन सर्नोग्राट्ज़ हूँ, जो अपने पुराने किले में अब आखिरी साँस लेगा और वे मेरे लिए शोक-गीत गाने आए हैं। ध्यान से सुनो, वे कितनी जोर से पुकार रहे हैं।"

भेड़ियों का क्रंदन जाड़े की ख़ामोश हवा पर सवार होकर ऊपर उठा और दीवारों को चीरकर आनेवाली लंबी-लंबी चीखों के रूप में किले के चारों ओर तैरने लगा; बूढ़ी औरत अपने पलंग पर लेटी रही और उसके चेहरे पर ऐसा भाव था जैसे बहुत देर से आई खुशी खिल रही हो।

"जाओ यहाँ से।" उसे बैरॅनिस ने कहा, "अब मैं अकेली नहीं हूँ। एक महान् प्राचीन वंश का हिस्सा हूँ मैं⋯।"

"मैं समझती हूँ वह मर रही है।" बैरॅनिस ने कहा, "जब वह अपने मेहमानों के पास लौटकर आई।" "मुझे लगता है, हमें कोई डॉक्टर बुला लेना चाहिए और वह भयानक चीख-चिल्लाहट! किसी भी कीमत पर मैं ऐसा मृत्यु-संगीत नहीं चाहूँगी।"

"वह संगीत कितनी भी रकम देकर खरीदे जाने के लिए नहीं है।" कॉन्राड ने कहा।

"सुनो ध्यान से! वह दूसरी आवाज़ कैसी है?" बैरॅन ने पूछा, जैसे ही कुछ चिरने और टूटकर धमाके के साथ गिरने का शोर सुनाई दिया।

यह तो मैदान में किसी पेड़ के गिरने की आवाज़ थी।

एक क्षण के लिए वहाँ सन्नाटा छा गया और फिर बैंकर की पत्नी ने मुँह खोला।

"यह भीषण सर्दी है जो पेड़ों का सीना चीर रही है। सर्दी ने ही सारे भेड़ियों को खोह से बाहर निकलकर आने के लिए मजबूर किया है। बहुत साल बाद ऐसी भीषण ठंड पड़ रही है।"

बैरॅनिस इस बात से एकदम सहमत थी कि प्रचंड सर्दी के कारण ही यह सब हो रहा है। खुली खिड़की से लगी सर्दी के कारण ही बूढ़ी फ़ॉलीन का हार्ट फेल हुआ और डॉक्टर की सेवा लेने की ज़रूरत नहीं पड़ी। लेकिन अख़बारों में छपी सूचना बहुत ठीक लग रही थी—

"२९ दिसंबर को, स्क्लॉस सर्नोग्राट्ज़ में, अमेली वॉन सर्नोग्राट्ज़, जो बैरॅन और बैरॅनिस ग्रूबेल की बहुत वर्षों से आदरणीय मित्र थी, ईश्वर को प्यारी हो गई।"

□

श्रेडनी वश्टर

कॉनराडिन दस साल का था, और डॉक्टर ने अपनी पेशेवर राय घोषित कर दी थी कि यह लड़का और पाँच साल नहीं निकाल पाएगा। डॉक्टर मृदुभाषी एवं मरियल था, कोई उसे घास नहीं डालता था, लेकिन श्रीमती डे रोप ने उसकी राय का समर्थन किया, जो लगभग हर विषय की समझ रखती थी। श्रीमती डे रोप कॉनराडिन की चचेरी बहन और अभिभावक (यानी कॅज़न एवं गार्जियन) थी। कॉनराडिन का अनुमान था कि किसी दिन वह क्लांतिकर आवश्यक विषयों के दबाव को सहते-सहते दम तोड़ देगा जैसा कि बीमारी और परिचर्या संबंधी रोक-टोक, प्यार-दुलार और बढ़ती ऊब। अपनी कल्पना के बगैर, जो अकेलेपन के कारण बहुत उड़ान भरने लगी थी, वह बहुत पहले ही संसार को अलविदा कह गया होता।

श्रीमती डे रोप ने, अपने सबसे ईमानदार क्षणों में भी अपने आपसे कभी नहीं स्वीकार क्रिया होता कि वह कॉनराडिन से नफरत करती है, हालाँकि उसे इस बात का थोड़ा-बहुत ज्ञान अवश्य रहा होगा कि वह 'उसकी भलाई के लिए' उससे नफरत करती है जो उसका कर्तव्य बनता है और जिसे निभाने में उसे विशेष कष्ट नहीं होता है। उसके प्रति कॉनराडिन की नफरत में भीषण सच्चाई थी, जिसे वह कभी ज़ाहिर नहीं होने देता था। स्वयं को खुश रखने के लिए वह इस प्रकार की अनेक कल्पनाएँ कर लेता था और उस विचार से उसे और भी अधिक खुशी मिलती थी कि उसके अभिभावक को इनसे चिढ़ होगी तथा अपनी कल्पना के दायरे से उसने अपने अभिभावक को एकदम बाहर रखा था, वह नहीं चाहता था कि कोई गंदी चीज़ उसमें दाख़िल हो।

उसके कमरे में कई खिड़कियाँ थीं जो बगीचे की तरफ खुलती थीं, किंतु उसे वह बगीचा बहुत नीरस एवं अरुचिकर लगता था, विशेषकर इसलिए क्योंकि खिड़कियाँ खुलने के साथ ही उसे यह मत करो, वह मत करो अथवा यह कि दवा का समय हो गया है, दवा ली या नहीं जैसी अनेक हिदायतें परेशान करने लगती थीं। बगीचे में दो-चार फलवाले वृक्ष थे, जिन्हें शायद जानबूझकर उसकी पहुँच से दूर रखा गया था, ताकि वह हाथ बढ़ाकर कोई फल तोड़ न ले, मानो उस अनुपजाऊ क्षेत्र में खड़े उन वृक्षों पर

आनेवाले फल असाधारण किस्म के हों, हालाँकि सच तो यह था कि उन सारे फलों के लिए बाजार में कोई दस शिलिंग भी मुश्किल से देता। तथापि उस बगीचे के एक उपेक्षित कोने में घनी डरावनी झाड़ियों के पीछे एक अच्छा-खासा टूल शेड था, जो बेकार पड़ा हुआ था, कॉन्राडिन को उसकी चार दीवारी के अंदर अपना मन बहलाने का एक बहुत अच्छा साधन मिल गया। इसे उसने खेलने का कमरा बना लिया, जो उसे कुछ-कुछ एक चर्च की तरह लगता था। कॉन्राडिन ने इतिहास के अपने थोड़े-बहुत ज्ञान के आधार पर और कुछ अपने दिमाग की उपज से जाने-पहचाने भूत-प्रेतों के अनेक चित्र वहाँ बना दिए थे, लेकिन उनके बीच दो सजीव प्राणियों का भी बसेरा था। एक कोने में बड़े-बड़े कटे-फटे बिखरे पँखों वाली एक मुरगी रहती थी, जिस पर वह लड़का जान निछावर करता था, क्योंकि दूसरा कोई विकल्प नहीं था। थोड़ा और पीछे वीराने में एक बड़ी झोंपड़ी थी, जो दो खानों में विभाजित थी, जिसमें से एक खाने से आगे लोहे की छड़ें लगी हुई थीं। इस बंद खाने में एक मांसाहारी पोलकैट का बसेरा था जिसे एक कसाई का लड़का बहुत दिन से छिपाकर रखे गए चाँदी के एक सिक्के के बदले पिंजरे समेत खरीदकर लाया था और उक्त झोंपड़ी के इस भाग में बंद कर गया था। कॉन्राडिन को इस फुरतीले और पैने दाँतों वाले जानवर से बहुत डर लगता था, फिर भी उसके लिए यह सबसे मूल्यवान वस्तु थी। टूल शेड में इसकी मौजूदगी ही एक रहस्य एवं भयप्रद हर्ष का विषय था और वह इस बारे में उस औरत, यानी अपनी चचेरी बहन को भनक तक नहीं लगने देना चाहता था। और एक दिन उसने भगवान् ही जाने कैसे उस जानवर के लिए एक अद्‌भुत नाम भी सोच लिया और उसी क्षण से वह नाम ईश्वर एवं धर्म की भाँति स्तुत्य हो गया। वह औरत जो उसकी रिश्ते में बहन थी, सप्ताह में एक बार धर्म के नाम पर पास के एक चर्च में जाया करती थी और अपने साथ कॉन्राडिन को भी ले जाती थी, लेकिन कॉन्राडिन के लिए चर्च में जाना दमिश्क के देवालय (हाउस ऑफ रिमॅन) में किसी और देवता की उपासना करने जैसा था। हर गुरुवार को टूल शेड की अंधकारमय और उमसभरी ख़ामोशी में वह लकड़ी की उस झोंपड़ी के आगे रहस्यपूर्ण और लंबी-चौड़ी औपचारिक उपासना करता था, जिसमें वह महान् नकुल विडाल, श्रेडनी वश्टर रहता था। उसे वह मौसम के लाल फूल और शिशिर में सिंदूरी रंग की बेरी अर्पित करता था, क्योंकि वह एक ऐसा देवता था जो उस औरत के धर्म के विपरीत परिस्थितियों के प्रचंड व्यग्र पक्ष पर कुछ विशेष जोर देता था और उसकी यह कृपा जहाँ तक कॉन्राडिन समझ सका, विपरीत दिशा में बहुत दूर तक मार करने की शक्ति रखती थी। और बड़े उत्सवों के अवसर पर उसकी झोंपड़ी के आगे जायफल का चूर्ण बिखराया जाता था, इस चढ़ावे की महत्त्वपूर्ण बात यह थी कि जायफल की चोरी करनी पड़ती थी। इन उत्सवों, पर्वों में कोई नियमितता नहीं थी और इनका आयोजन मुख्यत:

किसी आकस्मिक घटना की खुशी मनाने के लिए किया जाता था। एक अवसर पर जब श्रीमती डे रोप को तीन दिन से दाँत का दर्द था। कॉन्राडिन ने तीनों दिन उत्सव मनाया और खुद को यह विश्वास दिलाने में कामयाब हुआ कि उस दंत पीड़ा के लिए श्रेडनी वश्टर व्यक्तिगत रूप से जिम्मेदार है। यदि बीमारी एक और दिन तक कायम रहती तो जायफल की सप्लाई समाप्त हो गई होती।

उस हूडन मुरगी को श्रेडनी वश्टर मठ में कभी शामिल नहीं किया गया। कॉन्राडिन ने बहुत पहले मान लिया था कि वह एक बपतिस्मी है। एक बपतिस्मी क्या होता है इसका रत्तीभर भी ज्ञान होने का उसने बहाना अथवा दिखावा नहीं किया, किंतु अकेले में वह मानता था कि इसका मतलब साहसी एवं बहुत आदरणीय होता है। श्रीमती डे रोप के बारे में सोचकर ही उसका सारा श्रद्धाभाव अथवा आदर की भावना नफरत में बदल जाती थी।

कुछ समय बाद उसके अभिभावक को संदेह होने लगा कि कॉन्राडिन इतनी-इतनी देर तक टूल-शेड में क्या करता रहता है। ''हर प्रकार के मौसम में वहाँ तक झख मारने जाना उसके लिए ठीक नहीं है।'' श्रीमती डे रोप ने तुरंत तय कर लिया और एक दिन नाश्ते पर उन्होंने सुनाकर कहा, ''हूडन मुरगी को रात में ही बेच दिया गया और खरीदार उसे लेकर चला गया है।'' अपनी अदूरदर्शी आँखों से उन्होंने कॉन्राडिन को ताका, वह इस इंतज़ार में थी कि जैसे ही उसका गुस्सा और दुःख फूटे वह उसे खरी-खरी सुनाएँ और हिदायतों एवं उपदेशों से उसका पेट भर दें। लेकिन कॉन्राडिन ने कुछ भी नहीं कहा, कहने के लिए कुछ था ही नहीं। फिर भी उसके फक्क पड़े कठोर चेहरे को देखकर उन्हें एक क्षण के लिए चिंता अवश्य हुई, क्योंकि उस दोपहर चाय के समय टेबल पर टोस्ट था। एक स्वादिष्ट भोजन जिसे ग्रहण करना कॉन्राडिन के लिए मना था। आमतौर पर इसे उसकी सेहत के लिए खराब बताया जाता और इसलिए भी, क्योंकि इसे बनाने में 'बड़ी मेहनत' लगती थी, जो मध्यवर्ग की नारी दृष्टि में एक घोर अपराध था।

''मैंने सोचा तुम्हें टोस्ट अच्छा लगता है।'' श्रीमती डे रोप ने आहत दंभ के साथ विस्मय व्यक्त किया, यह देखकर कि उसने टोस्ट को हाथ भी नहीं लगाया है।

''कभी-कभी।'' कॉन्राडिन ने कहा।

उस शाम शेड में झोपड़ देवता की उपासना में कुछ नूतनता थी। कॉन्राडिन उसका गुणगान करने का आदी हो गया था, आज रात उसने एक वरदान माँगा।

''मेरा एक काम करो, श्रेडनी वश्टर।''

काम स्पष्ट नहीं किया गया। श्रेडनी वश्टर एक देवता है, अतः उसे सब पता होगा और दूसरे वीरान कोने में देखकर अपनी सुबकी को दबाते हुए कॉन्राडिन उस दुनिया में लौट गया, जिससे वह बहुत नफरत करता था।

और हर रात अपने शयनकक्ष के सुखद अंधकार और हर शाम टूल-शेड के धुँधलके में कॉन्राडिन का यह कटु स्तुतिगान गुंजायमान होने लगा, ''मेरा काम करो, श्रेडनी वश्टर।''

श्रीमती डे रोप ने ग़ौर किया कि उसका शेड तक जाने का सिलसिला बंद नहीं हुआ है। फिर एक दिन वह खुद ही आगे की जाँच-पड़ताल करने निकल पड़ीं।

''उस तालाबंद कोठरी में तुमने क्या रखा हुआ है ? उन्होंने पूछा।''मैं समझती हूँ गिनी पिग पाले हुए होंगे। मैं अभी उन सबको हटवा देती हूँ।''

कॉन्राडिन ने अपने होंठ कस लिए, लेकिन उस औरत ने उसका सारा कमरा छान मारा जब तक कि बड़े ध्यान से छिपाई हुई चाबी उसके हाथ नहीं लग गई और फिर वह अपनी खोज पूरी करने के लिए तुरंत शेड की तरफ चल पड़ी। यह एक सर्द दोपहरी थी और कॉन्राडिन को घर के अंदर रहने की हिदायत थी। भोजन कक्ष की सबसे आगे की खिड़की से झाड़ियों के कोने के परे शेड का दरवाजा देखा जा सकता था और कॉन्राडिन उसी जगह अचल हो गया। उसने देखा कि वह अंदर गई है और फिर उसने सोच लिया कि वह दरवाजा खोल रही है तथा अपनी अदूरदर्शी आँखों से भूसे के मोटे ढेर में ताक रही है, जहाँ उसका छिपा हुआ देवता आराम फरमा रहा है। उस औरत से शायद रहा नहीं गया और उसने भूसे में कोंचना शुरू कर दिया। और कॉन्राडिन ने आख़िरी बार अपनी प्रार्थना दिल की गहराई से दोहराई। फिर भी उसे अपनी प्रार्थना में विश्वास नहीं था। वह जानता था कि वह औरत अपने चेहरे पर वही मुसकान चढ़ाए अभी बाहर निकलेगी जिस मुसकान से उसे घृणा थी और कुछ ही देर में माली आकर उसके अद्‌भुत देवता को उठाकर ले जाएगा, उसने मान लिया कि उसके लिए अब वह देवता नहीं रहा, झोंपड़ी में छिपा बैठा भूरे रंग का एक जानवर मात्र है। और उसे पता था कि वह औरत हमेशा की तरह अब भी जीत जाएगी और वह खुद उस औरत की पीड़ादायक, धृष्ट एवं निरंकुश तथा प्रखर बुद्धिमानी के नीचे दबकर और भी अधिक बीमार पड़ जाएगा और वह दिन दूर नहीं जब उसके लिए सब कुछ बेमानी हो जाएगा तथा उस डॉक्टर की बात सच साबित हो जाएगी। अपनी पराजय के डंक की चुभन और आनेवाली विपत्ति के बारे में सोचकर उसने संकट में फँसे अपने देवता का भजन निडरतापूर्वक जोर-जोर से गाना शुरू कर दिया—

श्रेडनी वश्टर निकला बाहर,

उसके थे खूनी इरादे, और उसके दाँत धूप की तरह साफ, उसके शत्रुओं ने माँगी शांति, किंतु वह लाया उनकी मौत, श्रेडनी वश्टर तू बहुत सुंदर। और फिर अचानक उसने भजन-गायन बंद कर दिया और खिड़की से चिपककर देखने लगा। टूल-शेड का दरवाजा अभी तक वैसे ही खुला पड़ा था और एक-एक पल गुजरता जा रहा था। हर

पल बहुत लंबा था, फिर भी समय बीत ही गया। उसने मैना पक्षियों को बगीचे में इधर से उधर दौड़ते और छोटे-छोटे झुंडों में उड़ते हुए देखा, उसने बार-बार उनको गिना और इसके साथ उसकी एक आँख उस झूलते दरवाजे पर लगी रही। सड़े से मुँह वाली एक नौकरानी चाय के लिए मेज ठीक-ठाक करने आई और एक जगह जमकर खड़ा हुआ कॉन्राडिन इंतज़ार करता रहा और देखता रहा। उम्मीद ने एक-एक इंच करके उसके दिल में घुसना शुरू कर दिया था और अब विजय की लपट उसकी आँखों में चमकने लगी थी, जिन्होंने अब तक पराजय के उत्कंठित धैर्य को ही जाना था। मन-ही-मन में अह्लादित होते हुए उसने पुनः विजय एवं विध्वंस का गीत गुनगुनाना आरंभ कर दिया। और इसके साथ ही उसकी आँखों ने वह देखा जिसे देखने की उन्हें तीव्र उत्कंठा थी, उस दरवाजे से एक लंबा, नीला, पीला और भूरे रंग का एक जानवर बाहर आया जिसकी आँखें दिन की रोशनी में चौंधिया रही थीं और जिसके जबड़ों तथा गले की बालदार खाल पर जगह-जगह गहरे गीले धब्बे पड़े हुए थे। कॉन्राडिन अपने घुटनों पर झुक गया। वह बड़ा पोलीकैट नकुल विडाल मस्ती से चलकर बगीचे के एकदम नीचे छोटे से एक नाले तक गया, वहाँ कुछ देर उसने पानी पीया, फिर तखते के एक छोटे पुल को पार करके वह झाड़ियों में घुसकर आँखों से ओझल हो गया। श्रेडनी वश्टर की विदाई इस तरह हुई।

"चाय तैयार है", उस कठोर चेहरेवाली नौकरानी ने आवाज़ लगाई, "मालकिन कहा हैं ?"

"वह कुछ देर पहले शेड की तरफ गई थी।" कॉन्राडिन ने कहा।

और जब वह नौकरानी अपनी मालकिन को चाय पीने के वास्ते बुलाने के लिए गई, कॉन्राडिन ने मेज के बगल की दराज़ से एक टोस्टिंग फोर्क निकाला और ब्रेड का एक टुकड़ा काटकर खाने लगा। ब्रेड पर खूब सारा मक्खन लगाकर मजे से खाते हुए कॉन्राडिन ने भोजन कक्ष द्वार के बाहर से रह-रहकर आता शोर सुना। नौकरानी की ऊँची आवाज़ में मूर्खतापूर्ण चीख-चिल्लाहट, रसोईघर से जवाब में आती आश्चर्यभरी आवाज़ें, तेज़-तेज़ दौड़ते कदमों की आहट और बाहरी मदद के लिए दौड़-भाग और फिर क्षणिक ख़ामोशी के बाद डरी-सहमी सुबकियाँ और घर में व्यर्थ का बोझ डालनेवाले लोगों की उथल-पुथल से घर-भर में भूचाल सा आ गया।

"उस बेचारे बच्चे को यह ख़बर कौन देगा ? मैं तो हरगिज़ नहीं, भले ही मेरी जान चली जाए।" एक कर्णभेदी चीख सुनाई दी। और जब वे लोग इस मामले पर आपस में बहस कर रहे थे कॉन्राडिन ने खाने के लिए बड़े चैन से एक और टोस्ट पर मक्खन लगाया।

□□□